जयशंकर प्रसाद

की यादगारी कहानियां

जयशंकर प्रसाद

हिन्द पॉकेट बुक्स
पेंगुइन रैंडम हाउस इम्प्रिंट

हिन्द पॉकेट बुक्स

यूएसए | कनाडा | यूके | आयरलैंड | ऑस्ट्रेलिया | सिंगापुर
न्यू ज़ीलैंड | भारत | दक्षिण अफ्रीका | चीन

हिन्द पॉकेट बुक्स, पेंगुइन रैंडम हाउस ग्रुप ऑफ़ कम्पनीज़ का हिस्सा है,
जिसका पता www.hindpocketbooks.com पर मिलेगा

पेंगुइन रैंडम हाउस इंडिया प्रा. लि.,
चौथी मंजिल, कैपिटल टावर -1, एम जी रोड,
गुड़गांव-122002, हरियाणा, भारत

हिन्द
पॉकेट
बुक्स

प्रथम संस्करण 2010 में हिन्द पॉकेट बुक्स द्वारा प्रकाशित
यह संस्करण 2019 में प्रकाशित

10 9 8 7 6 5 4 3 2

ISBN 9789353492267

मुद्रकः रेप्रो इंडिया लिमिटेड

www.penguin.co.in

FSC www.fsc.org
MIX
Paper from responsible sources
FSC® C047271

This is a legitimate digitally printed version of the book and therefore might not have certain extra finishing on the cover.

हिन्द पॉकेट बुक्स

जयशंकर प्रसाद

की यादगारी कहानियां

जयशंकर प्रसाद हिन्दी के प्रख्यात कवि, नाटककार, कहानीकार, उपन्यासकार तथा निबन्धकार थे। वे हिन्दी के छायावादी युग के चार प्रमुख स्तंभों में से एक हैं। उन्होंने हिंदी काव्य में एक तरह से छायावाद की स्थापना की जिसके द्वारा खड़ी बोली के काव्य में न केवल कमनीय माधुर्य की रससिद्ध धारा प्रवाहित हुई, बल्कि जीवन के सूक्ष्म एवं व्यापक आयामों के चित्रण की शक्ति भी संचित हुई और *कामायनी* तक पहुँचकर वह काव्य प्रेरक शक्तिकाव्य के रूप में भी प्रतिष्ठित हो गया। बाद के प्रगतिशील एवं नयी कविता दोनों धाराओं के प्रमुख आलोचकों ने उसकी इस शक्तिमत्ता को स्वीकृति दी। इसका एक अतिरिक्त प्रभाव यह भी हुआ कि खड़ी बोली हिन्दी काव्य की निर्विवाद सिद्ध भाषा बन गयी।

अनुक्रम

ममता

रोहतास-दुर्ग के प्रकोष्ठ में बैठी हुई युवती ममता, शोण के तीक्ष्ण गम्भीर प्रवाह को देख रही है। ममता विधवा थी। उसका यौवन शोण के समान ही उमड़ रहा था। मन में वेदना, मस्तक में आंधी, आंखों में पानी की बरसात लिए, वह सुख के कंटक-शयन में विकल थी। वह रोहतास-दुर्गपति के मंत्री चूड़ामणि की अकेली दुहिता थी, फिर उसके लिए कुछ अभाव होना असंभव था, परंतु वह विधवा थी–हिंदू-विधवा संसार में सबसे तुच्छ निराश्रय प्राणी है–तब उसकी विडंबना का कहां अंत था?

चूड़ामणि ने चुपचाप उसके प्रकोष्ठ में प्रवेश किया। शोण के प्रवाह में, उसके कल-नाद में, अपना जीवन मिलाने में वह बेसुध थी। पिता का आना न जान सकी। चूड़ामणि व्यथित हो उठे। स्नेह-पालिता पुत्री के लिए क्या करें, यह स्थिर न कर सकते थे। लौटकर बाहर चले गए। ऐसा प्रायः होता, पर आज मंत्री के मन में बड़ी दुश्चिंता थी। पैर सीधे न पड़ते थे।

एक पहर बीत जाने पर वे फिर ममता के पास आए। उस समय उनके पीछे दस सेवक चांदी के बड़े थालों में कुछ लिए हुए खड़े थे; कितने ही मनुष्यों के पद-शब्द सुन ममता ने घूमकर देखा। मंत्री ने सब थालों को रखने का संकेत किया। अनुचर थाल रखकर चले गए।

ममता ने पूछा–"यह क्या है, पिताजी?"

"तेरे लिए बेटी! उपहार है।"–कहकर चूड़ामणि ने उसका आवरण उलट दिया। स्वर्ण की पीलापन उस सुनहली संध्या में विकीर्ण होने लगा। ममता चौंक उठी–

"इतना स्वर्ण! यह कहां से आया?"

"चुप रहो ममता, यह तुम्हारे लिए है!"

"तो क्या आपने म्लेच्छ का उत्कोच स्वीकार कर लिया? पिताजी यह अनर्थ है, अर्थ नहीं। लौटा दीजिए। पिताजी! हम लोग ब्राह्मण हैं, इतना सोना लेकर क्या करेंगे?"

"इस पतनोन्मुख प्राचीन सामंत-वंश का अंत समीप है, बेटी! किसी भी दिन शेरशाह रोहिताश्व पर अधिकार कर सकता है; उस दिन मंत्रित्व न रहेगा, तब के लिए बेटी!"

"हे भगवान्! तब के लिए! विपद के लिए! इतना आयोजन! परम पिता की इच्छा के विरुद्ध इतना साहस! पिताजी, क्या भीख न मिलेगी? क्या कोई हिंदू भू-पृष्ठ पर न बचा रह जाएगा, जो ब्राह्मण को दो मुट्ठी अन्न दे सके? यह असंभव है। फेर दीजिए पिताजी, मैं कांप रही हूं–इसकी चमक आंखों को अंधा बना रही है।"

"मूर्ख है"–कहकर चूड़ामणि चले गए।

दूसरे दिन जब डोलियों का तांता भीतर आ रहा था, ब्राह्मण-मंत्री चूड़ामणि का हृदय धक्-धक् करने लगा। वह अपने को रोक न सका। उसने जाकर रोहिताश्व-दुर्ग के तोरण पर डोलियों का आवरण खुलवाना चाहा। पठानों ने कहा–

"यह महिलाओं का अपमान करना है।"

बात बढ़ गई। तलवारें खिंचीं, ब्राह्मण वहीं मारा गया और राजा-रानी और कोष सब छली शेरशाह के हाथ पड़े; निकल गई ममता। डोली में भरे हुए पठान-सैनिक दुर्ग भर में फैल गए, पर ममता न मिली।

: दो :

काशी के उत्तर धर्मचक्र विहार, मौर्य और गुप्त सम्राटों की कीर्ति का खंडहर था। भग्न चूड़ा, तृण-गुल्मों से ढके हुए प्राचीर, ईंटों के ढेर में बिखरी हुई भारतीय शिल्प की विभूति, ग्रीष्म की चंद्रिका में अपने को शीतल कर रही थी।

जहां पंचवर्गीय भिक्षु गौतम का उपदेश ग्रहण करने के लिए पहले मिले थे, उसी स्तूप के भग्नावशेष की मलिन छाया में एक झोंपड़ी के दीपालोक में एक स्त्री पाठ कर रही थी–

"अनन्याश्चिंतयंतो मां ये जनाः पर्युपासते...."

पाठ रुक गया। एक भीषण और हताश आकृति दीप के मंद प्रकार में सामने खड़ी थी। स्त्री उठी, उसने कपाट बंद करना चाहा। परंतु उस व्यक्ति ने कहा–"माता! मुझे आश्रय चाहिए।"

"तुम कौन हो?"–स्त्री ने पूछा।

"मैं मुगल हूं। चौसा-युद्ध में शेरशाह से विपन्न होकर रक्षा चाहता हूं। इस रात अब आगे चलने में असमर्थ हूं।"

"क्या शेरशाह से?"–स्त्री ने अपने होंठ काट लिए।

"हां, माता?"

"परंतु तुम भी वैसे ही क्रूर हो, वही भीषण रक्त की प्यास, वही निष्ठुर प्रतिबिम्ब, तुम्हारे मुख पर भी है! सैनिक! मेरी कुटी में स्थान नहीं है। जाओ, कहीं दूसरा आश्रय खोज लो।"

"गला सूख रहा है, साथी छूट गए हैं, अश्व गिर पड़ा है–इतना थका हुआ हूं–इतना!"–कहते-कहते वह व्यक्ति धम-से बैठ गया और उसके सामने ब्रह्माण्ड घूमने लगा। स्त्री ने सोचा, यह विपत्ति कहां से आई! उसने जल दिया, मुगल के प्राणों की रक्षा हुई। वह सोचने लगी–"ये सब विधर्मी दया के पात्र नहीं–मेरे पिता का वध करने वाले आततायी!" घृणा से उसका मन विरक्त हो गया।

स्वस्थ होकर मुगल ने कहा–"माता! तो फिर मैं चला जाऊं?"

स्त्री विचार कर रही थी–"मैं ब्राह्मणी हूं, मुझे तो अपने धर्म–अतिथिदेव की उपासना–का पालन करना चाहिए। परंतु यहां....नहीं-नहीं, ये सब विधर्मी दया के पात्र नहीं। परंतु यह दया तो नहीं....कर्तव्य करना है। तब?"

मुगल अपनी तलवार टेककर उठ खड़ा हुआ। ममता के कहा–"क्या आश्चर्य है कि तुम भी छल करो; ठहरो।"

"छल! नहीं, तब नहीं–स्त्री! जाता हूं, तैमूर का वंशधर स्त्री से छल करेगा? जाता हूं। भाग्य का खेल है।"

ममता ने मन में कहा–यहां कौन दुर्ग है! यही झोंपड़ी न; जो चाहे ले-ले, मुझे तो अपना कर्त्तव्य करना पड़ेगा।" वह बाहर चली आई और मुगल से बोली–"जाओ भीतर, थके हुए भयभीत पथिक! तुम चाहे कोई हो, मैं तुम्हें आश्रय देती हूं। मैं ब्राह्मण-कुमारी हूं; सब अपना धर्म छोड़ दें, तो मैं भी क्यों छोड़ दूं?" मुगल ने चंद्रमा के मंद प्रकाश में वह महिमामय मुखमंडल देखा, उसने मन-ही-मन नमस्कार किया। ममता पास की टूटी हुई दीवारों में चली गई। भीतर थके पथिक ने झोंपड़ी में विश्राम किया।

प्रभात में खंडहर की संधि से ममता ने देखा, सैकड़ों अश्वारोही उस प्रांत में घूम रहे हैं। वह अपनी मूर्खता पर अपने को कोसने लगी।

अब उस झोंपड़ी से निकलकर उस पथिक ने कहा–"मिरजा! मैं यहां हूं।"

शब्द सुनते ही प्रसन्नता की चीत्कार-ध्वनि से वह प्रांत गूंज उठा। ममता अधिक भयभीत हुई। पथिक ने कहा–"वह स्त्री कहां है? उसे खोज निकालो।" ममता छिपने के लिए अधिक सचेष्ट हुई। वह मृग-दाव में चली गई। दिन-भर उसमें से न निकली। संध्या में जब उन लोगों के जाने का उपक्रम हुआ, तो ममता ने सुना, पथिक घोड़े पर सवार होते हुए कह रहा है–"मिरजा! उस स्त्री को मैं कुछ दे न सका। उसका घर बनवा देना, क्योंकि मैंने विपत्ति में यहां विश्राम पाया था। यह स्थान भूलना मत।"–इसके बाद वे चले गए।

चौसा के मुगल-पठान-युद्ध को बहुत दिन बीत गए। ममता अब सत्तर वर्ष की वृद्धा है। वह अपनी झोंपड़ी में एक दिन पड़ी थी। शीतकाल का प्रभात था। उसका जीर्ण-कंकाल खांसी से गूंज रहा था। ममता की सेवा के लिए गांव की दो-तीन स्त्रियां उसे घेरकर बैठी थीं; क्योंकि वह आजीवन सबसे सुख-दुःख की समभागिनी रही।

ममता ने जल पीना चाहा, एक स्त्री ने सीपी से जल पिलाया। सहसा एक अश्वारोही उसी झोंपड़ी के द्वार पर दिखाई पड़ा। वह अपनी धुन में कहने लगा–"मिरजा ने जो चित्र बनाकर दिया है, वह तो इसी जगह का होना चाहिए। वह बुढ़िया मर गई होगी, अब किससे पूछूं कि एक दिन शहंशाह हुमायूं किस छप्पर के नीचे बैठे थे? यह घटना भी तो सैंतालीस वर्ष से ऊपर की हुई!"

ममता ने अपने विकल कानों से सुना। उसने पास की स्त्री से कहा–"उसे बुलाओ।"

अश्वारोही पास आया। ममता ने रुक-रुककर कहा–"मैं नहीं जानती कि वह शहंशाह था, या साधारण मुगल पर एक दिन इसी झोंपड़ी के नीचे वह रहा। मैंने सुना था कि वह मेरा घर बनवाने की आज्ञा दे चुका था! भगवान् ने सुन लिया, मैं आज इसे छोड़े जाती हूं। अब तुम इसका मकान बनाओ या महल, मैं अपने चिर-विश्राम-गृह में जाती हूं!"

वह अश्वारोही अवाक् खड़ा था। बुढ़िया के प्राण-पक्षी अन्नत में उड गए।

वहां एक अष्टकोण मंदिर बना; और उस पर शिलालेख लगाया गया–

"सातों देश के नरेश हुंमायूं ने एक दिन यहां विश्राम किया था। उनके पुत्र अकबर ने उनकी स्मृति में यह गगनचुंबी मंदिर बनाया।"

पर उसमें ममता का कहीं नाम नहीं।

सिकन्दर की शपथ

: एक :

सूर्य की चमकीली किरणों के साथ, यूनानियों के बरछे की चमक से 'मिंगलौर-दुर्ग' घिरा हुआ है। यूनानियों के दुर्ग तोड़ने वाले यन्त्र दुर्ग की दीवालों से लगा दिए गए हैं और वे अपना कार्य बड़ी शीघ्रता के साथ कर रहे हैं। दुर्ग की दीवाल का एक हिस्सा टूटा और यूनानियों की सेना उसी भग्न मार्ग से जयनाद करती हुई घुसने लगी। पर वह उसी समय पहाड़ से टकराए हुए समुद्र की तरह फिरा दी गई और भारतीय युवक वीरों की सेना उनका पीछा करती हुई दिखाई पड़ने लगी। सिकन्दर उनके प्रचण्ड अस्त्रघात को रोकता पीछे हटने लगा।

अफगानिस्तान में 'अश्वक' वीरों के साथ भारतीय वीर कहाँ से आ गए? यह आशंका हो सकती है, किन्तु पाठकगण! वे निमन्त्रित होकर उनकी रक्षा के लिए सुदूर से आए हैं, जो कि संख्या में केवल सात हजार होने पर भी ग्रीकों की असंख्य सेना को बराबर पराजित कर रहे हैं।

सिकन्दर को उस सामान्य दुर्ग के अवरोध में तीन दिन व्यतीत हो गए। विजय की सम्भावना नहीं है, सिकन्दर उदास होकर कैम्प में लौट गया और सोचने लगा। सोचने की बात ही है। गाजा और परसिपोलिस आदि के विजेता को अफगानिस्तान के एक छोटे-से दुर्ग के जीतने में इतना परिश्रम उठाकर भी सफलता मिलती नहीं दिखाई देती, उल्टे कई बार उसे अपमानित होना पड़ा।

बैठे-बैठे सिकन्दर को बहुत देर हो गई। अँधकार फैलकर संसार को छिपाने लगा, जैसे कोई कपटाचारी अपनी मन्त्रणा को छिपाता हो। केवल कभी-कभी दो-एक उल्लू उस भीषण रणभूमि में अपने भयावह शब्द को सुना देते हैं। सिकन्दर ने सीटी देकर कुछ इंगित किया, एक वीर पुरुष सामने दिखाई पड़ा। सिकन्दर ने

उससे कुछ गुप्त बातें कीं और वह चला गया। अंधकार घनीभूत हो जाने पर सिकन्दर भी उसी ओर उठकर चला, जिधर वह पहला सैनिक जा चुका था।

: दो :

दुर्ग के उस भाग में, जो टूट चुका था, बहुत शीघ्रता से काम लगा हुआ था, जो बहुत शीघ्र कल की लड़ाई के लिए प्रस्तुत कर दिया गया और सब लोग विश्राम करने के लिए चले गए। केवल एक मनुष्य उसी स्थान पर प्रकाश डालकर कुछ देख रहा है। वह मनुष्य कभी तो खड़ा रहता है और कभी अपना प्रकाश फैलाने वाली मशाल को लिए हुए दूसरी ओर चला जाता है। उस समय उस घोर अँधकार में वह उस भयावह दुर्ग की प्रकाण्ड छाया और भी स्पष्ट हो जाती है। उसी छाया में छिपा हुआ सिकन्दर खड़ा है। उसके हाथ में धनुष और बाण है, उसके सब अस्त्र उसके पास हैं। उसका मुख यदि कोई इस समय प्रकाश में देखता तो अवश्य कहता कि यह कोई बड़ी भयानक बात सोच रहा है, क्योंकि उसका सुन्दर मुखमण्डल इस समय विचित्र भावों से भरा है। अकस्मात् उसके मुख से एक प्रसन्नता का चीत्कार निकल पड़ा, जिसे उसने बहुत व्यग्र होकर छिपाया।

समीप की झाड़ी से एक दूसरा मनुष्य निकल पड़ा, जिसने आकर सिकन्दर से कहा–देर न कीजिए, क्योंकि यह वही है।

सिकन्दर ने धनुष को ठीक करके एक विषमय बाण उस पर छोड़ा और उसे उसी दुर्ग पर टहलते हुए मनुष्य की ओर लक्ष्य करके छोड़ा। लक्ष्य ठीक था, वह मनुष्य लुढ़ककर नीचे आ रहा। सिकन्दर और उसके साथी ने झट जाकर उसे उठा लिया, किन्तु उसके चीत्कार से दुर्ग पर का एक प्रहरी झुककर देखने लगा। उसने प्रकाश डालकर पूछा–कौन है?

उत्तर मिला–मैं दुर्ग से नीचे गिर पड़ा हूँ।

प्रहरी ने कहा–घबड़ाइए मत, मैं डोरी लटकाता हूँ।

डोरी बहुत जल्द लटका दी गई, अफगान वेशधारी सिकन्दर उसके सहारे ऊपर चढ़ गया। ऊपर जाकर सिकन्दर ने उस प्रहरी को भी नीचे गिरा दिया, जिसे उसके साथी ने मार डाला और उसका वेश आप लेकर उस सीढ़ी से ऊपर चढ़ गया। जाने के पहले उसने अपनी छोटी-सी सेना को भी उसी जगह बुला लिया और धीरे-धीरे उसी रस्सी को सीढ़ी से वे सब ऊपर पहुँचा दिए गए।

: तीन :

दुर्ग के प्रकोष्ठ में सरदार की सुन्दर पत्नी बैठी थी। मदिरा-विलोल दृष्टि से कभी दर्पण में अपना सुन्दर मुख और कभी अपने नवीन नील वसन को देख रही है। उसका मुख लालसा की मदिरा से चमक-चमककर उसकी ही आँखों में चकाचौंध पैदा कर रहा है। अकस्मात् 'प्यारे सरदार' कहकर वह चौंक पड़ी, पर उसकी प्रसन्नता उसी क्षण बदल गई, जब उसने सरदार के वेश में दूसरे को देखा। सिकन्दर का मानुषिक सौन्दर्य कुछ कम नहीं था, अबला-हृदय को और भी दुर्बल बना देने के लिए वह पर्याप्त था। वे एक-दूसरे को निर्निमेष दृष्टि से देखने लगे। पर अफगान-रमणी की शिथिलता देर तक न रही, उसने हृदय के सारे बल को एकत्र करके पूछा–तुम कौन हो?

उत्तर मिला–शहंशाह सिकन्दर।

रमणी ने पूछा–यह वस्त्र किस तरह मिला?

सिकन्दर ने कहा–सरदार को मार डालने से।

रमणी के मुख से चीत्कार के साथ ही निकल पड़ा–क्या सरदार मारा गया?

सिकन्दर–हाँ, अब वह इस लोक में नहीं है।

रमणी ने अपना मुख दोनों हाथों से ढँक लिया, पर उसी क्षण उसके हाथ में एक चमचमाता हुआ छुरा दिखाई देने लगा।

सिकन्दर घुटने के बल बैठ गया और बोला–सुन्दरी! एक जीव के लिए तुम्हारी दो तलवारें बहुत थीं, फिर तीसरी की क्या आवश्यकता है?

रमणी की दृढ़ता हट गई और न जाने क्यों उसके हाथ का छुरा छिटककर गिर पड़ा, वह भी घुटनों के बल बैठ गई।

सिकन्दर ने उसका हाथ पकड़कर उसे उठाया। अब उसने देखा कि सिकन्दर अकेला नहीं है, उसके बहुत-से सैनिक दुर्ग पर दिखाई दे रहे हैं। रमणी ने अपना हृदय दृढ़ किया और सन्दूक खोलकर एक जवाहरात का डिब्बा ले आकर सिकन्दर के आगे रखा। सिकन्दर ने उसे देखकर कहा–मुझे इसकी आवश्यकता नहीं है, दुर्ग पर मेरा अधिकार हो गया, इतना ही बहुत है।

दुर्ग के सिपाही यह देखकर कि शत्रु भीतर आ गया है, अस्त्र लेकर मारपीट करने पर तैयार हो गए। पर सरदार-पत्नी ने उन्हें मना किया, क्योंकि उसे बतला दिया गया था कि सिकन्दर की विजयवाहिनी दुर्ग के मुख्य द्वार पर खड़ी है।

सिकन्दर ने कहा–तुम घबराओ मत, जिस तरह से तुम्हारी इच्छा होगी, उसी प्रकार सन्धि के नियम बनाए जाएँगे। अच्छा, मैं जाता हूँ।

अब सिकन्दर को थोड़ी दूर तक सरदार-पत्नी पहुँचा गई। सिकन्दर थोड़ी सेना छोड़कर आप अपने शिविर में चला गया।

: चार :

सन्धि हो गई। सरदार-पत्नी ने स्वीकार कर लिया कि दुर्ग सिकन्दर के अधीन होगा। सिकन्दर ने भी उसी को यहाँ की रानी बनाया और कहा–भारतीय योद्धा जो तुम्हारे यहाँ आए हैं, वे अपने देश को लौटकर चले जाएँ। मैं उनके जाने में किसी प्रकार की बाधा न डालूँगा। सब बातें शपथपूर्वक स्वीकार कर ली गईं।

राजपूत वीर अपने परिवार के साथ उस दुर्ग से निकल पड़े, स्वदेश की ओर चलने के लिए तैयार हुए। दुर्ग के समीप ही एक पहाड़ी पर उन्होंने अपना डेरा जमाया और भोजन करने का प्रबन्ध करने लगे।

भारतीय रमणियाँ जब अपने प्यारे पुत्रों और पतियों के लिए भोजन प्रस्तुत कर रही थीं, तो उनमें उस अफगान-रमणी के बारे में बहुत बातें हो रहीं थीं और वे सब उसे बहुत घृणा की दृष्टि से देखने लगीं, क्योंकि उसने एक पति-हत्यारे को आत्मसमर्पण कर दिया था। भोजन के उपरान्त जब सब सैनिक विश्राम करने लगे, तब युद्ध की बातें कहकर अपने चित्त को प्रसन्न करने लगे। थोड़ी देर नहीं बीती थी कि एक ग्रीक अश्वारोही उनके समीप आता दिखाई पड़ा, जिसे देखकर एक राजपूत युवक उठ खड़ा हुआ और उसकी प्रतीक्षा करने लगा।

ग्रीक सैनिक उसके समीप आकर बोला–शहंशाह सिकन्दर ने तुम लोगों को दया करके अपनी सेना में भरती करने का विचार किया है। आशा है कि इस संवाद से तुम लोग बहुत प्रसन्न होंगे।

युवक बोल पड़ा–इस दया के लिए हम लोग बहुत कृतज्ञ हैं, पर अपने भाइयों पर अत्याचार करने में ग्रीकों का साथ देने के लिए हम लोग कभी प्रस्तुत नहीं हैं।

ग्रीक–तुम्हें प्रस्तुत होना चाहिए, क्योंकि यह शहंशाह सिकन्दर की आज्ञा है।

युवक–नहीं महाशय, क्षमा कीजिए। हम लोग आशा करते हैं कि सन्धि के

अनुसार हम लोग अपने देश को शान्तिपूर्वक लौट जाएँगे, इसमें बाधा न डाली जाएगी।

ग्रीक–क्या तुम लोग इस बात पर दृढ़ हो? एक बार और विचारकर उत्तर दो, क्योंकि उसी उत्तर पर तुम लोगों का जीवन-मरण निर्भर होगा।

इस पर कुछ राजपूतों ने समवेत स्वर से कहा–हाँ-हाँ, हम अपनी बात पर दृढ़ हैं, किन्तु सरदार, जिसने देवताओं के नाम से शपथ ली है, अपनी शपथ को न भूलेगा।

ग्रीक–सिकन्दर ऐसा मूर्ख नहीं है कि आए हुए शत्रुओं को और दृढ़ होने का अवकाश दे। अस्तु, अब तुम लोग मरने के लिए तैयार हो।

इतना कहकर वह ग्रीक अपने घोड़े को घुमाकर सीटी मारने लगा, जिसे सुनकर अगणित ग्रीक-सेना उन थोड़े से हिन्दुओं पर टूट पड़ी।

इतिहास इस बात का साक्षी है कि उन्होंने प्राण-पण से युद्ध किया और जब तक कि उनमें एक भी बचा, बराबर लड़ता गया। क्यों न हो, जब उनकी प्यारी स्त्रियाँ उन्हें अस्त्रहीन देखकर तलवार देती थीं और हँसती हुई अपने प्यारे पतियों की युद्ध-क्रिया देखती थीं। रणचण्डियाँ भी अकर्मण्य न रहीं, जीवन देकर अपना धर्म रखा। ग्रीकों की तलवारों ने उनके बच्चों को भी रोने न दिया, क्योंकि पिशाच सैनिकों के हाथों सभी मारे गए।

अज्ञात स्थान में निराश्रय होकर उन सब वीरों ने प्राण दिए। भारतीय लोग उनका नाम नहीं जानते!

अशोक

: एक :

पूतः-सलिला भागीरथी के तट पर चन्द्रालोक में महाराज चक्रवर्ती अशोक टहल रहे हैं। थोड़ी दूर पर एक युवक खड़ा है। सुधाकर की किरणों के साथ नेत्र-ताराओं को मिलाकर स्थिर दृष्टि से महाराज ने कहा–विजयकेतु, क्या यह बात सच है कि जैन लोगों ने हमारे बौद्ध-धर्माचार्य होने का जन-साधारण में प्रवाद फैलाकर उन्हें हमारे विरुद्ध उत्तेजित किया है और पौण्ड्रवर्धन में एक बुद्धमूर्ति तोड़ी गई है?

विजयकेतु–महाराज, क्या आपसे भी कोई झूठ बोलने का साहस कर सकता है?

अशोक–मनुष्य के कल्याण के लिए हमने जितना उद्योग किया, क्या वह सब व्यर्थ हुआ? बौद्ध धर्म को हमने क्यों प्रधानता दी? इसीलिए कि शान्ति फैलेगी, देश में द्वेष का नाम भी न रहेगा और उसी शान्ति की छाया में समाज अपने वाणिज्य, शिल्प और विद्या की उन्नति करेगा। पर नहीं, हम देख रहे हैं कि हमारी कामना पूर्ण होने में अभी अनेक बाधाएँ हैं। हमें पहले उन्हें हटाकर मार्ग प्रशस्त करना चाहिए।

विजयकेतु–देव! आपकी क्या आज्ञा है?

अशोक–विजयकेतु, भारत में एक समय वह था, जबकि इसी अशोक के नाम से लोग काँप उठते थे। क्यों? इसीलिए कि वह बड़ा कठोर शासक था। पर वही अशोक जब से बौद्ध कहकर सर्वत्र प्रसिद्ध हुआ है, उसके शासन को लोग कोमल कहकर भूलने लग गए हैं। अस्तु, तुमको चाहिए कि अशोक का आतंक एक बार फिर फैला दो; और यह आज्ञा प्रचलित कर दो कि जो मनुष्य जैनों का साथी होगा, वह अपराधी होगा; और जो एक जैन का सिर काट लाएगा, वह पुरस्कृत किया जाएगा।

विजयकेतु–(काँपकर) जो महाराज की आज्ञा!

अशोक–जाओ, शीघ्र जाओ।

विजयकेतु चला गया। महाराज अभी वहीं खड़े हैं। नूपुर का कलनाद सुनाई पड़ा। अशोक ने चौंककर देखा, तो बीस-पच्चीस दासियों के साथ महारानी तिष्यरक्षिता चली आ रही हैं।

अशोक–प्रिये! तुम यहाँ कैसे?

तिष्यरक्षिता–प्राणनाथ! शरीर से कहीं छाया अलग रह सकती है? बहुत देर हुई, मैंने सुना था कि आप आ रहे हैं; पर बैठे-बैठे जी घबड़ा गया कि आने में क्यों देर हो रही है। फिर दासी से ज्ञात हुआ कि आप महल के नीचे बहुत देर से टहल रहे हैं। इसीलिए मैं स्वयं आपके दर्शन के लिए चली आई। अब भीतर चलिए!

अशोक–मैं तो आ ही रहा था। अच्छा चलो।

अशोक और तिष्यरक्षिता समीप के सुन्दर प्रासाद की ओर बढ़े। दासियाँ पीछे थीं।

: दो :

राजकीय कानन में अनेक प्रकार के वृक्ष, सुरभित सुमनों से झूल रहे हैं। कोकिला भी कूक-कूककर आम की डालों को हिलाए देती हैं। नव-बसन्त का समागम है। मलयानिल इठलाता हुआ कुसुम-कलियों को ठुकराता जा रहा है।

इसी समय कानन-निकटस्थ शैल के झरने के पास बैठकर एक युवक जल-लहरियों की तरंग-भंगी देख रहा है। युवक बड़े सरल विलोकन से कृत्रिम जलप्रपात को देख रहा है। उसकी मनोहर लहरियाँ जो बहुत ही जल्दी-जल्दी लीन हो स्रोत में मिलकर सरल पथ का अनुकरण करती हैं, उसे बहुत ही भली मालूम हो रही हैं। पर युवक को यह नहीं मालूम कि उसकी सरल दृष्टि और सुन्दर अवयव से विवश होकर एक रमणी अपने परम पवित्र पद से च्युत होना चाहती है।

देखो, उस लता-कुंज में, पत्तियों की ओट में, दो नीलमणि के समान कृष्ण-तारा चमककर किसी अदृश्य आश्चर्य का पता बता रहे हैं। नहीं-नहीं, देखो, चन्द्रमा में भी कहीं तारे रहते हैं? वह तो किसी सुन्दरी के मुख-कमल का आभास है!

युवक अपने आनन्द में मग्न है। उसे इसका कुछ भी ध्यान नहीं है कि कोई व्याध उसकी ओर अलक्षित होकर बाण चला रहा है। युवक उठा और उसी कुंज

की ओर चला। किसी प्रच्छन्न शक्ति की प्रेरणा से वह उसी लता-कुंज की ओर बढ़ा। किन्तु उसकी दृष्टि वहाँ जब भीतर पड़ी, तो वह अवाक् हो गया। उसके दोनों हाथ आप जुड़ गए। उसका सिर स्वयं अवनत हो गया।

रमणी स्थिर होकर खड़ी थी। उसके हृदय में उद्वेग और शरीर में कंपन था। धीरे-धीरे उसके होंठ हिले और कुछ मधुर शब्द निकले। पर वे शब्द स्पष्ट होकर वायुमण्डल में लीन हो गए। युवक का सिर नीचे ही था। फिर युवती ने अपने को सम्भाला, और बोली–कुनाल, तुम यहाँ कैसे? अच्छे तो हो?

उत्तर में कुनाल ने कहा–माताजी की कृपा से।

युवती मन्द मुस्कान के साथ बोली–मैं तुम्हें देर से यहाँ छिपकर देख रही हूँ।

कुनाल–महारानी तिष्यरक्षिता को छिपकर मुझे देखने की क्या आवश्यकता है?

तिष्यरक्षिता–(कुछ कपित स्वर से) तुम्हारे सौन्दर्य से विवश होकर।

कुनाल–(विस्मित तथा भयभीत होकर) पुत्र का सौन्दर्य तो माता ही का दिया हुआ है।

तिष्यरक्षिता–नहीं कुनाल, मैं तुम्हारी प्रेम-भिखारिनी हूँ, राजरानी नहीं हूँ; और न तुम्हारी माता हूँ।

कुनाल–(कुंज से बाहर निकलकर) माताजी, मेरा प्रणाम ग्रहण कीजिए, और अपने इस पाप का शीघ्र प्रायश्चित्त कीजिए। जहाँ तक सम्भव होगा, अब आप इस पाप-मुख को कभी न देखेंगी।

इतना कहकर शीघ्रता से वह युवक राजकुमार कुनाल, अपनी विमाता की बात सोचता हुआ, उपवन के बाहर निकल गया। पर तिष्यरक्षिता किंकर्त्तव्यविमूढ़ होकर वहीं तब तक खड़ी रही, जब तक किसी दासी के भूषण-शब्द ने उसकी मोह-निद्रा को भंग नहीं किया।

: तीन :

श्रीनगर के समीपवर्ती कानन में एक कुटीर के द्वार पर कुनाल बैठा हुआ ध्यानमग्न है। उसकी सुशील पत्नी उसी कुटीर में कुछ भोजन बना रही है।

कुटीर स्वच्छ तथा उसकी भूमि परिष्कृत है। शान्ति की प्रबलता के कारण पवन भी उस समय धीरे-धीरे चल रही है।

किन्तु वह शान्ति देर तक न रही, क्योंकि एक दौड़ता हुआ मृगशावक कुनाल की गोद में आ गिरा, जिससे उसके ध्यान में विघ्न हुआ, और वह खड़ा हो गया। कुनाल ने उस मृगशावक को देखकर समझा कि कोई व्याघ्र भी उसके पीछे आता ही होगा। पर जब कोई उसे न दीख पड़ा, तो उसने उस मृगशावक को अपनी स्त्री 'धर्मरक्षिता' को देकर कहा–प्रिये! क्या तुम इसको बच्चे की तरह पालोगी?

धर्मरक्षिता–प्राणनाथ, हमारे ऐसे वनचारियों को ऐसे ही बच्चे चाहिएं।

कुनाल–प्रिये! तुमको हमारे साथ बहुत कष्ट है।

धर्मरक्षिता–नाथ, इस स्थान पर यदि सुख न मिला, तो मैं समझूँगी कि संसार में भी कहीं सुख नहीं है।

कुनाल–किन्तु प्रिये, क्या तुम्हें वे सब राज-सुख याद नहीं आते? क्या उनकी स्मृति तुम्हें नहीं सताती? और, क्या तुम अपनी मर्म-वेदना से निकलते हुए आँसुओं को रोक नहीं लेतीं! या वे सचमुच हैं ही नहीं?

धर्मरक्षिता–प्राणाधार! कुछ नहीं है। यह सब आपका भ्रम है। मेरा हृदय जितना इस शान्त वन में आनन्दित है, उतना कहीं भी न रहा। भला ऐसे स्वभाववर्धित, सरल-सीधे और सुमन वाले साथी कहाँ मिलते? ऐसी मृदुला लताएँ, जो अनायास ही चरण को चूमती हैं, कहाँ उस जनरव से भरे राजकीय नगर में मिली थीं? नाथ, और सच कहना, (मृग को चूमकर) ऐसा प्यारा शिशु भी तुम्हें आज तक नहीं मिला था? तिस पर भी आपको अपनी विमाता की कृपा से जो दुःख मिलता था, वह भी यहाँ नहीं है। फिर सुखमय जीवन और कौन होगा?

कुनाल के नेत्र आँसुओं से भर आए, और वह उठकर टहलने लगे। धर्मरक्षिता भी अपने काम में लगी। मधुर पवन भी उस भूमि में उसी प्रकार चलने लगा। कुनाल का हृदय अशान्त हो उठा, और वह टहलता हुआ कुछ दूर निकल गया। जब नगर का समीपवर्ती प्रान्त उसे दिखाई पड़ा, तब वह रुक गया और उसी ओर देखने लगा।

: चार :

पाँच-छः मनुष्य दौड़ते हुए चले आ रहे हैं। वे कुनाल के पास पहुँचना ही चाहते थे कि उनके पीछे बीस अश्वारोही दीख पड़े। वे सब-के-सब कुनाल के समीप पहुँचे। कुनाल चकित दृष्टि से उन सबको देख रहा था।

आगे दौड़कर आने वालों ने कहा–महाराज, हम लोगों को बचाइए।

कुनाल उन लोगों को पीछे करके आप आगे डटकर खड़ा हो गया। वे अश्वारोही भी उस युवक कुनाल के अपूर्व तेजोमय स्वरूप को देखकर सहमकर, उसी स्थान पर खड़े हो गए। कुनाल ने उन अश्वारोहियों से पूछा–तुम लोग इन्हें क्यों सता रहे हो? क्या इन लोगों ने कोई ऐसा कार्य किया है, जिससे ये लोग न्यायतः दण्डभागी समझे गए हैं?

एक अश्वारोही, जो उन लोगों का नायक था, बोला–हम लोग राजकीय सैनिक हैं और राजा की आज्ञा से इन विधर्मी जैनियों का वध करने के लिए आए हैं। पर आप कौन हैं, जो महाराज चक्रवर्ती देवप्रिय अशोकदेव की आज्ञा का विरोध करने पर उद्यत हैं?

कुनाल–चक्रवर्ती अशोक! वह कितना बड़ा राजा है?

नायक–मूर्ख! क्या तू अभी तक महाराज अशोक का पराक्रम नहीं जानता, जिन्होंने अपने प्रचण्ड भुजदण्ड के बल से कलिंग विजय किया है? और, जिनकी राज्य-सीमा दक्षिण में केरल और मलयगिरि, उत्तर में सिन्धु-कोश-पर्वत, तथा पूर्व और पश्चिम में किरात-देश और पटल हैं! जिनकी मैत्री के लिए यवन-नृपति लोग उद्योग करते रहते हैं, उन महाराज को तू भलीभाँति नहीं जानता?

कुनाल–परन्तु इससे भी बड़ा कोई साम्राज्य है, जिसके लिए किसी राज्य की मैत्री की आवश्यकता नहीं है।

नायक–इस विवाद की आवश्यकता नहीं है, हम अपना काम करेंगे।

कुनाल–तो क्या तुम लोग इन अनाथ जीवों पर कुछ दया न करोगे?

इतना कहते-कहते राजकुमार को कुछ क्रोध आ गया, नेत्र लाल हो गए। नायक उस तेजस्वी मूर्ति को देखकर एक बार फिर सहम गया।

कुनाल ने कहा–अच्छा, यदि तुम न मानोगे, तो यहाँ के शासक से जाकर कहो कि राजकुमार कुनाल तुम्हें बुला रहे हैं।

नायक सिर झुकाकर कुछ सोचने लगा। तब उसने अपने एक साथी की ओर देखकर कहा–जाओ इन बातों को कहकर, दूसरी आज्ञा लेकर जल्द आओ।

अश्वारोही शीघ्रता से नगर की ओर चला। शेष सब लोग उस स्थान पर खड़े थे।

थोड़ी देर में उसी ओर से दो अश्वारोही आते हुए दिखाई पड़े। एक तो वही था, जो भेजा गया था, और दूसरा उस प्रदेश का शासक था। समीप आते ही वह घोड़े पर से उतर पड़ा और कुनाल का अभिवादन करने के लिए आगे बढ़ा। पर

कुनाल ने रोककर कहा–बस, हो चुका, मैंने आपको इसलिए कष्ट दिया है कि इन निरीह मनुष्यों की हिंसा की जा रही है।

शासक–राजकुमार! आपके पिता की आज्ञा ही ऐसी है, और आपका यह वेश क्या है?

कुनाल–इसके पूछने की कोई आवश्यकता नहीं, पर क्या तुम इन लोगों को मेरे कहने से छोड़ सकते हो?

शासक–(दुःखित होकर) राजकुमार, आपकी आज्ञा हम कैसे टाल सकते हैं, (ठहरकर) पर एक और बड़े दुःख की बात है।

कुनाल–वह क्या?

शासक ने एक पत्र अपने पास से निकालकर कुनाल को दिखलाया। कुनाल उसे पढ़कर चुप रहा, और थोड़ी देर के बाद बोला–तो तुमको इस आज्ञा का पालन अवश्य करना चाहिए।

शासक–पर यह कैसे हो सकता है?

कुनाल–जैसे हो, वह तो तुम्हें करना ही होगा।

शासक–किन्तु राजकुमार, आपके इस देव-शरीर के दो नेत्र-रत्न निकालने का बल मेरे हाथों में नहीं है। हाँ, मैं अपने इस पद का त्याग कर सकता हूँ।

कुनाल–अच्छा, तो तुम मुझे इन लोगों के साथ महाराज के समीप भेज दो।

शासक ने कहा–जैसी आज्ञा।

: पाँच :

पौण्ड्रवर्धन नगर में हाहाकार मचा हुआ है। नगर-निवासी प्रायः उद्विग्न हो रहे हैं। पर विशेषकर जैन लोगों में ही खलबली मची हुई है। जैन रमणियाँ, जिन्होंने कभी घर के बाहर पैर भी नहीं रखा था, छोटे शिशुओं को लिए भाग रही हैं। पर जाएँ कहाँ? जिधर देखती हैं, उधर ही सशस्त्र उन्मत्त काल बौद्ध लोग उन्मत्तों की तरह दिखाई पड़ते हैं। देखो, वह स्त्री, जिसके केश परिश्रम से खुल गए–गोद का शिशु अलग मचलकर रो रहा है, थककर एक वृक्ष के नीचे बैठ गई है; अरे देखो! दुष्ट निर्दय वहाँ भी पहुँच गए, और उस स्त्री को सताने लगे।

युवती ने हाथ जोड़कर कहा–आप लोग दुःख मत दीजिए। फिर उसने एक-एक करके अपने सब आभूषण उतार दिए और वे दुष्ट उन सब अलंकारों को लेकर

भाग गए। इधर वह स्त्री निद्रा से क्लान्त होकर उसी वृक्ष के नीचे सो गई।

उधर देखिए, वह एक रथ चला आ रहा है और उसके पर्दे हटकर बता रहे हैं कि उसमें स्त्री और पुरुष तीन-चार बैठे हैं। पर सारथी उस ऊँची-नीची पथरीली भूमि में भी उन लोगों की ओर बिना ध्यान दिए रथ शीघ्रता से लिए जा रहा है। सूर्य की किरणें पश्चिम में पीली हो गई हैं। चारों ओर से उस पथ में शान्ति है। केवल उसी रथ का शब्द सुनाई पड़ता है, जो अभी उत्तर की ओर चला जा रहा है।

थोड़ी ही देर में वह रथ सरोवर के समीप पहुँचा और रथ के घोड़े हाँफते हुए थककर खड़े हो गए। अब सारथी भी कुछ न कर सका और उसको रथ से नीचे उतरना पड़ा।

रथ को रुका जानकर भीतर से एक पुरुष निकला और उसने सारथी से पूछा–क्यों, तुमने रथ क्यों रोक दिया?

सारथी–अब घोड़े नहीं चल सकते।

पुरुष–तब तो फिर बड़ी विपत्ति का सामना करना होगा; क्योंकि पीछा करनेवाले उन्मत्त सैनिक आ ही पहुँचेंगे।

सारथी–तब क्या किया जाए? (सोचकर) अच्छा, आप लोग इस समीप की कुटी में चलिए, यहाँ कोई महात्मा हैं, वह अवश्य आप लोगों को आश्रय देंगे।

पुरुष ने कुछ सोचकर सब आरोहियों को रथ पर से उतारा, और वे सब लोग उसी कुटी की ओर अग्रसर हुए।

कुटी के बाहर एक पत्थर पर अधेड़ मनुष्य बैठा हुआ है, उनका परिधेय वस्त्र भिक्षुओं के समान है। रथ पर के लोग उसी के सामने जाकर खड़े हुए। उन्हें देखकर वह महात्मा बोले–आप लोग कौन हैं और क्यों आए हैं?

उसी पुरुष ने आगे बढ़कर, हाथ जोड़कर कहा–महात्मन्, हम लोग जैन हैं और महाराज अशोक की आज्ञा से जैन लोगों का सर्वनाश किया जा रहा है। अतः हम लोग प्राण के भय से भागकर अन्यत्र जा रहे हैं। पर मार्ग में घोड़े थक गए, अब ये इस समय चल नहीं सकते। क्या आप थोड़ी देर के लिए हम लोगों को आश्रय देंगे।

महात्मा थोड़ी देर सोचकर बोले–अच्छा, आप लोग इसी कुटी में चले जाइए।

स्त्री-पुरुषों ने आश्रय पाया।

अभी उन लोगों को बैठे हुए थोड़ी ही देर हुई है कि अकस्मात् अश्व-पद-शब्द ने सबको चकित और भयभीत कर दिया। देखते-देखते दस अश्वारोही उस कुटी

के सामने पहुँच गए। उनमें से एक महात्मा की ओर लक्ष्य करके बोला–ओ भिक्षु, क्या तूने अपने यहाँ भागे हुए जैन विधर्मियों को आश्रय दिया है? समझ रख, तू हम लोगों से बहाना नहीं कर सकता, क्योंकि उनका रथ इस बात का ठीक पता दे रहा है।

महात्मा–सैनिको, तुम उन्हें लेकर क्या करोगे? मैंने अवश्य उन दुःखियों को आश्रय दिया है। क्यों व्यर्थ नर-रक्त से अपने हाथों को रंजित करते हो?

सैनिक अपने साथियों की ओर देखकर बोला–यह दुष्ट भी जैन ही है, ऊपरी बौद्ध बना हुआ है; इसे भी मारो।

'इसे भी मारो' का शब्द गूँज उठा, और देखते-देखते उस महात्मा का सिर भूमि पर लोटने लगा।

इस काण्ड को देखते ही कुटी के स्त्री-पुरुष चिल्ला उठे। उन नर-पिशाचों ने एक भी न छोड़ा! सबकी हत्या कर दी।

अब सब सैनिक धन खोजने लगे। मृत स्त्री-पुरुषों के आभूषण उतारे जाने लगे। एक सैनिक, जो उस महात्मा की ओर झुका था, चिल्ला उठा। सबका ध्यान उसी ओर आकर्षित हुआ। सब सैनिकों ने देखा, उसके हाथ में एक अँगूठी है, जिस पर लिखा है 'वीताशोक'!

: छह :

महाराज अशोक के भाई, जिनका पता नहीं लगता था, वही 'वीताशोक' मारे गए! चारों ओर उपद्रव शान्त है। पौण्ड्रवर्धन नगर प्रशान्त समुद्र की तरह हो गया है।

महाराज अशोक पाटलिपुत्र के साम्राज्य-सिंहासन पर विचारपति होकर बैठे हैं। राजसभा की शोभा तो कहते नहीं बनती। सुवर्ण-रचित बेल-बूटों की कारीगरी से, जिनमें मणि-माणिक्य स्थानानुकूल बिठाए गए हैं–मौर्य-सिंहासन-मन्दिर भारतवर्ष का वैभव दिखा रहा है, जिसे देखकर पारसीक सम्राट् 'दारा' के सिंहासन-मन्दिर को ग्रीक लोग तुच्छ दृष्टि से देखते थे।

धर्माधिकारी, प्राड्विवाक, महामात्य, धर्ममहामात्य रज्जुक और सेनापति, सब अपने-अपने स्थान पर स्थित हैं। राजकीय तेज का सन्नाटा सबको मौन किए है।

देखते-देखते एक स्त्री और एक पुरुष उस सभा में आए। सभास्थित सब लोगों की दृष्टि को पुरुष के अवनत तथा बड़े-बड़े नेत्रों ने आकर्षित कर लिया। किन्तु

सब नीरव हैं। युवक और युवती ने मस्तक झुकाकर महाराज को अभिवादन किया।

स्वयं महाराज ने पूछा–तुम्हारा नाम?

उत्तर–कुनाल।

प्र.–पिता का नाम?

उ.–महाराज चक्रवर्ती धर्माशोक।

सब लोग उत्कण्ठा और विस्मय से देखने लगे कि अब क्या होता है, पर महाराज का मुख कुछ भी विकृत न हुआ प्रत्युत और भी गम्भीर स्वर से प्रश्न करने लगे–

प्र.–तुमने कोई अपराध किया है?

उ.–अपनी समझ से तो मैंने अपराध से बचने का उद्योग किया था।

प्र.–फिर तुम किस तरह अपराधी बनाए गए?

उ.–तक्षशिला के महासामंत से पूछिए।

महाराज की आज्ञा होते ही शासक ने अभिवादन के उपरान्त एक पत्र उपस्थित किया, जो अशोक के कर में पहुँचा।

महाराज ने क्षण-भर में महामात्य से फिरकर पूछा–यह आज्ञा-पत्र कौन ले गया था, उसे बुलाया जाए।

पत्रवाहक भी आ गया और कम्पित स्वर से अभिवादन करते हुए बोला–धर्मावतार यह पत्र मुझे महादेवी तिष्यरक्षिता के महल से मिला था और आज्ञा हुई थी कि इसे शीघ्र तक्षशिला के शासक के पास पहुँचाओ।

महाराज ने शासक की ओर देखा। उसने हाथ जोड़कर कहा–महाराज, यही आज्ञा-पत्र लेकर गया था।

महाराज ने गम्भीर होकर अमात्य से कहा–तिष्यरक्षिता को बुलाओ।

महामात्य ने कुछ बोलने की चेष्टा की किन्तु महाराज के भृकुटिभंग ने उन्हें बोलने से निरस्त किया; अब वह स्वयं उठे और चले।

: सात :

महादेवी तिष्यरक्षिता राजसभा में उपस्थित हुईं। अशोक ने गम्भीर स्वर से पूछा–यह तुम्हारी लेखनी से लिखा गया है? क्या उस दिन तुमने इसी कुकर्म के लिए राजमुद्रा छिपा ली थी? क्या कुनाल के बड़े-बड़े सुन्दर नेत्रों को निकलवाने की आज्ञा देने

का षड्यंत्र तुमने ही रचा था? अवश्य तुम्हारा ही यह कुकर्म है। अस्तु, तुम्हारी-ऐसी स्त्री को पृथ्वी के ऊपर नहीं, किन्तु भीतर रहना चाहिए।

सब लोग काँप उठे। कुनाल ने आगे बढ़ घुटने टेक दिए और कहा–क्षमा।

अशोक ने गम्भीर स्वर से कहा–नहीं।

तिष्यरक्षिता उन्हीं पुरुषों के साथ गई, जो लोग उसे जीवित समाधि देने वाले थे। महामात्य ने राजकुमार कुनाल को आसन पर बैठाया और धर्मरक्षिता महल में गईं।

महामात्य ने एक पत्र और अँगूठी महाराज को दी। यह पौण्ड्रवर्धन के शासक का पत्र तथा वीताशोक की अँगूठी थी।

पत्र-पाठ करके और मुद्रा को देखकर वही कठोर अशोक विह्वल हो गए, और अवसन्न होकर सिंहासन पर गिर पड़े।

उसी दिन से कठोर अशोक ने हत्या की आज्ञा बन्द कर दी, स्थान-स्थान पर जीवहिंसा न करने की आज्ञा पत्थरों पर खुदवा दी गई।

कुछ ही काल के बाद महाराज अशोक ने उद्विग्न चित्त को शान्त करने के लिए भगवान् बुद्ध के प्रसिद्ध स्थानों को देखने के लिए धर्म-यात्रा की।

गुलाम

: एक :

फूल नहीं खिलते हैं, बेले की कलियाँ मुरझाई जा रही हैं। समय में नीरद से सींचा नहीं, किसी माली की भी दृष्टि उस ओर नहीं घूमी; अकाल में बिना खिले कुसुम-कोरक म्लान होना ही चाहता है। अकस्मात् डूबते सूर्य की पीली किरणों की आभा से चमकता हुआ एक बादल का टुकड़ा स्वर्ण-वर्षा कर गया। परोपकारी पवन उन छींटों को ढकेलकर उन्हें एक कोरक पर लाद गया। भला इतना भार वह कैसे सह सकता है! सब ढुलककर धरती पर गिर पड़े। कोरक भी कुछ हरा हो गया।

यमुना के बीच धारा में एक छोटी, पर बहुत ही सुन्दर तरणी, मन्द पवन के सहारे धीरे-धीरे बह रही है। सामने के महल से अनेक चन्द्रमुख निकलकर उसे देख रहे हैं। चार कोमल सुन्दरियाँ डाँडे चला रही हैं, और एक बैठी हुई सितार बजा रही है। सामने एक भव्य पुरुष बैठा हुआ उसकी ओर निर्निमेष दृष्टि से देख रहा है।

पाठक! यह प्रसिद्ध शाहआलम दिल्ली के बादशाह हैं। जलक्रीड़ा हो रही है।

सांध्य-सूर्य की लालिमा जीनत-महल के अरुण मुख-मण्डल की शोभा और भी बढ़ा रही है। प्रणयी बादशाह उस आतप-मण्डित मुखारविंद की ओर संतृष्ण नयन से देख रहे हैं, जिस पर बार-बार गर्व और लज्जा का दुबारा रंग चढ़ता-उतरता है, और इसी कारण सितार का स्वर भी बहुत शीघ्र चढ़ता-उतरता है। संगीत, तार पर चढ़कर दौड़ता हुआ, व्याकुल होकर घूम रहा है; क्षण-भर भी विश्राम नहीं।

जीनत के मुखमण्डल पर स्वेद-बिन्दु झलकने लगे। बादशाह ने व्याकुल होकर

कहा–बस करो, प्यारी जीनत ! बस करो ! बहुत अच्छा बजाया, वाह, क्या बात है ! साकी, एक प्याला शीराजी शर्बत !

'हुजूर आया'–कहता हुआ एक सुकुमार बालक सामने आया, हाथ में पान-पात्र था। उस बालक का मुख-कान्ति दर्शनीय था। भरा प्याला छलकना चाहता था, इधर घुँघराली अलकें उसकी आँखों पर बरजोरी एक पर्दा डालना चाहती थीं। बालक प्याले को एक हाथ में लेकर जब केश-गुच्छ को हटाने लगा, तब जीनत और शाहआलम दोनों चकित होकर देखने लगे। अलकें अलग हुईं। बेगम ने एक ठंडी साँस ली। शाहआलम के मुख से भी एक आह निकलना ही चाहती थी, पर उसे रोककर निकल पड़ा–बेगम को दो।

बालक ने दोनों हाथों से पान-पात्र जीनत की ओर बढ़ाया। बेगम ने उसे लेकर पान कर लिया।

नहीं कह सकते कि उस शर्बत ने बेगम को कुछ तरी पहुँचाई या गर्मी; किन्तु हृदय-स्पन्दन अवश्य कुछ बढ़ गया। शाहआलम ने झुककर कहा–एक और !

बालक विचित्र गति से पीछे हटा और थोड़ी देर में दूसरा प्याला लेकर उपस्थित हुआ। पान-पात्र निःशेष कर शाहआलम ने हाथ कुछ और फैला दिया, और बालक की ओर इंगित करते हुए बोले–कादिर, जरा उँगलियाँ तो बुला दे।

बालक अदब से सामने बैठ गया और उनकी उँगलियों को हाथ में लेकर बुलाने लगा।

मालूम होता है कि जीनत को शर्बत ने कुछ ज्यादा गर्मी पहुँचाई। वह बजरे के मेहराब में से झुककर यमुना जल छूने लगी। कलेजे के नीचे एक मखमली तकिया मसली जाने लगी, या न मालूम वही कामिनी के वक्ष-स्थल को पीड़ित करने लगी।

शाहआलम की उँगलियाँ, उस कोमल बाल-रवि-कर-समान स्पर्श से, कलियों की तरह चटकने लगीं। बालक की निर्निमेष दृष्टि आकाश की ओर थी। अकस्मात् बादशाह ने कहा–मीना ! ख्वाजा-सरा से कह देना कि कादिर को अपनी खास तालीम में रखें और उसके सुपुर्द कर देना।

एक डाँड चलानेवाली ने झुककर कहा–बहुत अच्छा हुजूर !

बेगम ने अपने सीने से तकिये को और दबा दिया; किन्तु वह कुछ न बोल सकी, दबकर रह गई।

: दो :

उपर्युक्त घटना को बहुत दिन बीत गए। गुलाम कादिर अब अच्छा युवक मालूम होने लगा। उसका उन्नत स्कन्ध, भरी-भरी बाँहें और विशाल वक्षस्थल बड़े सुहावने हो गए। किन्तु कौन कह सकता है कि वह युवक है। ईश्वरीय नियम के विरुद्ध उसका पुंसत्व छीन लिया गया है।

कादिर, शाहआलम का प्यारा गुलाम है। उसकी तूती बोल रही है, सो भी कहाँ? शाही नौकरखाने के भीतर।

दीवाने-आम में अच्छी सज-धज है। आज कोई बड़ा दरबार होने वाला है। सब पदाधिकारी अपनी योग्यतानुसार वस्त्राभूषण से सजकर अपने-अपने स्थान को सुशोभित करने लगे। शाहआलम भी तख्त पर बैठ गए। तुलादान होने के बाद बादशाह ने कुछ लोगों को मनसब बढ़ाया और कुछ को इनाम दिया। किसी को हर्बे दिए गए; किसी की पदवी बढ़ाई गई; किसी की तनख्वाह बढ़ी।

किन्तु बादशाह यह सब करके भी तृप्त नहीं दिखाई पड़ते। उनकी निगाहें किसी को खोज रही हैं। वे इशारा कर रही हैं कि उन्हीं से काम निकल जाए, रसना को बोलना न पड़े; किन्तु करें क्या? वह हो नहीं सकता था। बादशाह ने एक तरफ देखकर कहा—गुलाम कादिर!

कादिर अपने कमरे में कपड़े पहनकर तैयार है, केवल कमरबन्द में एक जड़ाऊ दस्ते की कटार लगाना बाकी है, जिसे बादशाह ने उसे प्रसन्न होकर दिया है। कटार लगाकर एक बड़े दर्पण के सामने खड़े होकर उसने देखा, अपरूप सौन्दर्य! किसका? अपना ही। सचमुच कादिर की दृष्टि अपनी आँखों पर से नहीं हटती। मुग्ध होकर वह अपना रूप देख रहा है।

उसका पुरुषोचित सुन्दर मुख-मण्डल तारुण्य-सूर्य के आतप से आलोकित हो रहा है। दोनों भरे हुए कपोल प्रसन्नता से बार-बार लाल हो जाते हैं, आँखें हँस रही हैं। सृष्टि सुन्दरतम होकर उसके सामने विकसित हो रही हैं।

प्रहरी ने आकर कहा—जहाँपनाह ने दरबार में याद किया है।

कादिर चौंक उठा और उसका रंग उतर गया। वह सोचने लगा कि उसका रूप और तारुण्य कुछ नहीं है, किसी काम का नहीं। मनुष्य की सारी सम्पत्ति उससे जबर्दस्ती छीन ली गई है।

कादिर का जीवन भार हो उठा। निरभ्र, गगन में पावसघन घिर उठे। उसका

प्राण तिलमिला उठे, और वह व्याकुल होकर चाहता था कि दर्पण फोड़ दे।

क्षण-भर में सारी प्रसन्नता मिट्टी में मिल गई। जीवन दुःसह हो उठा। दाँत आपस में घिस उठे और कटार भी कमर से बाहर निकलने लगी।

कादिर कुछ शान्त हुआ। कुछ सोचकर धीरे-धीरे दरबार की ओर चला। बादशाह के सामने पहुँचकर यथोचित अभिवादन किया।

शाह.–कादिर! इतनी देर तक कहाँ रहा?

कादिर–जहाँपनाह! गुलाम की खता माफ हो।

शाह.–(हँसते हुए) खता कैसी, कादिर?

कादिर–(जलकर) हुजूर देर हुई।

शाह.–अच्छा, उसकी सजा दी जाएगी।

कादिर–(अदब से) लेकिन हुजूर, मेरी भी कुछ अर्ज है।

बादशाह ने पूछा–क्या?

कादिर ने कहा–मुझे यही सजा मिले कि मैं कुछ दिनों के लिए देहली से निकाल दिया जाऊँ।

शाहआलम ने कहा–ये तो बहुत बड़ी सजा है कादिर, ऐसा नहीं हो सकता। मैं तुम्हें कुछ इनाम देना चाहता हूँ, ताकि वह यादगार रहे और तुम फिर ऐसा कुसूर न करो।

कादिर ने हाथ बाँधकर कहा–हुजूर! इनाम में मुझे छुट्टी ही मिल जाए, ताकि कुछ दिनों तक मैं अपने बूढ़े बाप की खिदमत कर सकूँ।

शाहआलम–(चौंककर) उसकी खिदमत के लिए मेरी दी हुई जागीर काफी है। सहारनपुर में उसकी आराम से गुजरती है।

कादिर ने गिड़गिड़ाकर कहा–लेकिन जहाँपनाह, लड़का होकर मेरा भी कोई फर्ज है।

शाहआलम ने कुछ सोचकर कहा–अच्छा, तुम्हें रुख्सत मिली और यादगार की तरह तुम्हें एक-हजारी मनसब अता किया जाता है, ताकि तुम वहाँ से लौट आने में फिर देर न करो।

उपस्थित लोग 'करामात', 'हुजूर का इकबाल और बुलन्द हो' की धुन मचाने लगे। गुलाम कादिर अनिच्छा रहते उन लोगों का साथ देता था, और अपनी हार्दिक प्रसन्नता प्रकट करने की कोशिश करता था।

: तीन :

भारत के सपूत, हिन्दुओं के उज्ज्वल रत्न छत्रपति महाराज शिवाजी ने जो अध्यवसाय और परिश्रम किया, उसका परिणाम मराठों को मिला, और उन्होंने भी जब तक उस पूर्व-नीति को अच्छी तरह से माना, लाभ उठाया। शाहआलम के दरबार में क्या–भारत में–आज मराठा-वीर सिंधिया ही नायक समझा जाता है। सिंधिया की विपुल वाहिनी के बल से शाहआलम नाममात्र को दिल्ली के सिंहासन पर बैठे हैं। बिना सिंधिया के मंजूर किए बादशाह सलामत रत्ती-भर हिल नहीं सकते। सिंधिया दिल्ली और उसके बादशाह के प्रधान रक्षक हैं। शाहआलम का मुगल रक्त सर्द हो चुका है।

सिंधिया आपस में झगड़े तय करने के लिए दक्खिन चला गया है। 'मंसूर' नामक कर्मचारी ही इस समय बादशाह का प्रधान सहायक है। शाहआलम का पूरा शुभचिन्तक होने पर भी वह हिन्दू सिंधिया की प्रधानता से भीतर-भीतर जला करता था।

जला हुआ विद्रोह का झण्डा उठाए, इसी समय, गुलाम कादिर रुहेलों के साथ सहारनपुर से आकर दिल्ली के उस पार डेरा डाले पड़ा है। मंसूर उसके लिए हर तरह से तैयार हैं। एक बार वह भुलावे में आकर चला गया है। अबकी बार उसकी इच्छा है कि वजारत वही करे।

बूढ़े बादशाह संगमरमर के मीनाकारी किए हुए बुर्ज में गावतकिये के सहारे लेटे हुए हैं। मंसूर सामने हाथ बाँधे खड़ा है। शाहआलम ने भरी हुई आवाज में पूछा–क्यों मंसूर! क्या गुलाम कादिर सचमुच दिल्ली पर हमला करके तख्त छीनना चाहता है? क्या उसको इसीलिए हमने इस मरतबे पर पहुँचाया? क्या सबका आखिरी नतीजा यही है? बोलो, साफ कहो। रुको मत, जिसमें कि तुम बात बता सको।

मंसूर–जहाँपनाह! वह तो गुलाम है। फकत हुजूर की कदमबोसी हासिल करने के लिए आया है। और, उसकी तो यही अर्जी है कि हमारे आका शहंशाहेहिन्द एक काफिर के हाथ की पुतली न बने रहें। अगर हुक्म दें, तो क्या यह गुलाम वह काम नहीं कर सकता?

शाह.–मंसूर! इसके माने?

मंसूर–बंदापरवर! वह दिल्ली की वजारत के लिए अर्ज करता है और गुलामी में हाजिर होना चाहता है। उसे तो सिंधिया से रंज है, हुजूर तो उसके मेहरबान आका हैं।

शाह.–(जरा तनकर) हाँ मंसूर, उसे हमने बचपन से पाला है, और इस लायक बनाया है।

मंसूर–(मन में) और उसे आपने ही, खुदगरजी से–जो काबिले-नफरत थी–दुनिया के किसी काम का न रखा, जिसके लिए वह जी से जला हुआ है।

शाह.–बोलो मंसूर! चुप क्यों हो गए? क्या वह एहसान-फरामोश है?

मंसूर–हुजूर! फिर, गुलाम खिदमत में बुलाया जावे?

शाह.–वजारत देने में मुझे कोई उज्र नहीं है। वह सँभाल सकेगा?

मंसूर–हुजूर, अगर वह न सँभाल सकेगा, तो उसको वही झेलेगा। सिंधिया खुद उससे समझ लेगा।

शाह.–हाँ जी, सिंधिया से कह दिया जाएगा कि लाचारी से उसको वजारत दी गई। तुम थे नहीं, उसने जबर्दस्ती वह काम अपने हाथ में लिया।

मंसूर–और इससे मुसलमान रियाया भी हुजूर से खुश हो जाएगी। तो, उसे आने का हुक्म भेज दिया जाए?

शाह.–बेहतर।

: चार :

दिल्ली के दुर्ग पर गुलाम कादिर का पूर्ण अधिकार हो गया है। बादशाह के कर्मचारियों से सब काम छीन लिया गया है। रुहेलों का किले पर पहरा है। अत्याचारी गुलाम महलों की सब चीजों को लूट रहा है। बेचारी बेगमें अपमान के डर से पिशाच रुहेलों के हाथ, अपने हाथ से अपने आभूषण उतारकर दे रही हैं। पाशविक अत्याचार की मात्रा अब भी पूर्ण नहीं हुई। दीवाने-खास में सिंहासन पर बादशाह बैठे हैं। रुहेलों के साथ गुलाम कादिर उसे घेरकर खड़ा है।

शाह.–गुलाम कादिर, अब बस कर! मेरे हाल पर रहम कर, सब कुछ तूने कर लिया। अब मुझे नाहक परेशान करता है?

गुलाम–अच्छा इसी में है कि अपना छिपा खजाना बता दो।

एक रुहेला–हाँ, हाँ, हम लोगों के लिए भी तो कुछ चाहिए।

शाह.–कादिर! मेरे पास कुछ नहीं है। क्यों मुझे तकलीफ देता है?

कादिर–मालूम होता है, सीधी उँगली से घी नहीं निकलेगा।

शाह.–मैंने तुझे इस लायक इसलिए बनाया कि तू मेरी इस तरह बेइज्जती करे?

कादिर–तुम्हारे ऐसों के लिए इतनी ही सजा काफी नहीं है। नहीं देखते हो कि मेरे दिल में बदले की आग जल रही है, मुझे तुमने किस काम का रखा? हाय! मेरी सारी कार्रवाई फिजूल है, मेरा सब तुमने लूट लिया है। बदला कहता है कि तुम्हारा गोश्त मैं अपने दाँतों से नोच डालूँ।

शाह.–बस कादिर! मैं अपनी खता कुबूल करता हूँ। मुझे माफ कर! या तो अपने हाथों से मुझे कत्ल कर डाल! मगर इतनी बेइज्जती न कर!

गुलाम–अच्छा, वह तो किया ही जाएगा! मगर खजाना कहाँ है?

शाह.–कादिर! मेरे पास कुछ नहीं है!

गुलाम–अच्छा, तो उतर आयें तख्त से, देर न करें!

शाह.–कादिर! मैं इसी पर बैठा हूँ, जिस पर बैठकर तुझे हुक्म दिया करता था। आह, इसी जगह खंजर से मेरा काम तमाम कर दे।

'वही होगा' कहता हुआ नर-पिशाच कादिर तख्त की ओर बढ़ा। बूढ़े बादशाह को तख्त से घसीटकर नीचे ले आया और उन्हें पटककर छाती पर चढ़ बैठा। खंजर की नोंक कलेजे पर रखकर कहने लगा–अब भी अपना खजाना बताओ, तो जान सलामत बच जाएगी।

शाहआलम गिड़गिड़ाकर कहने लगे कि ऐसी जिन्दगी की जरूरत नहीं है। अब तू अपना खंजर कलेजे के पार कर!

कादिर–लेकिन इससे क्या होगा। अगर तुम मर जाओगे, तो मेरे कलेजे की आग किसे झुलसाएगी; इससे बेहतर है कि मुझसे जैसी चीज छीन ली गई है, उसी तरह की कोई चीज तुम्हारी भी ली जाए। हाँ इन्हीं आँखों से मेरी खूबसूरती देखकर तुमने मुझे दुनिया के किसी काम का न रखा। लो, मैं तुम्हारी आँखें निकालता हूँ, जिससे मेरा कलेजा कुछ ठण्डा होगा।

इतना कह कादिर ने कटार से शाहआलम की दोनों आँखें निकाल लीं। रोशनी की जगह उन गड्ढों से रक्त के फुहारे निकलने लगे। निकली हुई आँखों को कादिर की आँखें प्रसन्नता से देखने लगीं।

गुदड़ी में लाल

दीर्घ निश्वासों का क्रीड़ा-स्थल, गर्म-गर्म आँसुओं का फूटा हुआ पात्र! कराल काल की सारंगी, एक बुढ़िया का जीर्ण कंकाल, जिसमें अभिमान के लय में करुणा ही रागिनी बजा करती है।

अभागिनी बुढ़िया, एक भले घर की बहू-बेटी थी। उसे देखकर दयालु वयोवृद्ध, हे भगवान्! कहके चुप हो जाते थे। दुष्ट कहते थे कि अमीरी में बड़ा सुख लूटा है। नवयुवक देशभक्त कहते थे, देश दरिद्र है; खोखला है। अभागे देश में जन्म ग्रहण करने का फल भोगती है। आगामी भविष्य की उज्ज्वलता में विश्वास रखकर हृदय के रक्त पर सन्तोष करे। जिस देश का भगवान् ही नहीं ; उसे विपत्ति क्या! सुख क्या!

परन्तु बुढ़िया सबसे यही कहा करती थी–'मैं नौकरी करूँगी। कोई मेरी नौकरी लगा दो।' देता कौन? जो एक घड़ा जल भी नहीं भर सकती, जो स्वयं उठकर सीधी खड़ी नहीं हो सकती थी, उससे कौन काम कराए? किसी की सहायता लेना पसन्द नहीं, किसी की भिक्षा का अन्न उसके मुख में बैठता ही न था। लाचार होकर बाबू रामनाथ ने उसे अपनी दुकान में रख लिया। बुढ़िया की बेटी थी, वह दो पैसे कमाती थी। अपना पेट पालती थी, परन्तु बुढ़िया का विश्वास था कि कन्या का धन खाने से उस जन्म में बिल्ली, गिरगिट और भी क्या-क्या होता है। अपना-अपना विश्वास ही है, परन्तु धार्मिक विश्वास हो या नहीं, बुढ़िया को अपने आत्माभिमान का पूर्ण विश्वास था। वह अटल रही। सर्दी के दिनों में अपने ठिठुरे हुए हाथ से वह अपने लिए पानी भरकर रखती। अपनी बेटी से सम्भवतः उतना ही काम कराती, जितना अमीरी के दिनों में कभी-कभी उसे अपने घर बुलाने पर कराती।

बाबू रामनाथ उसे मासिक वृत्ति देते थे। और भी तीन-चार पैसे चबैनी के, जैसे और नौकरों को मिलते थे, मिला करते थे। कई बरस बुढ़िया के बड़ी प्रसन्नता

से कटे। उसे न तो दुःख था और न सुख। दुकान में झाडू लगाकर उसकी बिखरी हुई चीजों को बटोरे रहना और बैठे-बैठे थोड़ा-घना जो काम हो करना, बुढ़िया का दैनिक कार्य था। उससे कोई नहीं पूछता था कि तुमने कितना काम किया। दुकान के और कोई नौकर यदि दुष्टता-वश उसे छेड़ते भी थे, तो रामनाथ उन्हें डाँट देता था।

बसन्त, वर्षा, शरद और शिशिर की संध्या में जब विश्व की वेदना, जगत् की थकावट, धूसर चादर में मुँह लपेटकर क्षितिज के नीरव प्रान्त में सोने जाती थी; बुढ़िया अपनी कोठरी में लेटी रहती। अपनी कमाई के पैसे से पेट भरकर, कठोर पृथ्वी की कोमल रोमावली के समान हरी-हरी दूब पर भी लेटे रहना किसी-किसी के सुखों की संख्या है, वह सबको प्राप्त नहीं। बुढ़िया धन्य हो जाती थी, उसे सन्तोष होता।

एक दिन उस दुर्बल, दीन बुढ़िया को बनिए को दुकान में लाल मिर्चें फटकनी पड़ीं। बुढ़िया ने किस-किस कष्ट से उसे सँवारा। परन्तु उसकी तीव्रता वह सहन न कर सकी। उसे मूर्च्छा आ गई। रामनाथ ने देखा, और देखा अपने कठोर ताँबे के पैसे की ओर। उसके हृदय ने धिक्कारा, परन्तु अन्तरात्मा ने ललकारा। उस बनिया रामनाथ को साहस हो गया। उसने सोचा, क्या इस बुढ़िया को 'पेन्शन' नहीं दे सकता? क्या उसके पास इतना अभाव है? अवश्य दे सकता है। उसने मन में निश्चय किया। 'तुम बहुत थक गई हो, अब तुमसे काम नहीं हो सकता।' बुढ़िया के देवता कूच कर गए। उसने कहा–'नहीं-नहीं, अभी तो मैं अच्छी तरह काम कर लेती हूँ।' 'नहीं, अब तुम काम करना बन्द कर दो, मैं तुमको घर बैठे दिया करूँगा।'

'नहीं बेटा! अभी तुम्हारा काम मैं अच्छा-भला किया करूँगी।' बुढ़िया के गले में काँटे पड़ गए थे। किसी सुख की इच्छा से नहीं, पेन्शन के लोभ से भी नहीं। उसके मन में धक्का लगा। वह सोचने लगी–'मैं बिना किसी काम किए इसका पैसा कैसे लूँगी? क्या यह भीख नहीं?' आत्माभिमान झनझना उठा। हृदयतन्त्री के तार कड़े होकर चढ़ गए। रामनाथ ने मधुरता से कहा–'तुम घबराओ मत, तुमको कोई कष्ट न होगा।'

बुढ़िया चली आई। उसकी आँखों में आँसू न थे। आज वह सूखे काठ-सी हो गई। घर जाकर बैठी, कोठरी में अपना सामान एक ओर सुधारने लगी। बेटी ने कहा–'माँ, यह क्या करती हो?'

माँ ने कहा–'चलने की तैयारी।'

रामनाथ अपने मन में अपनी प्रशंसा कर रहा था, अपने को धन्य समझता था। उसने समझ लिया कि हमने आज एक अच्छा काम करने का संकल्प किया है। भगवान् इससे अवश्य प्रसन्न होंगे।

बुढ़िया अपनी कोठरी में बैठी-बैठी विचारती थी, 'जीवन भर के संचित इस अभिमान-धन की एक मुट्ठी अन्न की भिक्षा पर बेच देना होगा। असह्य! भगवान् क्या मेरा इतना सुख भी नहीं देख सकते! उन्हें सुनना होगा।' वह प्रार्थना करने लगी।

'इस अनन्त ज्वालामयी सृष्टि के कर्त्ता! क्या तुम्हीं करुणा-निधान हो? क्या इसी डर से तुम्हारा अस्तित्व माना जाता है? अभाव, आशा, असन्तोष और आर्त्तनादों के आचार्य! क्या तुम्हीं दीनानाथ हो? तुम्हीं ने वेदना का विषम जाल फैलाया है? तुम्हीं ने निष्ठुर दुःखों को सहने के लिए मानव हृदय-सा कोमल पदार्थ चुना है और उसे विचारने के लिए, स्मरण करने के लिए दिया है अनुभवशील मस्तिष्क? कैसी कठोर कल्पना है, निष्ठुर! तुम्हारी कठोर करुणा की जय हो! मैं चिर पराजित हूँ।'

सहसा बुढ़िया के शीर्ण मुख पर कान्ति आ गई। उसने देखा, एक स्वर्गीय ज्योति बुला रही है। वह हँसी, फिर शिथिल होकर लेटी रही।

रामनाथ ने दूसरे ही दिन सुना कि बुढ़िया चली गई। वेदना-क्लेश-हीन अक्षयलोक में उसे स्थान मिल गया। उस महीने की पेन्शन से उसका दाह-कर्म करा दिया। फिर एक दीर्घ निश्वास छोड़कर बोला, 'अमीरी की बाढ़ में न जाने कितनी वस्तु कहाँ से आकर एकत्र हो जाती हैं, बहुतों के पास उस बाढ़ के घट जाने पर केवल कुर्सी, कोच और टूटे गहने रह जाते हैं। परन्तु बुढ़िया के पास रह गया था सच्चा स्वाभिमान–गुदड़ी में लाल।'

आंधी

चंदा के तट पर बहुत-से छतनारे वृक्षों की छाया है, किंतु मैं प्रायः मुचकुंद के नीचे ही जाकर टेहलता, बैठता और कभी-कभी चांदनी में ऊंघने भी लगता। वहीं मेरा विश्राम था। वहां मेरी एक सहचरी भी थी, किंतु वह कुछ बोलती न थी। वह रहट्ठों की बनी हुई मूसदानी-सी एक झोपड़ी थीं, जिसके नीचे पहले सथिया मुसहरिन का मोटा-सा काला लड़का पेट के बल पड़ा रहता था। दोनों कलाइयों पर सिर टेके हुए भगवान की अनंत करुणा को प्रणाम करते हुए उसका चित्र आंखों के सामने आ जाता। मैं सथिया को कभी-कभी कुछ दे देता था, पर वह नहीं के बराबर। उसे तो मजूरी करके जीने में सुख था। अन्य मुसहरों की तरह अपराध करने में वह चतुर न थी। उसको मुसहरों की बस्ती से दूर रहने में सुविधा थी, वह मुचकुंद के फूल इकट्ठे करके बेचती, सेमर की रुई बीन लेती, लकड़ी के गट्ठे बटोरकर बेचती पर उसके इन सब व्यापारों में कोई और सहायक न था। एक दिन वह मर ही तो गई। तब भी कलाई पर से सिर उठाकर, करवट बदलकर अंगड़ाई लेते हुए कलुआ ने केवल एक जंभाई ली थी। मैंने सोचा–स्नेह, माया, ममता इन सबों की भी एक घरेलू पाठशाला है, जिसमें उत्पन्न होकर शिशु धीरे-धीरे इनके अभिनय की शिक्षा पाता है। उसकी अभिव्यक्ति के प्रकार और विशेषता से वह आकर्षक होता है सही, किंतु, माया-ममता किस प्राणी के हृदय में न होगी! मुसहरों को पता लगा–वे कल्लू को ले गए। तब से इस स्थान को निर्जनता पर गरिमा का एक और रंग चढ़ गया।

मैं अब भी तो वहीं पहुंच जाता हूं। बहुत घूम-फिरकर भी जैसे मुचकुंद की छाया की ओर खिंच जाता हूं। आज के प्रभात में कुछ अधिक सरसता थी। मेरा हृदय हलका-हलका-सा हो रहा था। पवन में मादक सुगंध और शीतलता थी। ताल पर नाचती हुई लाल-लाल किरणें वृक्षों के अंतराल से बड़ी सुहावनी लगती थीं।

मैं परजाते के सौरभ में अपने सिर को धीरे-धीरे हिलाता हुआ कुछ गुनगुनाता चला जा रहा था। सहसा मुचकुंद के नीचे मुझे धुंआ और कुछ मनुष्यों की चहल-पहल का अनुमान हुआ। मैं कुतूहल से उसी ओर बढ़ने लगा।

वहां कभी एक सराय भी थी, अब उसका ध्वंस बच रहा था। दो-एक कोठरियां थीं, किंतु पुरानी प्रथा के अनुसार अब भी वहीं पर पथिक ठहरते।

मैंने देखा कि मुचकुंद के आस-पास दूर तक एक विचित्र जमावड़ा है। अद्भुत शिविरों की पांति में यहां पर कानन-चरों, बिना घरवालों की बस्ती बसी हुई है।

सृष्टि को आरंभ हुए कितना समय बीत गया, किंतु इन अभागों को कोई पहाड़ की तलहटी या नदी की घाटी बसाने के लिए प्रस्तुत न हुई और न इन्हें कहीं घर बनाने की सुविधा ही मिली। वे आज भी अपने चलते-फिरते घरों को जानवरों पर लादे हुए घूमते ही रहते हैं! मैं सोचने लगा–ये सभ्य मानव-समाज के विद्रोही हैं, तो भी इनका एक समाज है। सभ्य संसार के नियमों को कभी न मानकर भी इन लोगों ने अपने लिए नियम बनाए हैं। किसी भी तरह, जिनके पास कुछ है, उनसे ले लेना और स्वतंत्र होकर रहना। इनके साथ सदैव आज के संसार के लिए विचित्रतापूर्ण संग्रहालय रहता है। ये अच्छे घुड़सवार और भयानक व्यापारी हैं। अच्छा, ये लोग कठोर परिश्रमी और संसार यात्रा के उपयुक्त प्राणी हैं, फिर इन लोगों ने कहीं बसना, घर बनाना, क्यों नहीं पसंद किया?–मैं मन-ही-मन सोचता हुआ धीरे-धीरे उनके पास होने लगा। कुतूहल ही तो था। आज तक इन लोगों के संबंध में कितनी ही बातें सुनता आया था। जब निर्जन चंदा का ताल मेरे मनोविनोद की सामग्री हो सकता है, तब आज उसका बसा हुआ तट मुझे क्यों न आकर्षित करता? मैं धीरे-धीरे मुचकुंद के पास पहुंच गया। उसकी एक डाल से बंधा हुआ एक सुंदर बछेड़ा हरी-हरी दूब खा रहा था और लहंगा-कुरता पहने, रूमाल सिर से बांधे हुए एक लड़की उसकी पीठ सूखे घास के मट्ठे से मल रही थी। मैं रुककर देखने लगा। उसने पूछा–घोड़ा लोगे, बाबू?

नहीं–कहते हुए मैं आगे बढ़ा था, कि एक तरुणी ने झोपड़े से सिर निकाल कर देखा। वह बाहर निकल आई। उसने कहा–आप पढ़ना जानते हैं?

हां, जानता तो हूं।

हिंदुओं की चिट्ठी आप पढ़ लेंगे?

मैं उसके सुंदर मुख को कला की दृष्टि से देख रहा था। कला की दृष्टि; ठीक तो बौद्ध-कला, गांधार-कला, द्रविड़ों की कला इत्यादि नाम से भारतीय मूर्ति-सौंदर्य के अनेक विभाग जो हैं; जिससे गढ़न का अनुमान होता है। मेरे एकांत जीवन

को बिताने की सामग्री में इस तरह का जड़ सौंदर्य-बोध भी एक स्थान रखता है। मेरा हृदय सजीव प्रेम से कभी आप्लुत नहीं हुआ था। मैं इस मूक सौंदर्य से ही कभी-कभी अपना मनोविनोद कर लिया करता। चिट्ठी पढ़ने की बात पूछने पर भी मैं अपने मन में निश्चय कर रहा था, कि वास्तविक गांधार प्रतिमा है या ग्रीस और भारत का इस सौंदर्य में समन्वय है।

वह झुंझलाकर बोली–क्या नहीं पढ़ सकोगे?

चश्मा नहीं है, मैंने सहसा कह दिया। यद्यपि मैं चश्मा नहीं लगाता, तो भी स्त्रियों से बोलने में न जाने क्यों मेरे मन में हिचक होती है। मैं उनसे डरता भी था, क्योंकि सुना था वे किसी वस्तु को बेचने के लिए प्रायः इस तरह तंग करती हैं कि उनसे दाम पूछनेवाले को लेकर ही छूटना पड़ता है। इसमें उनके पुरुष लोग भी सहायक हो जाते हैं, तब वह बेचारा गाहक और भी झंझट में फंस जाता। मेरी सौंदर्य की अनुभूति विलीन हो गई। मैं अपने दैनिक जीवन के अनुसार टहलने का उपक्रम करने लगा; किंतु वह सामने अचल प्रतिमा की तरह खड़ी हो गई। मैंने कहा–क्या है?

चश्मा चाहिए? मैं ले आती हूं।

ठहरो, ठहरो, मुझे चश्मा न चाहिए।

कहकर मैं सोच रहा था कि कहीं मुझे खरीदना न पड़े। उसने पूछा–तब तुम पढ़ सकोगे कैसे?

मैंने देखा कि बिना पढ़े मुझे छुट्टी न मिलेगी। मैंने कहा–ले आओ, देखूं, संभव है कि पढ़ सकूं।–उसने अपनी जेब से एक बुरी तरह मुड़ा हुआ पत्र निकाला। मैं उसे लेकर मन-ही-मन पढ़ने लगा।

लैला....,

तुमने जो मुझे पत्र लिखा था, उसे पढ़कर मैं हंसा भी और दुःख तो हुआ ही। हंसा इसलिए कि तुमने दूसरे से अपने मन का ऐसा खुला हुआ हाल क्यों कह दिया। तुम कितनी भोली हो! क्या तुमको ऐसा पत्र दूसरे से लिखवाते हुए हिचक न हुई। तुम्हारा घूमनेवाला परिवार ऐसी बातों को सहन करेगा? क्या इन प्रेम की बातों में तुम गम्भीरता का तनिक भी अनुभव नहीं करती हो? और दुखी इसलिए हुआ कि तुम मुझसे प्रेम करती हो। यह कितनी भयानक बात है। मेरे लिए भी और तुम्हारे लिए भी। तुमने मुझे निमंत्रित किया है प्रेम के स्वतंत्र साम्राज्य में घूमने के लिए, किंतु तुम जानती हो, मुझे जीवन की ठोस झंझटों से छुट्टी नहीं। घर में मेरी स्त्री है, तीन-तीन बच्चे हैं, उन सबों के लिए मुझे खटना पड़ता है,

काम करना पड़ता है। यदि वैसा न भी होता, तो भी क्या मैं तुम्हारे जीवन को अपने साथ घसीटने में समर्थ होता? तुम स्वतंत्र वन-विहंगिनी और मैं एक हिंदू गृहस्थ; अनेकों रुकावटें, बीसों बंधन। यह सब असम्भव है। तुम भूल जाओ। जो स्वप्न तुम देख रही हो–उसमें केवल हम और तुम हैं। संसार का आभास नहीं। मैं एक दिन और जीर्ण सुख लेते हुए जीवन की विभिन्न अवस्थाओं का समन्वय करने का प्रयत्न कर रहा हूं। न मालूम कब से मनुष्य इस भयानक सुख का अनुभव कर रहा है। मैं उन मनुष्यों में अपवाद नहीं हूं, क्योंकि यह सुख भी तुम्हारे स्वतंत्र सुख की संतति है! वह आरम्भ है, यह परिणाम है। फिर भी घर बसाना पड़ेगा। फिर वही समस्याएं सामने आवेंगी। तब तुम्हारा यह स्वप्न भंग हो जाएगा। पृथ्वी ठोस और कंकरीली रह जाएगी। फूल हवा में बिखर जाएंगे। आकाश का विराट् मुख समस्त आलोक को पी जाएगा। अंधकार केवल अंधकार में झुंझलाहट-भरा पश्चात्ताप, जीवन को अपने डंकों से क्षत-विक्षत कर देगा। इसलिए लैला! भूल जाओ। तुम चारयारी बेचती हो। उससे सुना है, चोर पकड़े जाते हैं। किंतु अपने मन का चोर पकड़ना कहीं अच्छा है। तुम्हारे भीतर जो तुमको चुरा रहा है, उसे निकाल बाहर करो। मैंने तुमसे कहा था कि बहुत-से पुराने सिक्के खरीदूंगा, तुम अबकी बार पश्चिम जाओ तो खोजकर ले आना। मैं उन्हें अच्छे दामों पर ले लूंगा। किंतु तुमको खरीदना है अपने को बेचना नहीं, इसलिए मुझसे प्रेम करने की भूल तुम न करो।

हां, अब कभी इस तरह पत्र न भेजना, क्योंकि वह सब व्यर्थ है।

–रामेश्वर

मैं एक सांस में पत्र पढ़ गया, तब तक लैला मेरा मुंह देख रही थी। मेरा पढ़ना कुछ ऐसा ही हुआ, जैसे लोग अपने में बर्राते हैं। मैंने उसकी ओर देखते हुए वह कागज उसे लौटा दिया। उसने पूछा–इसका मतलब?

मतलब! वह फिर किसी समय बताऊंगा। अब मुझे जलपान करना है। मैं जाता हूं। कहकर मैं मुड़ा ही था कि उसने पूछा–आपका घर, बाबू!–मैंने चंदा के किनारे अपने सफेद बंगले को दिखा दिया। लैला पत्र हाथ में लिए वहीं खड़ी रही। मैं अपने बंगले की ओर चला। मन में सोचता जा रहा था। रामेश्वर! वही तो रामेश्वरनाथ वर्मा! क्यूरियो मर्चेण्ट! उसी की लिखावट है। वह तो मेरा परिचित है। मित्र मान लेने में मन को एक तरह की अड़चन है। इसलिए मैं प्रायः अपने कहे जानेवाले मित्रों को भी जब अपने मन में सम्बोधन करता हूं, तो परिचित ही कहकर! सो भी जब इतना माने बिना काम नहीं चलता। मित्र मान लेने पर

मनुष्य उससे शिव के समान आत्म-त्याग, बोधिसत्व के सदृश सर्वस्व समर्पण की जो आशा करता है और उसकी शक्ति की सीमा को प्रायः अतिरञ्जित देखता है। वैसी स्थिति में अपने को डालना मुझे पसंद नहीं। क्योंकि जीवन का हिसाब-किताब उस काल्पनिक गणित के आधार पर रखने का मेरा अभ्यास नहीं, जिसके द्वारा मनुष्य सबके ऊपर अपना पावना ही निकाल लिया करता है।

अकेले जीवन के नियमित व्यय के लिए साधारण पूंजी का ब्याज मेरे लिए पर्याप्त है। मैं सुखी विचरता हूं! हां, मैं जलपान करके कुरसी पर बैठा हुआ अपनी डाक देख रहा था। उसमें एक लिफाफा ठीक उन्हीं अक्षरों में लिखा हुआ–जिनमें लैला का पत्र था–निकला। मैं उत्सुकता से खोल कर पढ़ने लगा–

भाई श्रीनाथ,

तुम्हारा समाचार बहुत दिनों से नहीं मिला। तुम्हें यह जानकर प्रसन्नता होगी कि हम लोग दो सप्ताह के भीतर तुम्हारे अतिथि होंगे। चंदा की वायु हम लोगों को खींच रही है। मिन्ना तो तंग कर ही रहा है, उसकी मां को और भी उत्सुकता है। उन सबों को यही सूझी है, कि दिन भर ताल में डोंगी पर भोजन न करके हवा खाएंगे और पानी पीएंगे। तुम्हें कष्ट तो न होगा?

तुम्हारा–रामेश्वर

पत्र पढ़ लेने पर जैसे कुतूहल मेरे सामने नाचने लगा। रामेश्वर के परिवार का स्नेह, उनके मधुर झगड़े; मान-मनौवल–समझौता और अभाव में भी संतोष; कितना सुंदर! मैं कल्पना करने लगा। रामेश्वर एक सफल कदम्ब है, जिसके ऊपर मालती की लता अपनी सैकड़ों उलझनों से, आनंद की छाया और आलिंगन का स्नेह-सुरभि ढाल रही है।

रामेश्वर का ब्याह मैंने देखा था। रामेश्वर के हाथ के ऊपर मालती की पीली हथेली, जिसके ऊपर जलधारा पड़ रही थी। सचमुच यह संबंध कितना शीतल हुआ। उस समय मैं हंस रहा था–बालिका मालती और किशोर रामेश्वर! हिंदू-समाज का यह परिहास–यह भीषण मनोविनोद! तो भी मैंने देखा, कहीं भूचाल नहीं हुआ–कहीं ज्वालामुखी नहीं फूटा। बहिया ने कोई गांव बहाया नहीं। रामेश्वर और मालती अपने सुख की फसल हर साल काटते हैं।....मैंने जो सोचा–अभी-अभी जो विचार मेरे मन में आया, वह न लिखूंगा। मेरी क्षुद्रता जलन के रूप में प्रकट होगी। किंतु मैं सच कहता हूं, मुझे रामेश्वर से जलन नहीं तो भी मेरे उस विचार का मिथ्या अर्थ लोग लगा ही लेंगे। आजकल मनोविज्ञान का युग है न। प्रत्येक ने मनोवृत्तियों के लिए हृदय को कबूतर का दरबा बना डाला है। इनके लिए सफेद, नीला, सुर्ख

का श्रेणी-विभाग कर लिया गया है। उतनी प्रकार की मनोवृत्तियों को गिनकर वर्गीकरण कर लेने का साहस भी होने लगा है।

तो भी मैंने उस बात को सोच ही लिया। मेरे साधारण जीवन में एक लहर उठी। प्रसन्नता की स्निग्ध लहर! पारिवारिक सुखों से लिपटा हुआ, प्रणय-कलह देखूंगा; मेरे दायित्व-विहीन जीवन का वह मनोविनोद होगा। मैं रामेश्वर को पत्र लिखने लगा–

भाई रामेश्वर!

तुम्हारे पत्र ने मुझ पर प्रसन्नता की वर्षा की है। मेरे शून्य जीवन को आनंद-कोलाहल से, कुछ ही दिनों के लिए सही भर देने का तुम्हारा प्रयत्न, मेरे लिए सुख का कारण होगा, तुम अवश्य आओ और सबको साथ लेकर आओ!

तुम्हारा–श्रीनाथ

पुनश्चः–

बंबई से आते हुए सूरन अवश्य लेते आना। यहां वैसा नहीं मिलता। सूरन की तरकारी की गरमी में ही तुम लोग चंदा की ठंडी हवा झेल सकोगे और साथ-साथ अपनी चलती-फिरती दूकान का एक बक्स, जिस पर हम लोगों की बातचीत की परम्परा लगी रहे।

–श्रीनाथ

दोपहर का भोजन कर लेने के बाद मैं थोड़ी देर अवश्य लेटता हूं। कोई पूछता है, तो कह देता हूं कि यह निद्रा नहीं भाई, तंद्रा है, स्वास्थ्य को मैं उसे अपने आराम से चलने देता हूं! चिकित्सकों से सलाह पूछकर उसमें छेड़-छाड़ करना मुझे ठीक नहीं जंचता। सच बात तो यह है कि मुझे वर्तमान युग की चिकित्सा में वैसा ही विश्वास है, जैसे पाश्चात्य पुरातत्त्वज्ञों की खोज पर। जैसे वे सांची अमरावती के स्तम्भ तथा शिल्प के चिह्नों में वस्त्र पहनी हुई मूर्तियों को देखकर, ग्रीक शिल्प कला का आभास पा जाते हैं और कल्पना कर बैठते हैं कि भारतीय बौद्ध कला ऐसी हो ही नहीं सकती, क्योंकि वे कपड़ा पहनना जानते ही न थे। फिर चाहे आप त्रिपिटक से ही प्रमाण क्यों न दें कि बिना अंतर्वासक, चीवर इत्यादि के भारत का कोई भी भिक्षु नहीं रहता था; पर वे कब मानने वाले! वैसे ही चिकित्सक के पास सिर में दर्द होने की दवा खोजने गए कि वह पेट से उसका संबंध जोड़कर कोई रेजक औषधि दे ही देगा। बेचारा कभी न सोचेगा कि कोई गम्भीर विचार करते हुए, जीवन की किसी कठिनाई से टकराते रहने से भी सिर में पीड़ा हो सकती है। तो भी मैं हल्की-सी तंद्रा केवल तबीयत बनाने के लिए ले ही लेता हूं।

शरद्-काल की उजली धूप ताल के नीले जल पर फैल रही थी। आंखों में चकाचौंधी लग रही थी। मैं कमरे में पड़ा अंगड़ाई ले रहा था। दुलारे ने आकर कहा–ईरानी–नहीं-नहीं बलूची आए हैं। मैंने पूछा–कैसे ईरानी और बलूची?

वही जो मूंगा, फिरोजा, चारयारी बेचते हैं, सिर में रूमाल बांधे हुए।

मैं उठ खड़ा हुआ, दालान में आकर देखता हूं, तो एक बीस बरस के युवक के साथ लैला। गले में चमड़े का बैग, पीठ पर चोटी, छींट का रूमाल। एक निराला आकर्षक चित्र! लैला ने हंसकर पूछा–बाबू, चारयारी लोगे?

चारयारी?

हां बाबू! चारयारी! इसके रहने से इसके पास सोना, अशर्फी रहेगा। थैली कभी खाली न होगी। और बाबू! इससे चोरी का माल बहुत जल्द पकड़ा जाता है।

साथ ही युवक ने कहा–ले लो बाबू! असली चारयारी; सोना का चारयारी! एक बाबू के लिए लाया था। वह मिला नहीं।

मैं अब तक उन दोनों की सुरमीली आंखों को देख रहा था। सुरमे का घेरा गोरे-गोरे मुंह पर आंख की विस्तृत सत्ता का स्वतंत्र साक्षी था। पतली लंबी गर्दन पर खिलौने-सा मुंह टपाटप बोल रहा था! मैंने कहा–मुझे तो चारयारी नहीं चाहिए।

किंतु वहां सुनता कौन है, दोनों सीढ़ी पर बैठ गए थे और लैला अपना बैग खोल रही थी। कई पोटलियां निकलीं, सहसा लैला के मुंह का रंग उड़ गया। वह घबराकर कुछ अपनी भाषा में कहने लगी। युवक उठ खड़ा हुआ। मैं कुछ न समझ सका। वह चला गया। अब लैला ने मुस्कराते हुए, बैग में से वही पत्र निकाला। मैंने कहा–इसे तो मैं पढ़ चुका हूं।

इसका मतलब!

वह तुम्हारी चारयारी खरीदने फिर आवेगा। यही इसमें लिखा है–मैंने कहा।

बस! इतना ही?

और भी कुछ है।

क्या बाबू?

और जो उसने लिखा है, वह मैं नहीं कह सकता–

क्यों बाबू? क्यों न कह सकोगे? बोलो।

लैला की वाणी में पुचकार, दुलार, झिड़की और आज्ञा थी।

यह सब बात मैं नहीं....

बीच में ही बात काटकर उसने कहा–नहीं क्यों? तुम जानते हो, नहीं बोलोगे?

उसने लिखा है, मैं तुमको प्यार करता हूं।

लिखा है, बाबू! लैला की आंखों में स्वर्ग हंसने लगा! वह फुरती से पत्र मोड़कर रखती हुई हंसने लगी। मैंने अपने मन में कहा–अब यह पूछेगी, वह कब आवेगा? कहां मिलेगा?–किंतु लैला ने यह सब कुछ नहीं पूछा। वह सीढ़ियों पर अर्द्ध-शयनावस्था में जैसे कोई सुंदर सपना देखती हुई मुस्करा रही थी। युवक दौड़ता हुआ आया; उसने अपनी भाषा में कुछ घबराकर कहा पर लैला लेटे-ही-लेटे बोली। युवक भी बैठ गया। लैला ने मेरी ओर देखकर कहा–तो बाबू! वह आवेगा। मेरी चारयारी खरीदेगा। गुल से भी कह दो। मैंने समझ लिया कि युवक का नाम गुल है। मैंने कहा–हां, वह तुम्हारी चारयारी खरीदने आवेंगे। गुल ने लैला की ओर प्रसन्न दृष्टि से देखा।

परंतु मैं, जैसे भयभीत हो गया। अपने ऊपर संदेह होने लगा। लैला सुंदरी थी, पर उसके भीतर भयानक राक्षस की आकृति थी या देवमूर्ति! यह बिना जाने मैंने क्या कह दिया! इसका परिणाम भीषण भी हो सकता है। मैं सोचने लगा। रामेश्वर को मित्र तो मानता नहीं, किंतु मुझे उससे शत्रुता करने का क्या अधिकार है?

चंदा के दक्षिणी तट पर ठीक मेरे बंगले के सामने एक पाठशाला थी। उसमें एक सिंहली सज्जन रहते थे। न जाने कहां-कहां से उनको चंदा मिलता था। वे पास-पड़ोस के लड़कों को बुलाकर पढ़ाने के लिए बिठाते थे। दो मास्टरों को वेतन देते थे। उनका विश्वास था कि चंदा का तट किसी दिन तथागत के पवित्र चरण-चिह्न से अंकित हुआ था, वे आज भी उन्हें खोजते थे। बड़े शांत प्रकृति के जीव थे। उनका श्यामल शरीर, कुंचित केश, तीक्ष्ण दृष्टि, सिंहली विशेषता से पूर्ण विनय, मधुर वाणी और कुछ-कुछ मोटे अक्षरों में चौबीसों घंटे बसने वाली हंसी आकर्षण से भरी थी। मैं कभी-कभी जब जीभ में खुजलाहट होती, वहां पहुंच जाता। आज की वह घटना मेरे गम्भीर विचार का विषय बनकर मुझे व्यस्त कर रही थी। मैं अपनी डोंगी पर बैठ गया। दिन अभी घंटे-डेढ़ घंटे बाकी था। उस पार खेकर डोंगी ले जाते बहुत देर नहीं हुई। मैं पाठशाला और ताल के बीच के उद्यान को देख रहा था। खजूर और नारियल के ऊंचे-ऊंचे वृक्षों की जिसमें निराली छटा थी। एक नया पीपल अपने चिकने पत्तों की हरियाली में झूम रहा था। उसके नीचे शिला पर प्रज्ञासारथि बैठे थे। नाव को अटकाकर मैं उनके समीप पहुंचा। अस्त होनेवाले सूर्य-बिम्ब की रंगीली किरणें उनके प्रशांत मुखमंडल पर पड़ रही थीं। दो ढाई हजार वर्ष पहले का चित्र दिखाई पड़ा, जब भारत की पवित्रता हजारों कोस से लोगों को

वासना-दमन करना सीखने के लिए आमंत्रित करती थी। आज भी आध्यात्मिक रहस्यों के उस देश में उस महती साधना का आशीर्वाद बचा है। अभी भी बोध-वृक्ष पनपते हैं! जीवन की जटिल आवश्यकता को त्याग कर जब काषाय पहने संध्या के सूर्य के रंग में रंग मिलाते हुए ध्यान-स्तिमित-लोचन मूर्तियां अभी देखने में आती हैं, तब जैसे मुझे अपनी सत्ता का विश्वास होता है, और भारत की अपूर्वता का अनुभव होता है। अपनी सत्ता का इसलिए कि मैं भी त्याग का अभिनय करता हूं न! और भारत के लिए तो मुझे पूर्ण विश्वास है कि इस विजय धर्म में है।

अधरों में कुंचित हंसी, आंखों में प्रकाश भरे प्रज्ञासारथि ने मुझे देखते हुए कहा–आज मेरी इच्छा थी कि आपसे भेंट हो।

मैंने हंसते हुए कहा–अच्छा हुआ कि मैं प्रत्यक्ष ही आ गया। नहीं तो ध्यान में बाधा पड़ती।

श्रीनाथजी! मेरे ध्यान में आपके आने की सम्भावना न थी। तो भी आज एक विषय पर आपकी सम्मति की आवश्यकता है।

मैं भी कुछ कहने के लिए ही यहां आया हूं। पहले मैं कहूं कि आप ही आरम्भ करेंगे?

सथिया के लड़के कल्लू के संबंध में तो आपको कुछ नहीं कहना है? मेरे बहुत कहने पर मुसहरों ने उसे पढ़ने के लिए मेरी पाठशाला में रख दिया है और उसके पालन के भार से अपने को मुक्त कर लिया। अब वह सात बरस का हो गया है। अच्छी तरह खाता-पीता है। साफ-सुथरा रहता है। कुछ-कुछ पढ़ता भी है!–प्रज्ञासारथि के कहा।

चलिए, अच्छा हुआ! एक रास्ते पर लग गया। फिर जैसा उसके भाग्य में हो। मेरा मन इन घरेलू बंधनों में पड़ने के लिए विरक्त-सा है, फिर भी न जाने क्यों कल्लू का ध्यान आ ही जाता है—मैंने कहा।

तब तो अच्छी बात है, आप इस कृत्रिम विरक्ति से ऊब चले हैं, तो कुछ काम करने लगिए। मैं भी घर जाना चाहता हूं, न हो तो पाठशाला ही चलाइए–कहते हुए प्रज्ञासारथि ने मेरी ओर गम्भीरता से देखा।

मेरे मन में हलचल हुई। मैं एक बकवादी मनुष्य! किसी विषय पर गम्भीरता का अभिनय करके थोड़ी देर तक सफल वाद-विवाद चला देना और फिर विश्वास करना; इतना ही तो मेरा अभ्यास था। काम करना, किसी दायित्व को सिर पर लेना असम्भव! मैं चुप रहा। वह मेरा मुंह देख रहे थे। मैं चतुरता से निकल जाना चाहता था। यदि मैं थोड़ी देर और उसी तरह सन्नाटा रखता, तो मुझे हां या नहीं

कहना ही पड़ता। मैंने विवाह वाला चुटकला छेड़ ही तो दिया।

आप तो विरक्ति भिक्षु हैं। अब घर जाने की आवश्यकता कैसे आ पड़ी।

भिक्षु! आश्चर्य से प्रज्ञासारथि ने कहा–मैं तो ब्रह्मचर्य में हूं। विद्याभ्यास और धर्म का अनुशीलन कर रहा हूं। यदि मैं चाहूं तो प्रव्रज्या ले सकता हूं, नहीं तो गृही बनाने में कोई धार्मिक आपत्ति नहीं। सिंहल में तो यही प्रथा प्रचलित है। मेरे से यह प्राचीन आर्य-प्रथा भी थी! मैं गार्हस्थ्य-जीवन से परिचित होना चाहता हूं।

तो आप ब्याह करेंगे?

क्यों नहीं; वही करने तो जा रहा हूं।

देखता हूं, स्त्रियों पर आपको पूर्ण विश्वास है।

अविश्वास करने का कारण ही क्या है? इतिहास में, आख्यायिकारों में कुछ स्त्रियों और पुरुषों का दुष्ट चरित्र पढ़कर मुझे अपने और अपनी भावी सहधर्मिणी पर अविश्वास कर लेने का कोई अधिकार नहीं? प्रत्येक व्यक्ति को अपनी परीक्षा देनी चाहिए।

विवाहित जीवन! सुखदायक होगा?–मैंने पूछा।

किसी कर्म को करने के पहले उसमें सुख की ही खोज करना क्या अत्यंत आवश्यक है? सुख तो धर्माचरण से मिलता है। अन्यथा संसार तो दुःखमय है ही! संसार के कर्मों को धार्मिकता के साथ करने में सुख की ही संभावना है।

किंतु ब्याह-जैसे कर्म से तो सीधा-सीधा स्त्री से संबंध है। स्त्री! कितनी विचित्र पहेली है। इसे जानना सहज नहीं। बिना जाने ही उससे अपना संबंध जोड़ लेना, कितनी बड़ी भूल है, ब्रह्मचारीजी!–मैंने हंसकर कहा।

भाई, तुम बड़े चतुर हो। खूब सोच-समझकर, परखकर तब संबंध जोड़ना चाहते हो न; किंतु मेरी समझ में संबंध हुए बिना परखने का दूसरा उपाय नहीं। प्रज्ञासारथि ने गंभीरता से कहा। मैं चुप होकर सोचने लगा। अभी-अभी जो मैंने एक काण्ड का बीजारोपण किया है, वह क्या लैला के स्वभाव से परिचित होकर! मैं अपनी मूर्खता पर मन-ही-मन तिलमिला उठा। मैंने कल्पना से देखा, लैला प्रतिहिंसाभरी एक भयानक राक्षसी है, यदि वह अपने जाति-स्वभाव के अनुसार रामेश्वर के साथ बदला लेने की प्रतिज्ञा कर बैठे, तब क्या होगा?

प्रज्ञासारथि ने फिर कहा–मेरा जाना तो निश्चित है ताम्रपर्णी की तरंगमालाएं मुझे बुला रही हैं! मेरी एक प्रार्थना है। आप कभी-कभी आकर इसका निरीक्षण कर लिया कीजिए।

मुझे एक बहाना मिला, मैंने कहा–मैंने बैठे-बिठाए एक झंझट बुला ली है। मैं देखता हूं कि कुछ दिनों तक तो मुझे उसमें फंसना ही पड़ेगा।

प्रज्ञासारथि ने पूछा–वह क्या?

मैंने लैला का पत्र पढ़ने और उसके बाद का सब वृत्तांत कह सुनाया। प्रज्ञासारथि चुप रहे, फिर उन्होंने कहा–आपने इस काम को खूब सोच-समझकर करने की आवश्यकता पर तो ध्यान न दिया होगा, क्योंकि इसका फल दूसरे को भोगने की सम्भावना है न!

मुझे प्रज्ञासारथि का यह व्यंग अच्छा न लगा। मैंने कहा–सम्भव है कि मुझे भी कुछ भोगना पड़े।

भाई, मैं तो देखता हूं, संसार में बहुत-से ऐसे काम मनुष्य को करने पड़ते हैं, जिन्हें वह स्वप्न में भी नहीं सोचता। अकस्मात् वे प्रसंग सामने आकर गुर्राने लगते हैं, जिनसे भागकर जान बचाना ही उसका अभीष्ट होता है। मैं भी इसी तरह ब्याह करने के लिए सिंहल जा रहा हूं।

अंधकार को भेदकर शरद् का चंद्रमा नारियल और खजूर के वृक्षों पर दिखाई देने लगा था। चंदा का ताल लहरियों में प्रसन्न था। मैं क्षण भर के लिए प्रकृति की उस सुंदर चित्रपटी को तन्मय होकर देखने लगा।

कलुआ ने जब प्रज्ञासारथि को भोजन करने की सूचना दी, मुझे स्मरण हुआ कि मुझे उस पार जाना है। मैंने दूसरे दिन आने को कहकर प्रज्ञासारथि से छुट्टी मांगी।

डोंगी पर बैठकर मैं धीरे-धीरे डांड़ चलाने लगा।

मैं अनमना-सा डांड़ चलाता हुआ कभी चंद्रमा को और कभी चंदा ताल को देखता। नाव सरल आंदोलन में तिर रही थी। बार-बार सिंहली प्रज्ञासारथि की बात सोचता जाता था। मैंने घूमकर देखा, तो कुंज से घिरा हुआ पाठशाला का भवन चंदा के शुभ्रजल में प्रतिबिम्बित हो रहा था! चंदा का वह तट समुद्र-उपकूल का एक खंड-चित्र था। मन-ही-मन सोचने लगा–मैं करता ही क्या हूं, यदि मैं पाठशाला का निरीक्षण करूं, तो हानि क्या? मन भी लगेगा और समय भी कटेगा।–अब मैं बहुत दूर चला आया था। सामने मुचकुंद वृक्ष की नील आकृति दिखलाई पड़ी। मुझे लैला का फिर स्मरण आ गया। कितनी सरल, स्वतंत्र और साहसिकता से भरी हुई रमणी है। सुरमीली आंखों में कितना नशा है और अपने मादक उपकरणों से भी रामेश्वर को अपनी ओर आकर्षित करने में वह असमर्थ है। रामेश्वर पर मुझे क्रोध आया और लैला को फिर अपने विचारों से उलझते देखकर झुंझला उठा।

अब किनारा समीप हो चला था। मैं मुचकुंद की ओर से नाव घुमाने को था कि मुझे उस प्रशांत जल में दो सिर तैरते हुए दिखाई पड़े। शरद्-काल की शीतल रजनी में उन तैरनेवालों पर मुझे आश्चर्य हुआ। मैंने डांड़ा चलाना बंद कर दिया। दोनों तैरनेवाले डोंगी के पास आ चले थे। मैंने चंद्रिका के आलोक में पहचान लिया, वह लैला का सुंदर मुख था। कुमुदिनी की तरह प्रफुल्ल चांदनी में हंसता हुआ लैला का मुख! मैंने पुकारा–लैला! वह बोलने ही को थी कि उसके साथवाला मुख गुर्रा उठा। मैंने समझा कि उसका साथी गुल होगा; किंतु लैला ने कहा–चुप, बाबूजी हैं। अब मैंने पहचाना–यह एक भयानक ताजी कुत्ता है, जो लैला के साथ तैर रहा था। लैला ने कहा–बाबूजी, आप कहां? मेरी डोंगी के एक ओर लैला का हाथ था और दूसरी ओर कुत्ते के दोनों अगले पंजे। मैंने कहा–यों ही घूमने आया था और तुम रात को तैरती हो? लैला।

दिन भर काम करने के बाद अब तो छुट्टी मिली है, बदन ठंडा कर रही हूं–लैला ने कहा।

वह एक अद्‌भुत दृश्य था। इतने दिनों तक मैं जीवन के अकेले दिनों को काट चुका हूं। अनेक अवसर विचित्र घटनाओं से पूर्ण और मनोरंजक मिले हैं; किंतु ऐसा दृश्य तो मैंने कभी न देखा। मैंने पूछा–आज की रात तो बहुत ठंडी है, लैला!

उसने कहा–नहीं, बड़ी गर्म।

दोनों ने अपनी रुकावट हटा ली। डोंगी चलने को स्वतंत्र थी। लैला और उसका साथी दोनों तैरने लगे। मैं फिर अपने बंगले की ओर डोंगी खेने लगा। किनारे पर पहुंचकर देखता हूं कि दुलारे खड़ा है। मैंने पूछा–क्यों रे! तू कब से यहां है?

उसने कहा–आपको आने में देर हुई, इसलिए मैं आया हूं। रसोई ठंडी हो रही है।

मैं डोंगी से उतर पड़ा और बंगले की ओर चला। मेरे मन में न जाने क्यों संदेह हो रहा था कि दुलारे जान-बूझकर परखने आया था। लैला से बातचीत करते हुए उसने मुझे अवश्य देखा है। तो क्या वह मुझ पर कुछ संदेह करता है? मेरा मन दुलारे को संदेह करने का अवसर देकर जैसे कुछ प्रसन्न ही हुआ। बंगले पर पहुंच कर मैं भोजन करने बैठ गया। स्वभाव के अनुसार शरीर तो अपना नियमित सब करता ही रहा, किंतु सो जाने पर भी वही सपना देखता रहा।

आज बहुत विलम्ब से सोकर उठा। आलस से कहीं घूमने-फिरने की इच्छा न थी। मैंने अपनी कोठरी में ही आसन जमाया। मेरी आंखों में वह रात्रि का दृश्य

अभी घूम रहा था। मैंने लाख चेष्टा की किंतु लैला और वह सिंहली भिक्षु दोनों ही ने मेरे हृदय को अखाड़ा बना लिया था। मैंने विरक्त होकर विचार-परम्परा को तोड़ने के लिए बांसुरी बजाना आरम्भ किया। आसावरी के गम्भीर विलम्बित अलापों में फिर भी लैला की प्रेमपूर्ण आकृति जैसे बनने लगती। मैंने बांसुरी बजाना बंद किया और ठीक विश्रामकाल में ही मैंने देखा कि प्रज्ञासारथि सामने खड़े हैं। मैंने उन्हें बैठाते हुए पूछा–आज आप इधर कैसे भूल पड़े?

यह प्रश्न मेरी विचार-विशृंखलता के कारण हुआ था, क्योंकि वे तो प्रायः मेरे यहां आया ही करते थे। उन्होंने हंसकर कहा–मेरा आना भूलकर नहीं, किंतु कारण से हुआ है। कहिए, आपने उस विषय में कुछ स्थिर किया?

मैंने अनजान बनकर पूछा–किस विषय में?

प्रज्ञासारथि ने कहा–वही पाठशाला की देख-रेख करने के लिए, जैसा मैंने उस दिन आपसे कहा था।

मैंने बात उड़ाने के ढंग से कहा–आप तो सोच-विचार कर काम करने में विश्वास ही नहीं रखते। आपका तो यही कहना है न कि मनुष्य प्रायः अनिच्छावश बहुत-से काम करने के लिए बाध्य होता है, तो फिर मुझे उस पर सोचने-विचारने की क्या आवश्यकता थी? जब वैसा अवसर आवेगा, तब देखा जाएगा।

कृपया मेरी बातों का अपने मनोनुकूल अर्थ न लगाइए। यह तो मैं मानता हूं कि आप अपने ढंग के विचार करने के लिए स्वतंत्र हैं; किंतु उन्हें क्रियात्मक रूप देने के समय आपकी स्वतंत्रता में मेरा विश्वास संदिग्ध हो जाता है। प्रायः देखा जाता है, हम लोग क्या करने जाकर क्या कर बैठते हैं, तो भी हम उसकी जिम्मेदारी से छूटते नहीं। मान लीजिए कि लैला के हृदय में एक दुराशा उत्पन्न करके आपने रामेश्वर के जीवन में अड़चन डाल दी है। संभव है, यह घटना साधारण न रहकर कोई भीषण काण्ड उपस्थित कर सकती है और आपका मित्र अपने अनिष्ट करनेवाले को न भी पहचान सके, तो क्या आप अपने ही मन के सामने इसके लिए अपराधी न ठहरेंगे?

प्रज्ञासारथि की ये बातें मुझे बेढंगी-सी जान पड़ीं, क्योंकि उस समय मुझे उनका आना और मुझे उपदेश देने का ढोंग रचना असह्य होने लगा। मेरी इच्छा होती थी कि वे किसी तरह भी यहां से चले जाते; तो भी मुझे उन्हें उत्तर देने के लिए इतना तो कहना ही पड़ा कि–आप कच्चे अदृष्टवादी हैं। आपके जैसा विचार रखने पर मैं तो इसे इस तरह सुलझाऊंगा कि अपराध करने में और दंड देने में मनुष्य एक-दूसरे का सहायक होता है। हम आज जो किसी को हानि पहुंचाते

हैं, या कष्ट देते हैं, वह इतने ही के लिए नहीं कि उसने मेरी कोई बुराई की है। हो सकता है कि मैं उसके किसी अपराध का यह दण्ड समाज-व्यवस्था के किसी मौलिक नियम के अनुसार दे रहा हूं। फिर चाहे मेरा यह दण्ड देना भी अपराध बन जाए और उसका फल भी मुझे भोगना पड़े। मेरे इस कहने पर प्रज्ञासारथि ने हंस दिया और कहा–श्रीनाथजी, मैं आपकी दण्ड-व्यवस्था ही तो करने आया हूं। आप अपने बेकार जीवन को मेरी बेगार में लगा दीजिए। मैंने पिण्ड छुड़ाने के लिए कहा–अच्छा, तीन दिन सोचने का अवसर दीजिए।

प्रज्ञासारथि चले गए और मैं चुपचाप सोचने लगा। मेरे स्वतंत्र जीवन में मां के मर जाने के बाद यह दूसरी उलझन थी। निश्चित जीवन की कल्पना का अनुभव मैंने इतने दिनों तक कर लिया था। मैंने देखा कि मेरे निराश जीवन में उल्लास का छींटा भी नहीं। यह ज्ञान मेरे हृदय को और भी स्पर्श करने लगा। मैं जितना ही विचारता था, उतना ही मुझे निश्चिंतता और निराशा का अभेद दिखलाई पड़ता था। मेरे आलसी जीवन में सक्रियता की प्रतिध्वनि होने लगी। तो भी काम न करने का स्वभाव मेरे विचारों के बीच में जैसे व्यंग से मुस्करा देता था।

तीन दिनों तक मैंने सोचा और विचार किया। अंत में प्रज्ञासारथि की विजय हुई क्योंकि मेरी दृष्टि में प्रज्ञासारथि का काम नाम के लिए तो अवश्य था, किंतु करने में कुछ भी नहीं के बराबर।

मैंने अपना हृदय दृढ़ किया और प्रज्ञासारथि से जाकर कह दिया कि–मैं पाठशाला का निरीक्षण करूंगा, किंतु मेरे मित्र आनेवाले हैं और जब तक यहां रहेंगे, तब तक तो मैं अपना बंगला न छोडूंगा, क्योंकि यहां उन लोगों के आने से आपको असुविधा होगी। फिर जब वे लोग चले जाएंगे, तब मैं यहीं आकर रहने लगूंगा।

मेरे सिंहली मित्र ने हंसकर कहा–अभी तो एक महीने यहां मैं अवश्य रहूंगा। यदि आप अभी से यहां चले आवें तो, बड़ा अच्छा हो, क्योंकि मेरे रहते यहां का सब प्रबंध आपकी समझ में आ जायगा। रह गई मेरी असुविधा की बात, सो तो केवल आपकी कल्पना है। मैं आपके मित्रों को यहां देखकर प्रसन्न ही होऊंगा। जगह की कमी भी नहीं।

मैं 'अच्छा' कहकर उनसे छुट्टी लेने के लिए उठ खड़ा हुआ; किंतु प्रज्ञासारथि ने मुझे फिर से बैठाते हुए कहा–देखिए श्रीनाथजी, यह पाठशाला का भवन पूर्णतः आपके अधिकार में रहेगा। भिक्षुओं के रहने के लिए तो संघाराम का भाग अलग है ही और उसमें जो कमरे अभी अधूरे हैं, उन्हें शीघ्र ही पूरा कराकर तब मैं जाऊंगा और अपने संघ से मैं इसकी पक्की लिखा-पढ़ी कर रहा हूं कि आप पाठशाला के

आजीवन अवैतनिक प्रधानाध्यक्ष रहेंगे और उसमें किसी को हस्तक्षेप करने का अधिकार न होगा।

मैं उस युवक बौद्ध मिशनरी की युक्तिपूर्ण व्यावहारिकता देखकर मन-ही-मन चकित हो रहा था। एक क्षण भर के लिए उसे सिंहली की व्यवहार-कुशल बुद्धि से मैं भीतर-ही-भीतर ऊब उठा। मेरी इच्छा हुई कि मैं स्पष्ट अस्वीकार कर दूं; किंतु न जाने क्यों मैं वैसा न कर सका। मैंने कहा–तो आपको मुझमें इतना विश्वास है कि मैं आजीवन आपकी पाठशाला चलाता रहूंगा!

प्रज्ञासारथि ने कहा–शक्ति की परीक्षा दूसरों ही पर होती है; यदि मुझे आपकी शक्ति का अनुभव हो, तो कुछ आश्चर्य की बात नहीं। और आप तो जानते ही हैं कि धार्मिक मनुष्य विश्वासी होता है। सूक्ष्म रूप से जो कल्याण-ज्योति मानवता में अंतर्निहित है, मैं तो उसमें अधिक-से-अधिक श्रद्धा करता हूं। विपथगामी होने पर वही संत हो करके मनुष्य का अनुशासन करती है, यदि उसकी पशुता ही प्रबल न हो गई हो, तो।

मैंने प्रज्ञासारथि की आंखों से आंख मिलाते हुए देखा, उसमें तीव्र संयम की ज्योति चमक रही थी, मैं प्रतिवाद न कर सका, और यह कहते हुए खड़ा हुआ कि–अच्छा, जैसा आप कहते हैं वैसा ही होगा।

मैं धीरे-धीरे बंगले की ओर लौट रहा था। रास्ते में अचानक देखता हूं कि दुलारे दौड़ा हुआ चला आ रहा है। मैंने पूछा–क्या है रे?

उसने कहा–बाबूजी, घोड़ागाड़ी पर बहुत आदमी आए हैं। वे लोग आपको पूछ रहे हैं।

मैंने समझ लिया कि रामेश्वर आ गया। दुलारे से कहा कि–तू दौड़ जा, मैं यहीं खड़ा हूं। उन लोगों को सामान-सहित यहीं लिवा ला!

दुलारे तो बंगले की ओर भागा, मैं उसी जगह अविचल भाव से खड़ा रहा। मन में विचारों की आंधी उठने लगी, रामेश्वर तो आ गया और वे ईरानी भी यहीं हैं। ओह, मैंने कैसी मूर्खता की! तो मेरे मन को जैसे ढाढ़स हुआ कि रामेश्वर मेरे बंगले में नहीं ठहरता है। इस बौद्ध पाठशाला तक लैला क्यों आने लगी? जैसे लैला को वहां आने में कोई दैवी बाधा हो। फिर मेरा सिर चकराने लगा। मैंने कल्पना की आंखों से देखा कि लैला अबाधगति से चलनेवाली एक निर्झरिणी है। पश्चिम की सर्राटे से भरी हुई वायुतरंग-माला है। उसको रोकने की किसमें सामर्थ्य है; और फिर अकेले रामेश्वर ही तो नहीं, उसकी स्त्री भी उसके साथ है। अपनी मूर्खतापूर्ण करनी से मेरा ही दम घुटने लगा। मैं खड़ा-खड़ा झील की ओर देख रहा था। उसमें

छोटी-छोटी लहरियां उठ रही थीं, जिनमें सूर्य की किरणें प्रतिबिम्बित होकर आंखों को चौंधिया देती थीं। मैंने आंखें बंद कर लीं। अब मैं कुछ नहीं सोचता था। गाड़ी की घरघराहट ने मुझे सजग किया। मैंने देखा कि रामेश्वर गाड़ी का पल्ला खोलकर वहीं सड़क में उतर रहा है।

मैं उससे गले मिल शीघ्रता से कहने लगा—गाड़ी पर बैठ जाओ। मैं भी चलता हूं। यहीं पास ही चलना है।—उसने गाड़ीवान से चलने के लिए कहा। हम दोनों साथ-साथ पैदल ही चले। पाठशाला के समीप प्रज्ञासारथि अपनी रहस्यपूर्ण मुस्कराहट के साथ अगवानी करने के लिए खड़े थे।

दो दिनों में हम लोग अच्छी तरह रहने लगे। घर का कोना-कोना आवश्यक चीजों से भर गया। प्रज्ञासारथि इसमें बराबर हम लोगों के साथी हो रहे थे और सबसे अधिक आश्चर्य मुझे मालती को देखकर हुआ। वह मानो इस जीवन की सम्पूर्ण गृहस्थी यहां सजाकर रहेगी। मालती एक स्वस्थ युवती थी; किंतु दूर से देखने में अपनी छोटी-सी आकृति के कारण वह बालिका-सी लगती थी। उसकी तीनों संतानें बड़ी सुंदर थीं। मिन्ना छह बरस का, रञ्जन चार का और कमलो दो की थी। कमलो सचमुच एक गुड़िया थी। कल्लू का उससे इतना घना परिचय हो गया कि दोनों को एक-दूसरे बिना चैन नहीं। मैं सोचता था कि प्राणी क्या स्नेहमय ही उत्पन्न होता है। अज्ञात प्रदेशों से आकर वह संसार में जन्म लेता है। फिर अपने लिए स्नेहमय संबंध बना लेता है; किंतु मैं सदैव इन बुरी बातों से भागता ही रहा। इसे मैं अपना सौभाग्य कहूं, या दुर्भाग्य?

इन्हीं कई दिनों में रामेश्वर के प्रति मेरे हृदय में इतना स्नेह उमड़ा कि मैं उसे एक क्षण छोड़ने के लिए प्रस्तुत न था। अब हम लोग साथ बैठकर भोजन करते, साथ ही टहलने निकलते। बातों का तो अंत ही न था। कल्लू तीनों लड़कों को बहलाए रहता। दुलारे खाने-पीने का प्रबंध कर लेता। रामेश्वर से मेरी बातें होतीं और मालती चुपचाप सुना करती। कभी-कभी बीच में कोई अच्छी-सी मीठी बात बोल भी देती।

और प्रज्ञासारथि को तो मानो एक पाठशाला ही मिल गई थी। वे गार्हस्थ्यजीवन का चुपचाप अच्छा-सा अध्ययन कर रहे थे।

एक दिन मैं बाजार से अकेला लौट रहा था। बंगले के पास मैं पहुंचा ही था, कि लैला मुझे दिखाई पड़ी। वह अपने घोड़े पर सवार थी। मैं क्षण-भर तक विचारता रहा कि क्या करूं। तब तक घोड़े से उतरकर वह मेरे पास चली आई। मैं खड़ा हो गया था। उसने पूछा—बाबूजी, आप कहीं चले गए थे?

हां!

अब इस बंगले में आप नहीं रहते?

मैं तुमसे एक बात कहना चाहता हूं, लैला।—मैंने घबराकर उससे कहा।

क्या बाबूजी?

वह चिट्ठी।

है तो मेरे ही पास, क्यों?

मैंने उसमें कुछ झूठ कहा था।

झूठ!—लैला की आंखों से बिजली निकलने लगी थी।

हां लैला! उसमें रामेश्वर ने लिखा था कि मैं तुमको नहीं चाहता, मुझे बाल-बच्चे हैं।

ऐं! तुम झूठे! दगाबाज!—कहती हुई लैला अपनी छुरी की ओर देखती हुई दांत पीसने लगी।

मैंने कहा—लैला, तुम मेरा कसूर....।

तुम मेरे दिल से दिल्लगी करते थे! कितने रञ्ज की बात है! वह कुछ न कह सकी। वहीं बैठकर रोने लगी। मैंने देखा कि यह बड़ी आफत है। कोई मुझे इस तरह यहां देखेगा तो क्या कहेगा। मैं तुरंत वहां से चल देना चाहता था, किंतु लैला ने आंसू-भरी आंखों से मेरी ओर देखते हुए कहा—तुमने मेरे लिए दुनिया में एक बड़ी अच्छी बात सुनाई थी। वह मेरी हंसी थी! इसे जानकर आज मुझे इतना गुस्सा आता है कि मैं तुमको मार डालूं या आप ही मर जाऊं।—लैला दांत पीस रही थी। मैं कांप उठा—अपने प्राणों के भय से नहीं किंतु लैला के साथ अदृष्ट के खिलवाड़ पर और अपनी मूर्खता पर। मैंने प्रार्थना के ढंग से कहा—लैला, मैंने तुम्हारे मन को ठेस लगा दी है!—इसका मुझे बड़ा दुःख है। अब तुम उसको भूल जाओ।

तुम भूल सकते हो, मैं नहीं! मैं खून करूंगी!—उसकी आंखों में ज्वाला निकल रही थी।

किसका, लैला! मेरा?

ओह नहीं, तुम्हारा नहीं, तुमने एक दिन मुझे सबसे बड़ा आराम दिया है। हो, वह झूठा। तुमने अच्छा नहीं किया था, तो भी मैं तुमको अपना दोस्त समझती हूं।

तब किसका खून करोगी?

उसने गहरी सांस लेकर कहा—अपना या किसी....फिर चुप हो गई। मैंने कहा—तुम ऐसा न करोगी, लैला! मेरा और कुछ कहने का साहस नहीं होता था।

उसी ने फिर पूछा–वह जो तेज हवा चलती है, जिसमें बिजली चमकती है, बरफ गिरती है, जो बड़े-बड़े पेड़ों को तोड़ डालती है।....हम लोगों के घरों को उड़ा ले जाती है।

आंधी!–मैंने बीच ही में कहा।

हां, वही मेरे यहां चल रही है।–कहकर लैला ने अपनी छाती पर हाथ रख दिया।

लैला!–मैंने अधीर होकर कहा।

मैं उसको एक बार देखना चाहती हूं।–उसने भी व्याकुलता से मेरी ओर देखते हुए कहा।

मैं उसे दिखा दूंगा; पर तुम उसकी कोई बुराई तो न करोगी?–मैंने कहा।

हुश!–कहकर लैला ने अपनी काली आंखें उठाकर मेरी ओर देखा।

मैंने कहा–अच्छा लैला! मैं दिखा दूंगा।

कल मुझसे यहीं मिलना।–कहती हुई वह अपने घोड़े पर सवार हो गई। उदास लैला के बोझ से वह घोड़ा भी धीरे-धीरे चलने लगा और लैला झुकी हुई-सी उस पर मानो किसी तरह बैठी थी।

मैं वहीं देर तक खड़ा रहा। और फिर धीरे-धीरे अनिच्छापूर्वक पाठशाला की ओर लौटा। प्रज्ञासारथि पीपल के नीचे शिलाखंड पर बैठे थे। मिन्ना उनके पास खड़ा उनका मुंह देख रहा था। प्रज्ञासारथि की रहस्यपूर्ण हंसी आज अधिक उदार थी। मैंने देखा कि वह उदासीन विदेशी अपनी समस्या हल कर चुका है। बच्चों की चहल-पहल ने उसके जीवन में वांछित परिवर्तन ला दिया है। और मैं?

मैं कह चुका था, इसलिए दूसरे दिन लैला से भेंट करने पहुंचा। देखता हूं कि वह पहले ही से वहां बैठी है। निराशा से उदास उसका मुंह आज पीला हो रहा था। उसने हंसने की चेष्टा नहीं की और न मैंने ही। उसने पूछा–तो कब, कहां चलना होगा? मैं तो सूरत में उससे मिली थी! वहीं उसने मेरी चिट्ठी का जवाब दिया था। अब कहां चलना होगा?

मैं भौंचक-सा हो गया। लैला को विश्वास था कि सूरत, बम्बई, काश्मीर वह चाहे कहीं हो, मैं उसे लिवाकर चलूंगा ही और रामेश्वर से भेंट करा दूंगा। सम्भवतः उसने परिहास का यह दण्ड निर्धारित कर लिया था। मैं सोचने लगा–क्या कहूं।

लैला ने फिर कहा–मैं उसकी बुराई न करूंगी, तुम डरो मत।

मैंने कहा–वह यहीं आ गया है। उसके बाल-बच्चे सब साथ हैं! लैला, तुम चलोगी?

वह एक बार सिर से पैर तक कांप उठी! और मैं भी घबरा गया। मेरे मन में नई आशंका हुई। आज मैं क्या दूसरी भूल करने जा रहा हूं? उसने संभलकर कहा–हां चलूंगी, बाबू! मैंने गहरी दृष्टि से उसके मुंह की ओर देखा, तो अंधड़ नहीं किंतु एक शीतलं मलय का व्याकुल झोंका उसकी घुंघराली लटों के साथ खेल रहा था। मैंने कहा–अच्छा, मेरे पीछे-पीछे चली आओ!

मैं चला और वह मेरे पीछे थी। जब पाठशाला के पास पहुंचा, तो मुझे हारमोनियम का स्वर और मधुर आलाप सुनाई पड़ा। मैं ठिठककर सुनने लगा–रमणी-कण्ठ की मधुर ध्वनि! मैंने देखा कि लैला की आंखें उस संगीत के नशे में मतवाली हो चली हैं। उधर देखता हूँ तो कमलो को गोद में लिये प्रज्ञासारथि भी झूम रहे हैं। अपने कमरे में मालती छोटे-से सफारी बाजे पर पीलू गा रही है और अच्छी तरह गा रही है। रामेश्वर लेटा हुआ उसके मुंह की ओर देख रहा है। पूर्ण तृप्ति! प्रसन्नता की माधुरी दोनों के मुंह पर खेल रही है! पास ही रंजन और मिन्ना बैठे हुए अपने माता और पिता को देख रहे हैं! हम लोगों के आने की बात कौन जानता है। मैंने एक क्षण के लिए अपने को कोसा; इतने सुंदर संसार में कलह की ज्वाला जलाकर मैं तमाशा देखने चला था। हाय रे–मेरा कुतूहल! और लैला स्तब्ध अपनी बड़ी-बड़ी आंखों से एकटक न जाने क्या देख रही थी? मैं देखता था कि कमलो प्रज्ञासारथि की गोद से धीरे-से खिसक पड़ी और बिल्ली की तरह पैर दबाती हुई अपनी मां की पीठ पर हंसती हुई गिर पड़ी, और बोली–मां! और गाना रुक गया। कमलो के साथ मिन्ना और रंजन भी हंस पड़े। रामेश्वर ने कहा–कमलो, तू बली पाजी है ले! बा–पाजी–लाल कहकर कमलो ने अपनी नन्हीं-सी उंगली उठाकर हम लोगों की ओर संकेत किया। रामेश्वर तो उठकर बैठ गए। मालती ने मुझे देखते ही सिर का कपड़ा तनिक आगे की ओर खींच लिया और लैला ने रामेश्वर को देखकर सलाम किया। दोनों की आंखें मिलीं। रामेश्वर के मुंह पर पल भर के लिए एक घबराहट दिखाई पड़ी। फिर उसने सम्हलकर पूछा–अरे लैला! तुम यहां कहां?

चारयारी न लोगे, बाबू?–कहती हुई लैला निर्भीक भाव से मालती के पास जाकर बैठ गई।

मालती लैला पर एक सलज्ज मुस्कान छोड़ती हुई, उठ खड़ी हुई। लैला उसका मुंह देख रही थी, किंतु उस ओर ध्यान न देकर मालती ने मुझसे कहा–भाई जी, आपने जलपान नहीं किया। आज तो आप ही के लिए मैंने सूरन के लड्डू बनाए हैं।

तो देती क्यों नहीं पगली, मैं सवेरे ही से भूखा भटक रहा हूं–मैंने कहा। मालती जलपान ले आने गई। रामेश्वर ने कहा–चारयारी ले आई हो? लैला ने हां कहते हुए अपना बैग खोला। फिर रुककर उसने अपने गले से एक ताबीज निकाला। रेशम से लिपटा हुआ चौकोर ताबीज का सीवन खोलकर उसने वह चिट्ठी निकाली। मैं स्थिर भाव से देख रहा था। लैला ने कहा–पहले बाबूजी, इस चिट्ठी को पढ़ दीजिए। रामेश्वर ने कम्पित हाथों से उसको खोला, वह उसी का लिखा हुआ पत्र था। उसने घबराकर लैला की ओर देखा। लैला ने शांत स्वरों में कहा–पढ़िए बाबू! आप ही के मुंह से सुनना चाहती हूं।

रामेश्वर ने दृढ़ता से पढ़ना आरम्भ किया। जैसे उसने अपने हृदय का समस्त बल आने वाली घटनाओं का सामना करने के लिए एकत्र कर लिया हो; क्योंकि मालती जलपान लिए आ ही रही थी। रामेश्वर ने पूरा पत्र पढ़ लिया। केवल नीचे अपना नाम नहीं पढ़ा। मालती खड़ी सुनती रही और मैं सूरन के लड्डू खाता रहा। बीच-बीच में मालती का मुंह देख लिया करता था! उसने बड़ी गम्भीरता से पूछा–भाईजी, लड्डू कैसे हैं? यह तो आपने बताया नहीं, धीरे-से खा गए।

जो वस्तु अच्छी होती है, वही गले में धीरे-से उतार ली जाती है। नहीं तो कड़वी वस्तु के लिए थू-थू करना पड़ता।–मैं कह ही रहा था कि लैला ने रामेश्वर से कहा है– ठीक तो! मैंने सुन लिया। अब आप उसको फाड़ डालिए। तब आपको चारयारी दिखाऊं।

रामेश्वर सचमुच पत्र फाड़ने लगा। चिंदी-चिंदी उस कागज के टुकड़े की उड़ गई और लैला ने एक छिपी हुई गहरी सांस ली, किंतु मेरे कानों ने उसे सुन ही लिया। वह तो एक भयानक आंधी से कम न थी। लैला ने सचमुच एक सोने की चारयारी निकाली। उसके साथ एक सुंदर मूंगे की माला। रामेश्वर ने चारयारी लेकर देखा। उसने मालती से पचास के नोट देने के लिए कहा। मालती अपने पति के व्यवसाय को जानती थी, उसने तुरंत नोट दे दिए। रामेश्वर ने जब नोट लैला की ओर बढ़ाए, तभी कमलो सामने आकर खड़ी हो गई–बा....लाल....रामेश्वर ने पूछा, क्या है रे कमलो?

पुतली-सी सुंदर बालिका ने रामेश्वर के गालों को अपने छोटे-से हाथों से पकड़कर कहा–लाल-लाल....

लैला ने नोट ले लिए थे। पूछा–बाबूजी! मूंगे की माला न लीजिएगा?

नहीं।

लैला ने माला उठाकर कमलो को पहना दी। रामेश्वर नहीं-नहीं कर रहा था

किंतु उसने सुना नहीं! कमलो ने अपनी मां को देखकर कहा–मां....लाल....वह हंस पड़ी और कुछ नोट रामेश्वर को देते हुए बोली–तो ले लो न, इसका भी दाम दे दो।

लैला ने तीव्र दृष्टि से मालती को देखा; मैं तो सहम गया था। मालती हंस पड़ी। उसने कहा–क्या दाम न लोगी?

लैला कमलो का मुंह चूमती हुई उठ खड़ी हुई। मालती अवाक्, रामेश्वर स्तब्ध, किंतु मैं प्रकृतिस्थ था।

लैला चली गई।

मैं विचारता रहा, सोचता रहा। कोई अंत न था–ओर-छोर का पता नहीं। लैला, प्रज्ञासारथि–रामेश्वर और मालती सभी मेरे सामने बिजली के पुतलों से चक्कर काट रहे थे। संध्या हो चली थी, किंतु मैं पीपल के नीचे से न उठ सका। प्रज्ञासारथि अपना ध्यान समाप्त करके उठे। उन्होंने मुझे पुकारा–श्रीनाथजी! मैंने हंसने की चेष्टा करते हुए कहा–कहिए!

आज तो आप भी समाधिस्थ रहे।

तब भी इसी पृथ्वी पर था। जहां लालसा क्रंदन करती है, दुःखानुभूति हंसती है और नियति अपने मिट्टी के पुतलों के साथ अपना क्रूर मनोविनोद करती है; किंतु आप तो बहुत ऊंचे किसी स्वर्गीय भावना में....

ठहरिए श्रीनाथजी! सुख और दुःख, आकाश और पृथ्वी, स्वर्ग और नरक के बीच में है वह सत्य, जिसे मनुष्य प्राप्त कर सकता है।

मुझे क्षमा कीजिए! अंतरिक्ष में उड़ने की मुझमें शक्ति नहीं है। मैंने परिहासपूर्वक कहा।

साधारण मन की स्थिति को छोड़कर जब मनुष्य कुछ दूसरी बात सोचने के लिए प्रयास करता है, तब क्या वह उड़ने का प्रयास नहीं? हम लोग कहने के लिए द्विपद हैं, किंतु देखिए तो जीवन में हम लोग कितनी बार उचकते हैं, उड़ान भरते हैं। वही तो उन्नति की चेष्टा, जीवन के लिए संग्राम, और भी क्या-क्या नाम से प्रशंसित नहीं होती? तो मैं भी इसकी निंदा नहीं करता; उठने की चेष्टा करनी चाहिए, किंतु....

आप यही न कहेंगे कि समझ-बूझकर एक बार उचकना चाहिए; किंतु उस एक बार को–उस अचूक अवसर को जानना सहज नहीं। इसीलिए तो मनुष्यों को, जो सबसे बुद्धिमान प्राणी है, बार-बार धोखा खाना पड़ता है। उन्नति को उसने विभिन्न रूपों में अपनी आवश्यकताओं के साथ इतना मिलाया है कि उसे सिद्धांत

बना लेना पड़ा है कि उन्नति का द्वन्द्व पतन ही है।

संयम का वज्र-गम्भीर नाद प्रकृति से नहीं सुनते हो? शारीरिक क्रम तो गौण है, मुख्य संयम तो मानसिक है। श्रीनाथजी, आज लैला का वह मन का संयम क्या किसी महानदी की प्रखर धारा के अचल बांध से कम था? मैं तो देखकर अवाक् था। आपकी उस समय विचित्र परिस्थिति रही। फिर भी कैसे सब निर्विघ्न समाप्त हो गया। उसे सोचकर तो मैं अब भी चकित हो जाता हूं; क्या वह इस भयानक प्रतिरोध के धक्के को सम्हाल लेगी?

लैला के वक्षःस्थल में कितना भीषण अंधड़ चल रहा होगा, इसका अनुभव हम लोग नहीं कर सकते! मैं भी अब इससे भयभीत हो रहा हूं।

प्रज्ञासारथि चुप रहकर धीरे-धीरे कहने लगे–मैं तो कल जाऊंगा। यदि तुम्हारी सम्मति हो, तो रामेश्वर को भी साथ चलने के लिए कहूं। बम्बई तक हम लोगों का साथ रहेगा और मालती इस भयावनी छाया से शीघ्र ही दूर हट जाएगी! फिर तो सब कुशल ही है।....

मेरे त्रस्त मन को शरण मिली। मैंने कहा–अच्छी बात है। प्रज्ञासारथि उठ गए। मैं वहीं बैठा रहा, और भी बैठा रहता, यदि मिन्ना और रंजन की किलकारी और रामेश्वर की डांट-डपट–मालती की कलछी की खट-खट का कोलाहल जोर न पकड़ लेता और कल्लू सामने आकर न खड़ा हो जाता।

प्रज्ञासारथि, रामेश्वर और मालती को गए एक सप्ताह से ऊपर हो गया। अभी तक उस वास्तविक संसार का कोलाहल सुदूर से आती हुई मधुर संगीत की प्रतिध्वनि के समान मेरे कानों में गूंज रहा था। मैं अभी तक उस मादकता को उतार न सका था। जीवन में पहले की-सी निश्चिंतता का विराग नहीं, न तो वह बे-परवाही रही। मैं सोचने लगा कि अब मैं क्या करूं?

कुछ करने की इच्छा क्यों? मन के कोने से चुटकी लेते कौन पूछ बैठा?

किए बिना तो रहा नहीं जाता।

करो भी, पाठशाला से क्या मन ऊब चला?

उतने से संतोष नहीं होता।

और क्या चाहिए?

यही तो नहीं समझ सका, नहीं तो यह प्रश्न ही क्यों करता कि अब मैं क्या करूं–मैंने झुंझलाकर कहा। मेरी बातों का उत्तर लेने-देने वाला मुस्कराकर हट गया। मैं चिंता के अंधकार में डूब गया! वह मेरी ही गहराई थी, जिसकी मुझे थाह न लगी। मैं प्रकृतिस्थ हुआ कब, जब एक उदास और ज्वालामयी तीव्र दृष्टि मेरी

आंखों में घुसने लगी। अपने उस अंधकार में मैंने एक ज्योति देखी।

मैं स्वीकार करूंगा कि वह लैला थी, इस पर हंसने की इच्छा हो तो हंस लीजिए, किंतु मैं लैला को पा जाने के लिए विकल नहीं था, क्योंकि लैला जिसको पाने की अभिलाषा करती थी, वही उसे न मिला और परिणाम ठीक मेरी आंखों के सामने था। तब? मेरी सहानुभूति क्यों जगी। हां, वह सहानुभूति थी। लैला जैसे दीर्घ पथ पर चलने वाले मुझ पथिक की चिरसंगिनी थी।

उस दिन इतना ही विश्वास करके मुझे संतोष हुआ।

रात को कलुआ ने पूछा–बाबूजी! आप घर न चलिएगा। मैं आश्चर्य से उसकी ओर देखने लगा। उसने हठ-भरी आंखों से फिर वही प्रश्न किया। मैंने हंसकर कहा–मेरा घर तो यही है रे कलुआ।

नहीं बाबूजी! जहां मिन्ना गए हैं। जहां रंजन और जहां कमलो गई हैं, वहीं तो घर है।

जहां बहूजी गई हैं–जहां बाबाजी....हठात् प्रज्ञासारथि का मुझे स्मरण हो आया। मुझे क्रोध में कहना पड़ा–कलुआ, मुझे और कहीं घर-वर नहीं है। फिर मन-ही-मन कहा–इस बात को वह बौद्ध समझता था–

"हूं, सबको घर है, बाबाजी को, मिन्ना को–सबको है, आपको नहीं है?" उसने ठुनकते हुए कहा।

किंतु मैं अपने ऊपर झुंझला रहा था। मैंने कहा–बकवाद न कर, जा सो रह, आजकल तू पढ़ता नहीं।

कलुआ सिर झुकाए–व्यथा:भरे वक्षःस्थल को दबाए अपने बिछौने पर जा पड़ा। और मैं उसे निस्तब्ध रात्रि में जागता रहा! खिड़की में से झील का आंदोलित जल दिखाई पड़ रहा था और मैं आश्चर्य से अपना ही बनाया हुआ चित्र उसमें देख रहा था। चंदा के प्रशांत जल में एक छोटी-सी नाव है, जिस पर मालती, रामेश्वर बैठे थे और मैं डांड़ा चला रहा था। प्रज्ञासारथि तीर पर खड़े बच्चों को बहला रहे थे। हम लोग उजली चांदनी में नाव खेते हुए चले जा रहे थे। सहसा उस चित्र में एक और मूर्ति को प्रादुर्भाव हुआ। वह थी लैला! मेरी आंखें तिलमिला गईं।

मैं जागता था–सोता था।

सवेरा हो गया था। नींद से भरी आंखें नहीं खुलती थीं, तो भी बाहर के कोलाहल ने मुझे जगा दिया। देखता हूं ईरानियों का एक झुण्ड बाहर खड़ा है।

मैंने पूछा–क्या है?

गुल ने कहा–यहां का पीर कहां है?

पीर!–मैंने आश्चर्य से पूछा।

हां वही, जी पीला-पीला कपड़ा पहनता था।

मैं समझ गया, वे लोग प्रज्ञासारथि को खोजते थे। मैंने कहा–वह तो यहां नहीं हैं, अपने घर गए। काम क्या है?

एक लड़की को हवा लगी है, यहीं का कोई आसेब है। पीर को दिखलाना चाहती हूं।–एक अधेड़ स्त्री ने बड़ी व्याकुलता से कहा।

मैंने पूछा–भाई! मैं तो यह सब कुछ नहीं जानता। वह लड़की कहां है? पड़ाव पर, बाबूजी! आप चलकर देख लीजिए।

आगे वह कुछ बोल न सकी। किंतु गुल ने कहा–बाबू! तुम जानते हो, वही–लैला!

आगे मैं न सुन सका। अपनी ही अंतर्ध्वनि से मैं व्याकुल हो गया। यही होता है, किसी के उजड़ने से ही दूसरा बसता है। यही विधि-विधान है, तो बसने का नाम उजड़ना ही है। यदि रामेश्वर, मालती और अपने बाल-बच्चों की चिंता छोड़कर लैला को ही देखता, तभी....किंतु वैसा हो कैसे सकता है। मैंने कल्पना की आंखों से देखा; लैला का विवर्ण सुंदर मुख–निराशा की झुलस से दयनीय मुख!

उन ईरानियों से फिर से बात न करके मैं भीतर चला गया और तकिए में अपना मुंह छिपा लिया। पीछे सुना, कलुआ डांट बताता हुआ कह रहा है–जाओ-जाओ, यहां बाबाजी नहीं रहते!

मैं लड़कों को पढ़ाने लगा। कितना आश्चर्यजनक भयानक परिवर्तन मुझमें हो गया! उसे देखकर मैं ही विस्मित होता था। कलुआ इन्हीं कई महीनों से मेरा एकांत साथी बन गया। मैंने उसे बार-बार समझाया, किंतु वह बीच-बीच में मुझसे घर चलने के लिए कह बैठता ही था। मैं हताश हो गया। अब वह जब घर चलने की बात कहता, तो मैं सिर हिलाकर कह देता–अच्छा, अभी चलूंगा।

दिन इसी तरह बीतने लगे। बसंत के आगमन से प्रकृति सिहर उठी। वनस्पतियों की रोमावली पुलकित थी। मैं पीपल के नीचे उदास बैठा हुआ ईषत् शीतल पवन से अपने शरीर में फुरहरी का अनुभव कर रहा था। आकाश की आलोक-माला चंदा की वीचियों में डुबकियां लगा रही थी। निस्तब्ध रात्रि का आगमन बड़ा गम्भीर था।

दूर से एक संगीत की–नन्हीं-नन्हीं करुण वेदना की तान सुनाई पड़ रही थी। उस भाषा को मैं नहीं समझता था। मैंने समझा, यह भी कोई छलना होगी। फिर सहसा मैं विचारने लगा कि नियति भयानक वेग से चल रही है। आंधी की

तरह उसमें असंख्य प्राणी तृण-तूलिका के समान इधर-उधर बिखर रहे हैं। कहीं से लाकर किसी को वह मिला ही देती है और ऊपर से कोई बोझे की वस्तु भी लाद देती है कि वे चिरकाल तक एक-दूसरे से सम्बद्ध रहें। सचमुच ! कल्पना प्रत्यक्ष हो चली। दक्षिण का आकाश धूसर हो चला–एक दानव ताराओं को निगलने लगा। पक्षियों का कोलाहल बढ़ा। अंतरिक्ष व्याकुल हो उठा ! कड़वाहट में सभी आश्रय खोजने लगे; किंतु मैं कैसे उठता ! वह संगीत की ध्वनि समीप आ रही थी। वज्रनिर्घोष को भेदकर कोई कलेजे से गा रहा था। अंधकार में, साम्राज्य में तृण, लता, वृक्ष चरचराकर कम्पित हो रहे थे।

कलुआ की चीत्कार सुनकर भीतर चला गया। उस भीषण कोलाहल में भी वहीं संगीत-ध्वनि पवन के हिंडोले पर झूल रही थी, मानो पाठशाला के चारों ओर लिपट रही थी। सहसा एक भीषण अर्राहट हुई। अब मैं टार्च लिये बाहर आ गया।

आंधी रुक गई थी। मैंने देखा कि पीपल की बड़ी-सी डाल फटी पड़ी है और लैला नीचे दबी हुई अपनी भावनाओं की सीमा पार कर चुकी है।

मैं अब भी चंदा-तट की बौद्ध पाठशाला का अवैतनिक अध्यक्ष हूं। प्रज्ञासारथि के नाम को कोसता हुआ दिन बिताता हूं। कोई उपाय नहीं। वहीं जैसे मेरे जीवन का केंद्र है।

आज भी मेरे हृदय में आंधी चला करती है और उसमें लैला का मुख बिजली की तरह कौंधा करता है।

दासी

यह खेल किसको दिखा रहे हो बलराज?–कहते हुए फिरोजा ने युवक की कलाई पकड़ ली। युवक की मुट्ठी में एक भयानक छुरा चमक रहा था। उसने झुंझलाकर फिरोजा की तरफ देखा। वह खिलखिलाकर हंस पड़ी। फिरोजा युवती से अधिक बालिका थी। अल्हड़पन, चंचलता और हंसी से बनी हुई वह तुर्क बाला सब हृदयों के स्नेह के समीप थी। नीली नसों से जकड़ी हुई बलराज की पुष्ट कलाई उन कोमल उंगलियों के बीच में शिथिल हो गई। उसने कहा–फिरोजा, तुम मेरे सुख में बाधा दे रही हो!

सुख जीने में है बलराज! ऐसी हरी-भरी दुनिया, फूल-बेलों से सजे हुए नदियों के सुंदर किनारे, सुनहला सवेरा, चांदी की रातें इन सबों से मुंह मोड़कर आंखें बन्द कर लेना! कभी नहीं! सबसे बढ़कर तो इसमें हम लोगों की उछलकूद का तमाशा है। मैं तुम्हें मरने न दूंगी।

क्यों?

यों ही बेकार मर जाना! वाह, ऐसा कभी नहीं हो सकता। जिहून के किनारे तुर्कों से लड़ते हुए मर जाना दूसरी बात थी। तब मैं तुम्हारी कब्र बनवाती, उस पर फूल चढ़ाती; पर इस गजनी नदी के किनारे अपना छुरा अपने कलेजे में झोंककर मर जाना बचपना भी तो नहीं है।

बलराज ने देखा, सुल्तान मसऊद के शिल्पकला-प्रेम की गम्भीर प्रतिमा, गजनी नदी पर एक कमानी वाला पुल अपनी उदास छाया जलधारा पर डाल रहा है। उसने कहा–वही तो, न जाने क्यों मैं उसी दिन नहीं मरा, जिस दिन मेरे इतने वीर साथी कटार से लिपटकर इसी गजनी की गोद में सोने चले गए। फिरोजा! उन वीर आत्माओं का वह शोचनीय अंत! तुम उस अपमान को नहीं समझ सकती हो।

सुल्तान ने सिल्जूको से हारे हुए तुर्क और हिंदू दोनों को ही नौकरी से अलग

कर दिया। पर तुर्कों ने तो मरने की बात नहीं सोची?

कुछ भी हो, तुर्क सुल्तान के अपने लोगों में हैं और हिन्दू बेगाने ही हैं। फिरोजा! यह अपमान मरने से बढ़कर है।

और आज किसलिए मरने जा रहे थे?

वह सुनकर क्या करोगी?–कहकर बलराज छुरा फेंककर एक लम्बी सांस लेकर चुप हो रहा। फिरोजा ने उसका कंधा पकड़कर हिलाते हुए कहा–सुनूंगी क्यों नहीं। अपनी....हां, उसी के लिए! कौन है वह! कैसी है? बलराज! गोरी-सी है, मेरी तरह वह भी पतली-दुबली है न? कानों में कुछ पहनती है? और गले में?

कुछ नहीं फिरोजा, मेरी ही तरह वह भी कंगाल है। मैंने उससे कहा था कि लड़ाई पर जाऊंगा और सुल्तान की लूट में मुझे भी चांदी-सोने की ढेरी मिलेगी, जब अमीर हो जाऊंगा, तब आकर तुमसे ब्याह करूंगा।

तब भी मरने जा रहे थे! खाली ही लौटकर उससे भेंट करने की, उसे एक बार देख लेने की, तुम्हारी इच्छा न हुई! तुम बड़े पाजी हो। जाओ, मरो या जियो, मैं तुमसे न बोलूंगी।

सचमुच फिरोजा ने मुंह फेर लिया। वह जैसे रूठ गई थी। बलराज को उसके इस भोलेपन पर हंसी न आ सकी। वह सोचने लगा, फिरोजा के हृदय में कितना स्नेह है! कितना उल्लास है? उसने पूछा–फिरोजा, तुम भी तो लड़ाई में पकड़ी हुई गुलामी भुगत रही हो। क्या तुमने कभी अपने जीवन पर विचार किया है? किस बात का उल्लास है तुम्हें?

मैं अब गुलामी में नहीं रह सकूंगी। अहमद जब हिंदुस्तान जाने लगा था, तभी उसने राजा साहब से कहा था कि मैं एक हजार सोने के सिक्के भेजूंगा। भाई तिलक! तुम उसे लेकर फिरोजा को छोड़ देना और वह हिंदुस्तान आना चाहे तो उसे भेज देना। अब वह थैली आती ही होगी। मैं छुटकारा पा जाऊंगी और गुलाम ही रहने पर रोने की कौन-सी बात है? मर जाने की इतनी जल्दी क्यों? तुम देख नहीं रहे हो कि तुर्कों में एक नई लहर आई है। दुनिया ने उसके लिए जैसे छाती खोल दी है। जो आज गुलाम है; वही कल सुल्तान हो सकता है। फिर रोना किस बात का, जितनी देर हंस सकती हूं, उस समय को रोने में क्यों बिताऊं?

तुम्हारा सुखमय जीवन और भी लम्बा हो, फिरोजा; किंतु आज तुमने जो मुझे मरने से रोक दिया, यह अच्छा नहीं किया।

कहती तो हूं, बेकार न मरो। क्या तुम्हारे मरने के लिए कोई....?

कुछ भी नहीं, फिरोजा! हमारी धार्मिक भावनाएं बंटी हुई हैं, सामाजिक जीवन

दम्भ से और राजनीतिक क्षेत्र कलह और स्वार्थ से जकड़ा हुआ है। शक्तियां हैं, पर उनका कोई केंद्र नहीं। किस पर अभिमान हो, किसके लिए प्राण दूं?

दूत, चले जाओ हिंदुस्तान में मरने के लिए कुछ खोजो। मिल ही जाएगा, जाओ न....कहीं वह तुम्हारी....मिल जाय तो किसी झोंपड़ी ही में काट लेना। न सही अमीरी, किसी तरह तो कटेगी। जितने दिन जीने के हों, उन पर भरोसा रखना।

'........'

बलराज! न जाने क्यों मैं तुम्हें मरने देना नहीं चाहती। वह तुम्हारी राह देखती हुई कहीं जी रही हो, तब! आह कभी उसे देख पाती तो उसका मुंह चूम लेती। कितना प्यार होगा उसके छोटे-से हृदय में? लो, ये पांच दिहम, मुझे कल राजा साहब ने इनाम के दिए हैं। इन्हें लेते जाओ! देखो, उससे जाकर भेंट करना।

फिरोजा की आंखों में आंसू भरे थे, तब भी वह जैसे हंस रही थी। सहसा वह पांच धातु के टुकड़ों को बलराज के हाथ पर रखकर झाड़ियों में घुस गई। बलराज चुपचाप अपने हाथ पर के चमकीले टुकड़ों को देख रहा था। हाथ कुछ झुक रहा था। धीरे-धीरे टुकड़े उसके हाथ से खिसक पड़े। वह बैठ गया–सामने एक पुरुष खड़ा हुआ मुस्करा रहा था।

बलराज!

राजा साहब।–जैसे आंख खोलते हुए बलराज ने कहा, और उठकर खड़ा हो गया।

मैं सब सुन रहा था। तुम हिन्दुस्तान चले जाओ। मैं भी तुमको यही सलाह दूंगा। किंतु, एक बात है।

वह क्या राजा साहब?

मैं तुम्हारे दुःख का अनुभव कर रहा हूं। जो बातें तुमने अभी फिरोजा से कही हैं, उन्हें सुनकर मेरा हृदय विचलित हो उठा है। किंतु क्या करूं? मैंने आकांक्षा का नशा पी लिया है। वही मुझे बेबस किए है। जिस दुःख से मनुष्य छाती फाड़कर चिल्लाने लगता हो, सिर पीटने लगता हो, वैसी प्रतिफल परिस्थितियों में भी मैं केवल सिर-नीचा कर चुप रहना अच्छा समझता हूं। क्या ही अच्छा होता कि जिस सुख में आनन्दातिरेक से मनुष्य उन्मत्त हो जाता है, उसे भी मुस्कराकर टाल दिया करूं। सो नहीं होता। एक साधारण स्थिति से मैं सुल्तान के सलाहकारों के पद तक तो पहुंच गया हूं। मैं भी हिंदुस्तान का ही एक कंगाल था। प्रतिदिन की मर्यादा-वृद्धि, राजकीय विश्वास और उसमें सुख की अनुभूति से मेरे जीवन को पहेली बनाकर....जाने दो। मैंने सुल्तान के दरबार से जितना सीखा है, वही मेरे

लिए बहुत है। एक बनावटी गम्भीरता! छल-पूर्ण विनय! ओह, कितना भीषण है, यह विचार! मैं धीरे-धीरे इतना बन गया हूं कि मेरी सहृदयता घूंघट उलटने नहीं पाती। लोगों को मेरी छाती में हृदय होने का संदेह हो चला है। फिर मैं तुमसे अपनी सहृदयता क्यों प्रकट करूं? तब भी आज तुमने मेरे स्वभाव की धारा का बांध तोड़ दिया है। आज मैं....।

बस राजा साहब, और कुछ न कहिए। मैं जाता हूं। मैं समझ गया कि...

ठहरो, मुझे अधिक अवकाश नहीं है। कल यहां से कुछ विद्रोही गुलाम, अहमद नियाल्तगीन के पास लाहौर जानेवाले हैं, उन्हीं के साथ तुम चले जाओ। यह लो–कहते हुए सुल्तान के विश्वासी राजा तिलक ने बलराज के हाथों में थैली रख दी। बलराज वहां से चुपचाप चल पड़ा।

तिलक सुल्तान अहमद को अत्यंत विश्वासपात्र हिंदू कर्मचारी था। अपने बुद्धि-बल से कट्टर यवनों के बीच में अपनी प्रतिष्ठा दृढ़ रखने के कारण सुल्तान मसऊद के शासन-काल में भी वह उपेक्षा का पात्र नहीं था। फिर भी वह अपने को हिंदू ही समझता था, चाहे अन्य लोग उसे कुछ समझते रहे हों। बलराज की बातें वह सुन चुका था। आज उसकी मनोवृत्तियों में भयानक हलचल थी। सहसा उसने पुकारा–फिरोजा!

झाड़ियों से निकलकर फिरोजा ने उसके सामने सिर झुका दिया। तिलक ने उसके सिर पर हाथ रखते हुए कोमल स्वर में पूछा–फिरोजा, तुम अहमद के पास हिंदुस्तान जाना चाहती हो?

फिरोजा के हृदय में कम्पन होने लगा। वह कुछ न बोली। तिलक ने कहा–डरो मत, साफ-साफ कहो।

क्या अहमद ने आपके पास दीनारें भेज दीं–कहकर फिरोजा ने अपनी उत्कण्ठा-भरी आंखें उठाईं। तिलक ने हंसकर कहा–सो तो उसने नहीं भेजीं, तब भी तुम जाना चाहती हो, तो मुझसे कहो।

मैं क्या कह सकती हूं? जैसी मेरी....।–कहते-कहते उसकी आंखों में आंसू छलछला उठे। तिलक ने कहा–फिरोजा, तुम जा सकती हो। कुछ सोने के टुकड़ों के लिए मैं तुम्हारा हृदय नहीं कुचलना चाहता।

सच! आश्चर्य-भरी कृतज्ञता उसकी वाणी में थी।

सच फिरोजा! अहमद मेरा मित्र है, और भी एक काम के लिए तुमको भेज रहा हूं। उसे जाकर समझाओ कि वह अपनी सेना लेकर पंजाब के बाहर इधर-उधर हिंदुस्तान में लूट-मार न किया करे। मैं कुछ ही दिनों में सुल्तान से कहकर खजाने

और मालगुजारी का अधिकार भी उसी को दिला दूंगा। थोड़ा समझकर धीरे-धीरे काम करने से सब हो जायगा। समझी न, दरबार में इस पर गर्मा-गर्मी है कि अहमद की नीयत खराब है। कहीं ऐसा न हो कि मुझी को सुल्तान इस काम के लिए भेजें!

फिरोजा, मैं हिंदुस्तान नहीं जाना चाहता। मेरी एक छोटी बहन थी, वह वहां है? क्या दुःख उसने पाया? मरी या जीती है, इन कई बरसों से मैंने इसे जानने की चेष्टा भी नहीं की। और भी....मैं हिंदू हूं, फिरोजा! आज तक अपनी आकांक्षा में भूला हुआ, अपने आराम में मस्त, अपनी उन्नति में विस्मृत, गजनी में बैठा हुआ हिंदुस्तान को, अपनी जन्मभूमि को और उसके दुःख-दर्द को भूल गया हूं। सुल्तान महमूद के लूटों की गिनती करना, उस रक्त-रंजित धन की तालिका बनाना, हिंदुस्तान के ही शोषण के लिए सुल्तान को नई-नई तरकीबें बताना, यही तो मेरा काम था, जिससे आज मेरी इतनी प्रतिष्ठा है। दूर रहकर मैं सबकुछ कर सकता था; पर हिंदुस्तान कहीं मुझे जाना पड़ा–उसकी गोद में फिर रहना पड़ा–तो मैं क्या करूंगा! फिरोजा, मैं वहां जाकर पागल हो जाऊंगा। मैं चिर-निर्वासित, विस्मृत अपराधी! इरावती मेरी बहन! आह, मैं उसे क्या मुंह दिखलाऊंगा। वह कितने कष्टों में जीती होगी! और मर गई हो तो....फिरोजा! अहमद से कहना, मेरी मित्रता के नाते मुझे इस दुःख से बचा ले।

मैं जाऊंगी और इरावती को खोज निकालूंगी–राजा साहब! आपके हृदय में इतनी टीस है, आज तक मैं न जानती थी। मुझे यही मालूम था कि अनेक अन्य तुर्क सरदारों के समान आप भी रंग-रलियों में समय बिता रहे हैं, किंतु बरफ से ढकी हुई चोटियों के नीचे भी ज्वालामुखी होता है।

तो जाओ फिरोजा! मुझे बचाने के लिए, उस भयानक आग से, जिससे मेरा हृदय जल उठता है, मेरी रक्षा करो!–कहते हुए राजा तिलक उसी जगह बैठ गए। फिरोजा खड़ी थी। धीरे-धीरे राजा के मुख पर एक स्निग्धता आ चली। अब अंधकार हो चला। गजनी के लहरों पर से शीतल पवन उन झाड़ियों में भरने लगा था। सामने ही राजा साहब का महल था। उसका शुभ्र गुम्बद उस अंधकार में अभी अपनी उज्ज्वलता से सिर ऊंचा किए था। तिलक ने कहा–फिरोजा, जाने के पहले अपना वह गाना सुनाती जाओ।

फिरोजा गाने लगी। उसके गीत की ध्वनि थी–मैं जलती हुई दीपशिखा हूं और तुम हृदय-रञ्जन प्रभात हो! जब तक देखती नहीं, जला करती हूं और जब तुम्हें देख लेती हूं, तभी मेरे अस्तित्व का अंत हो जाता है–मेरे प्रियतम! संध्या

की अंधेरी झाड़ियों में गीत की गुंजार घूमने लगी।

यदि एक बार उसे फिर देख पाता; पर यह होने का नहीं। निष्ठुर नियति! उसकी पवित्रता पंकिल हो गई होगी। उसकी उज्ज्वलता पर संसार के काले हाथों ने अपनी छाप लगा दी होगी। तब उससे भेंट करके क्या करूंगा? क्या करूंगा? अपने कल्पना के स्वर्ण-मंदिर का खंडहर देखकर!–कहते-कहते बलराज ने अपने बलिष्ठ पंजों को पत्थरों से जकड़े हुए मंदिर के प्राचीर पर दे मारा। वह शब्द एक क्षण में विलीन हो गया। युवक ने आरक्त आंखों से उस विशाल मंदिर को देखा और वह पागल-सा उठ खड़ा हुआ। परिक्रमा के ऊंचे-ऊंचे खंभों से धक्के खाता हुआ घूमने लगा।

गर्भ-गृह के द्वारपालों पर उसकी दृष्टि पड़ी। वे तेल से चुपड़े हुए काले-काले दूत अपने भीषण त्रिशूल से जैसे युवक की ओर संकेत कर रहे थे। वह ठिठक गया। सामने देवगृह के समीप घृत का अखण्ड-दीप जल रहा था। केशर, कस्तूरी और अगरु से मिश्रित फूलों की दिव्य सुगंध की झकोर रह-रह कर भीतर से आ रही थी। विद्रोही हृदय प्रणत होना नहीं चाहता था, परंतु सिर सम्मान से झुक ही गया।

देव! मैंने अपने जीवन में जान-बूझकर कोई पाप नहीं किया है। मैं किसके लिए क्षमा मांगूं? गजनी के सुल्तान की नौकरी, वह मेरी वश की नहीं; किंतु मैं मांगता हूं... एक बार उस, अपनी प्रेम प्रतिमा का दर्शन! कृपा करो। बचा लो।

प्रार्थना करके युवक ने सिर उठाया ही था कि उसे किसी को अपने पास से खिसकने का संदेह हुआ। वह घूमकर देखने लगा। एक स्त्री कौशेय वसन पहने हाथ में फूलों से सजी डाली लिए चली जा रही थी। युवक पीछे-पीछे चला। परिक्रमा में एक स्थान पर पहुंचकर उसने संदिग्ध स्वर से पुकारा–इरावती! वह स्त्री घूमकर खड़ी हो गई। बलराज अपने दोनों हाथ पसारकर उसे आलिंगन करने के लिए दौड़ा। इरावती ने कहा–ठहरो। बलराज ठिठककर उसकी गम्भीर मुखाकृति को देखने लगा। उसने पूछा–क्यों इरा! क्या तुम मेरी वाग्दत्ता पत्नी नहीं हो? क्या हम लोगों का यज्ञवेदी के सामने परिणय नहीं होने वाला था? क्या....?

हां, होने वाला था किंतु हुआ नहीं, और बलराज! तुम मेरी रक्षा नहीं कर सके। मैं आतताई के हाथ से कलंकित की गई। फिर तुम मुझे पत्नी के रूप में कैसे ग्रहण करोगे? तुम वीर हो! पुरुष हो! तुम्हारे पुरुषार्थ के लिए बहुत-सी महत्त्वाकांक्षाएं हैं उन्हें खोज लो, मुझे भगवान् की शरण में छोड़ दो। मेरा जीवन अनुताप की ज्वाला में झुलसा हुआ। मेरा मन, अब स्नेह के योग्य नहीं।

प्रेम की, पवित्रता की, परिभाषा अलग है इरा! मैं तुमको प्यार करता हूं। तुम्हारी पवित्रता से मेरे मन का अधिक संबंध नहीं भी हो सकता है। चलो, हम ....और कुछ भी हों, मेरे प्रेम की ज्योति तुम्हारी पवित्रता को अधिक उज्ज्वल कर देगी।

भाग चलूं, क्यों? सो नहीं हो सकता। मैं क्रीत दासी हूं। म्लेच्छों ने मुझे मुलतान की लूट में पकड़ लिया। मैं उनकी कठोरता में जीवित रहकर बराबर उनका विरोध ही करती रही। नित्य कोड़े लगते। बांधकर मैं लटकाई जाती। फिर भी मैं अपने हठ से न डिगी। एक दिन कन्नौज के चतुष्पथ पर घोड़ों के साथ ही बेचने के लिए उन आततायियों ने मुझे खड़ा किया। मैं बिकी पांच सौ दिरहम पर, काशी के ही एक महाजन ने मुझे दासी बना लिया। बलराज! तुमने न सुना होगा, कि मैं किन नियमों के साथ बिकी हूं। मैंने लिखकर स्वीकार किया है, इस घर का कुत्सित से भी कुत्सित कर्म करूंगी और कभी विद्रोह न करूंगी,–न कभी भागने की चेष्टा करूंगी; न किसी के कहने से अपने स्वामी का अहित सोचूंगी। यदि मैं आत्महत्या भी कर डालूं, तो मेरे स्वामी या उनके कुटुम्ब पर कोई दोष न लगा सकेगा! वे गंगा-स्नान किए से पवित्र हैं। मेरे संबंध में वे सदा ही शुद्ध और निष्पाप हैं। मेरे शरीर पर उनका आजीवन अधिकार रहेगा। वे मेरे नियम विरुद्ध आचरण पर जब चाहें राजपथ पर मेरे बालों को पकड़कर मुझे दण्ड दे सकते हैं। मैं तो मर चुकी हूं। मेरा शरीर पांच सौ दिरहम पर जी कर जब तक सहेगा, खटेगा। वे चाहें तो मुझे कौड़ी के मोल भी किसी दूसरे के हाथ बेच सकते हैं। समझे! सिर पर तृण रखकर मैंने स्वयं अपने को बेचने में स्वीकृति दी है। उस सत्य को कैसे तोड़ दूं?

बलराज ने लाल होकर कहा–इरावती, यह असत्य है, सत्य नहीं। पशुओं के समान मनुष्य भी बिक सकते हैं! मैं यह सोच भी नहीं सकता। यह पाखण्ड तुर्की घोड़ों के व्यापारिक ने फैलाया है। तुमने अनजान में जो प्रतिज्ञा कर ली है, वह ऐसा सत्य नहीं कि पालन किया जाए। तुम नहीं जानती हो कि तुमको खोजने के लिए ही मैंने यवनों की सेवा की।

क्षमा करो बलराज, मैं तुम्हारा तर्क नहीं समझ सकी। मेरी स्वामिनी का रथ दूर चला गया होगा, तो मुझे बातें सुननी पड़ेगी क्योंकि आज-कल मेरे स्वामी नगर से दूर स्वास्थ्य के लिए उपवन में रहते हैं। स्वामिनी देव-दर्शन के लिए आई थीं।

तब मेरा इतना परिश्रम व्यर्थ हुआ! फिरोजा ने व्यर्थ ही आशा दी थी। मैं इतने दिनों भटकता फिरा। इरावती! मुझ पर दया करो।

फिरोजा कौन?–फिर सहसा रुककर इरावती ने कहा–क्या करूं? यदि मैं वैसा करती, तो मुझे इस जीवन की सबसे बड़ी प्रसन्नता मिलती; किंतु वह मेरे भाग्य में है कि नहीं, इसे भगवान ही जानते होंगे? मुझे अब जाने दो।–बलराज इस उत्तर से खिन्न और चकराया हुआ काठ के किवाड़ की तरह इरावती के सामने से अलग होकर मंदिर के प्राचीर से लग गया। इरावती चली गई। बलराज कुछ समय तक स्तब्ध और शून्य-सा वहीं खड़ा रहा। फिर सहसा जिस ओर इरावती गई थी, उसी ओर चल पड़ा।

युवक बलराज कई दिन तक पागलों-सा धनदत्त के उपवन से नगर तक चक्कर लगाता रहा। भूख-प्यास भूलकर वह इरावती को एक बार फिर देखने के लिए विकल था; किंतु वह सफल न हो सका। आज उसने निश्चय किया था कि वह काशी छोड़कर चला जाएगा। वह जीवन से हताश होकर काशी से प्रतिष्ठान लाने वाले पथ पर चलने लगा। उसकी पहाड़ के ढोके-सी काया, जिसमें असुर-सा बल होने का लोग अनुमान करते, निर्जीव-सी हो रही थी। अनाहार से उसका मुख विवर्ण था। यह सोच रहा था–उस दिन, विश्वनाथ के मंदिर में न जाकर मैंने आत्महत्या क्यों न कर ली! वह अपनी उधेड़-बुन में चल रहा था। न जाने कब तक चलता रहा। वह चौंक उठा–जब किसी के डांटने का शब्द सुनाई पड़ा–देखकर नहीं चलता! बलराज ने चौंककर देखा, अश्वारोहियों की लम्बी पंक्ति, जिसमें अधिकतर अपने घोड़ों को पकड़े हुए पैदल ही चल रहे थे। वे सब तुर्क थे। घोड़ों के व्यापारी-से जान पड़ते थे। गजनी के प्रसिद्ध महमूद के आक्रमणों का अंत हो चुका था। मसऊद सिंहासन पर था। पंजाब तो गजनी के सेनापति नियाल्तगीन के शासन में था। मध्य-प्रदेश में भी तुर्क व्यापारी अधिकतर व्यापारिक प्रभुत्व स्थापित करने के लिए प्रयत्न कर रहे थे। वह राह छोड़कर हट गया। अश्वारोही ने पूछा–बनारस कितनी दूर होगा? बलराज ने कहा–मुझे नहीं मालूम।

तुम अभी उधर से चले आ रहे हो और कहते हो, नहीं मालूम! ठीक-ठीक बताओ, नहीं तो....।

नहीं तो क्या? मैं तुम्हारा नौकर हूं।–कहकर वह आगे बढ़ने लगी। अकस्मात् पहले अश्वारोही ने कहा–पकड़ लो इसको!

कौन! नियाल्तगीन!–सहसा बलराज चिल्ला उठा।

अच्छा, यह तुम्हीं हो बलराज! यह तुम्हारा क्या हाल है, क्या सुल्तान की सरकार में अब तुम काम नहीं करते हो?

नहीं, सुल्तान मसऊद का मुझ पर विश्वास नहीं है। मैं ऐसा काम नहीं करता,

जिसमें संदेह मेरी परीक्षा लेता रहे? किंतु इधर तुम लोग क्यों?

सुना है, बनारस एक सुंदर और धनी नगर है। और....।

और क्या?

कुछ नहीं, देखने चला आया हूं। काजी नहीं चाहता कि कन्नौज के पूरब भी कुछ हाथ-पांव बढ़ाया जाय। तुम चलो न मेरे साथ। मैं तुम्हारी तलवार की कीमत जानता हूं। बहादुर लोग इस तरह नहीं रह सकते। तुम अभी तक हिंदू बने हो। पुरानी लकीर पीटने वाले, जगह-जगह झुकने वाले, सबसे दबते हुए, बनते हुए, कतराकर चलनेवाले हिंदू! क्यों! तुम्हारे पास बहुत-सा कूड़ा-कचड़ा इकट्ठा हो गया है, उनका पुरानेपन का लोभ तुमको फेंकने नहीं देता? मन में नयापन तथा दुनिया का उल्लास नहीं आने पाता! इतने दिन हम लोगों के साथ रहे, फिर भी. ...।

बलराज सोच रहा था, इरावती का वह सूखा व्यवहार। सीधा-सीधा उत्तर! क्रोध से वह अपना ओठ चबाने लगा। नियाल्तगीन बलराज को परख रहा था! उसने कहा–तुम कहां हो? बात क्या है? ऐसा बुझा हुआ मन क्यों?

बलराज ने प्रकृतिस्थ होकर कहा–कहीं तो नहीं। अब मुझे छुट्टी दो, मैं जाऊं। तुम्हारा बनारस देखने का मन है–इस पर मुझे विश्वास नहीं होता, तो भी मुझे इससे क्या? जो चाहो करो। संसार-भर में किसी पर दया करने की आवश्यकता नहीं–लूटो, काटो, मारो। जाओ, नियाल्तगीन।

नियाल्तगीन ने हंसकर कहा–पागल तो नहीं हो। इन थोड़े-से आदमियों से भला क्या हो सकता है। मैं तो एक बहाने से इधर आया हूं। फिरोजा का बनारसी जरी के कपड़ों का....

क्या फिरोजा भी तुम्हारे साथ है?

चलो, पड़ाव पर सब आप ही मालूम हो जायगा!–कहकर नियाल्तगीन ने संकेत किया। बलराज के मन में न-जाने कैसी प्रसन्नता उमड़ी। वह एक तुर्की घोड़े पर सवार हो गया।

दोनों ओर जवाहरात, जरी कपड़े, बर्तन तथा सुगंधित द्रव्यों की सजी हुई दुकानों से; देश-विदेश के व्यापारियों की भीड़ और बीच-बीच में एक घोड़े के रथों से, बनारस की पत्थर से बनी हुई चौड़ी गलियां अपने ढंग की निराली दिखती थीं। प्राचीरों से घिरा हुआ नगर का प्रधान भाग त्रिलोचन से लेकर राजघाट तक विस्तृत था। तोरणों पर गांगेय देव के सैनिकों का जमाव था। कन्नौज के प्रतिहार सम्राट् से काशी छीन ली गई थी। त्रिपुरी उस पर शासन करती थी। ध्यान से देखने

पर यह तो प्रकट हो जाता था कि नागरिकों में अव्यवस्था थी। फिर भी ऊपरी काम-काज, क्रय-विक्रय, यात्रियों का आवागमन चल रहा था।

फिरोजा कमख्वाब देख रही थी और नियाल्तगीन मणि-मुक्ताओं की ढेरी से अपने लिए अच्छे नग चुन रहा था। पास ही दोनों दूकानें थीं। बलराज बीच में खड़ा था। अन्यमनस्क फिरोजा ने कई धान छांट लिये थे। उसने कहा–बलराज! देखो तो, इन्हें तुम कैसा समझते हो, हैं न अच्छे? उधर से नियाल्तगीन ने पूछा–कपड़े देख चुकी हो, तो इधर आओ। इन्हें भी देख लो न! फिरोजा उधर जाने लगी थी कि दूकानदार ने कहा–लेना न देना, झूठ-मूठ तंग करना। कभी देखा तो नहीं। कंगालों की तरह जैसे आंखों से देखकर ही खा जायगी। फिरोजा घूमकर खड़ी हो गई। उसने पूछा–क्या बकते हो?–जा-जा तुर्किस्तान के जंगलों में भेड़ चरा। इन कपड़ों का लेना तेरा काम नहीं।– सटी हुई दूकानों से जौहरी अभी कुछ बोलना ही चाहता था कि बलराज ने कहा–चुप रह, नहीं तो जीभ खींच लूंगा।

ओहो! तुर्की गुलाम का दास, तू भी.....। अभी इतना ही कपड़े वाले के मुंह से निकला था कि नियाल्तगीन की तलवार उसके गले तक पहुंच गई। बाजार में हलचल मची। नियाल्तगीन के साथी इधर-उधर बिखरे ही थे। कुछ तो वहीं आ गए। औरों को समाचार मिल गया। झगड़ा बढ़ने लगा, नियाल्तगीन को कुछ लोगों ने घेर लिया था; किंतु तुर्कों ने उसे छीन लेना चाहा। राजकीय सैनिक पहुंच गए। नियाल्तगीन को यह मालूम हो गया कि पड़ाव पर समाचार पहुंच गया है। उसने निर्भीकता से अपनी तलवार घुमाते हुए कहा–अच्छा होता कि झगड़ा यहीं तक रहता, नहीं तो हम लोग तुर्क हैं।

तुर्कों का आतंक उत्तरी भारत में फैल चुका था। क्षण-भर के लिए सन्नाटा तो हुआ, परंतु वणिक के प्रतिरोध के लिए नागरिकों का रोष उबल रहा था। राजकीय सैनिकों का सहयोग मिलते ही युद्ध आरम्भ हो गया, अब और भी तुर्क आ पहुंचे थे। नियाल्तगीन हंसने लगा। उसने तुर्की में संकेत किया बनारस का राजपथ तुर्कों की तलवार से पहली बार आलोकित हो उठा।

नियाल्तगीन के साथी संघटित हो गए थे। वे केवल युद्ध और आत्मरक्षा ही नहीं कर रहे थे, बहुमूल्य पदार्थों की लूट भी करने लगे। बलराज स्तब्ध था। वह जैसे एक स्वप्न देख रहा था। अकस्मात् उसके कानों में एक परिचित स्वर सुनाई पड़ा। उसने घूमकर देखा–जौहरी के गले पर तलवार पड़ा ही चाहती है और इरावती 'इन्हें छोड़ दो, न मारो' कहती हुई तलवार के सामने आ गई थी। बलराज ने कहा–ठहरो, नियाल्तगीन। दूसरे ही क्षण नियाल्तगीन की कलाई बलराज की मुट्ठी में थी।

नियाल्तगीन ने कहा–धोखेबाज काफिर, यह क्या?–कई तुर्क पास आ गए थे! फिरोजा का भी मुख तमतमा गया था। बलराज ने सबल होने पर भी बड़ी दीनता से कहा–फिरोजा, यही इरावती है। फिरोजा हंसने लगी। इरावती को पकड़कर उसने कहा–नियाल्तगीन! बलराज को इसके साथ लेकर मैं चलती हूं, तुम आना। और इस जौहरी से तुम्हारा नुकसान न हो, तो न मारो! देखो, बहुत-से घुड़सवार आ रहे हैं। हम सबों का चलना ही अच्छा है।

नियाल्तगीन ने परिस्थिति एक क्षण में ही समझ ली। उसने जौहरी से पूछा–तुम्हारे घर में दूसरी ओर से बाहर जाया जा सकता है?

हां!–कंपे कण्ठ से उत्तर मिला।

अच्छा चलो, तुम्हारी जान बच रही है। मैं इरावती को ले जाता हूं।–कहकर नियाल्तगीन ने एक तुर्क के कान में कुछ कहा! और बलराज को आगे चलने का संकेत करके इरावती और फिरोजा के पीछे धनदत्त के घर में घुसा। इधर तुर्क एकत्र होकर प्रत्यावर्तन कर रहे थे। नगर की राजकीय सेना पास आ रही थी।

चन्द्रभागा के तट पर शिविरों की एक श्रेणी थी। उसके समीप ही घने वृक्षों के झुरमुट में इरावती और फिरोजा बैठी हुई सायंकालीन गम्भीरता की छाया में एक-दूसरे का मुंह देख रही हैं। फिरोजा ने कहा–बलराज को तुम प्यार करती हो?

मैं नहीं जानती।–एक आकस्मिक उत्तर मिला!

और वह तो तुम्हारे ही लिए गजनी से हिंदुस्तान चला आया।

तो क्यों आने दिया, वहीं रोक रखती।

तुमको क्या हो गया है?

मैं–मैं नहीं; मैं हूं दासी; कुछ धातु के टुकड़ों पर बिकी हुई हाड़-मांस का समूह, जिसके भीतर एक सूखा हृदय-पिण्ड है।

इरा! वह मर जायगा–पागल हो जायगा।

और मैं क्या हो जाऊं, फिरोजा?

अच्छा होता, तुम भी मर जाती!–तीखेपन से फिरोजा ने कहा।

इरावती चौंक उठी। उसने कहा–बलराज ने वह भी न होने दिया। उस दिन नियाल्तगीन की तलवार ने यही कर दिया होता; किंतु मनुष्य बड़ा स्वार्थी है। अपने सुख की आशा में वह कितनों को दुखी बनाया करता है। अपनी साध पूरी करने में दूसरों की आवश्यकता ठुकरा दी जाती है। तुम ठीक कह रही हो फिरोजा, मुझे...

ठहरो, इरा! तुमने मन को कड़वा बनाकर मेरी बात सुनी है। उतनी ही तेजी से उसे बाहर कर देना चाहती हो।

मेरे दुखी होने पर जो मेरे साथ रोने आता है, उसे मैं अपना मित्र नहीं जान सकती, फिरोजा। मैं तो देखूंगी कि वह मेरे दुःख को कितना कम कर सका है। मुझे दुःख सहने के लिए जो छोड़ जाता है, केवल अपने अभिमान और आकांक्षा की तुष्टि के लिए। मेरे दुःख में हाथ बंटाने का जिसका साहस नहीं, जो मेरी परिस्थिति में साथी नहीं बन सकता, जो पहले अमीर बनना चाहता है, फिर अपने प्रेम का दान करना चाहता है, वह मुझसे हृदय मांगे, इससे बढ़कर धृष्टता और क्या होगी?

मैं तुम्हारी बहुत-सी बातें समझ नहीं सकी, लेकिन मैं इतना तो कहूंगी कि दुःखों ने तुम्हारे जीवन की कोमलता छीन ली है।

फिरोजा....मैं तुमसे बहस नहीं करना चाहती। तुमने मेरा प्राण बचाया है सही, किंतु हृदय नहीं बचा सकती। उसे अपनी खोज-खबर आप ही लेनी पड़ेगी तुम चाहे जो मुझे कह लो। मैं तो समझती हूं कि मनुष्य दूसरों की दृष्टि में कभी पूर्ण नहीं हो सकता! पर उसे अपनी आंखों से तो नहीं ही गिरना चाहिए।

फिरोजा ने संदेह से पीछे की ओर देखा। बलराज वृक्ष की आड़ से निकल आया। उसने कहा–फिरोजा, मैं जब गजनी के किनारे मरना चाहता था, तो क्या भूल कर रहा था? अच्छा, जाता हूं।

इरावती सोच रही थी, अब भी कुछ बोलूं–

फिरोजा सोच रही थी, दोनों को मरने से बचाकर क्या सचमुच मैंने कोई बुरा काम किया?

बलराज की ओर किसी ने न देखा। वह चला गया।

रावी के किनारे एक सुंदर महल में अहमद नियाल्तगीन पंजाब के सेनानी का आवास है। उस महल के चारों ओर वृक्षों की दूर तक फैली हुई हरियाली है, जिसमें शिविरों की श्रेणी में तुर्क सैनिकों का निवास है।

वसंत की चांदनी रात अपनी मतवाली उज्ज्वलता में महल के मीनारों और गुम्बदों तथा वृक्षों की छाया में लड़खड़ा रही है, अब जैसे सोना चाहती हो। चन्द्रमा पश्चिम में धीरे-धीरे झुक रहा था। रावी की ओर एक संगमरमर की दालान में खाली सेज बिछी थी। जरी के परदे ऊपर की ओर बंधे थे। दालान की सीढ़ी पर बैठी हुई इरावती रावी का प्रवाह देखते-देखते सोने लगी थी–उस महल की जैसे सजावट गुलाबी पत्थर की अचल प्रतिमा हो।

शयन-कक्ष की सेवा का भार आज उसी पर था। वह अहमद के आगमन की प्रतीक्षा करते-करते सो गई थी। अहमद इन दिनों गजनी से मिले हुए समाचार के कारण अधिक व्यस्त था। सुल्तान के रोष का समाचार उसे मिल चुका था।

वह फिरोजा से छिपाकर, अपने अंतरंग साथियों से, जिन पर उसे विश्वास था, निस्तब्ध रात्रि में मंत्रणा किया करता। पंजाब का स्वतंत्र शासक बनने की अभिलाषा उसके मन में जग गई थी, फिरोजा ने उसे मना किया था, किंतु एक साधारण तुर्क दासी के विचार राजकीय कामों में कितने मूल्य के हैं, इसे वह अपनी महत्त्वाकांक्षा की दृष्टि से परखता था। फिरोजा कुछ तो रूठी थी और कुछ उसकी तबीयत भी अच्छी न थी। वह बंद कमरे में जाकर सो रही। अनेक दासियों के रहते भी आज इरावती को ही वहां ठहरने के लिए उसने कह दिया था। अहमद सीढ़ियों से चढ़कर दालान के पास आया। उसने देखा एक वेदना-विमण्डित सुप्त सौंदर्य! वह और भी समीप आया। गुम्बद के बगल चंद्रमा की किरणें ठीक इरावती के मुख पर पड़ रही थीं। अहमद ने वारुणीविलसित नेत्रों से देखा, उस रूपमाधुरी को, जिसमें स्वाभाविकता थी, बनावट नहीं। तरावट थी, प्रसाद की गर्मी नहीं। एक बार सशंक दृष्टि से उसने चारों ओर देखा–सामने अहमद! इरावती खड़ी होकर अपने वस्त्र संभालने लगी। अहमद ने संकोच-भरी ढिठाई से कहा–तुम यहां क्यों सो रही हो, इरा?

थक गई थी। कहिए, क्या लाऊं?

थोड़ी शीराजी–कहते हुए वह पलंग पर जाकर बैठ गया और इरावती का स्फटिक-पात्र में शीराजी उंड़ेलना देखने लगा। इरा ने जब पात्र भरकर अहमद को दिया, तो अहमद ने सतृष्ण नेत्रों से उसकी ओर देखकर पूछा–फिरोजा कहां है?

सिर में दर्द है, भीतर सो रही है।

अहमद की आंखों में पशुता नाच उठी। शरीर में एक सनसनी का अनुभव करते हुए उसने इरावती का हाथ पकड़कर कहा–बैठो न, इरा! तुम थक गई हो।

आप शर्बत लीजिए। मैं जाकर फिरोजा को जगा दूं।

फिरोजा! फिरोजा के हाथ मैं बिक गया हूं क्या, इरावती! तुम–आह!

इरावती हाथ छुड़ाकर हटनेवाली ही थी कि सामने फिरोजा खड़ी थी! उसकी आंखों में तीव्र ज्वाला थी। उसने कहा–मैं बिकी हूं, अहमद! तुम भला मेरे हाल क्यों बिकने लगे? लेकिन तुमको मालूम है कि तुमने अभी राजतिलक को मेरा दाम नहीं चुकाया; इसलिए मैं जाती हूं।

अहमद हत-बुद्धि! निष्प्रभ! और फिरोजा चली। इरावती ने गिड़गिड़ाकर कहा–बहन, मुझे भी न लेती चलोगी....?

फिरोजा ने घूमकर एक बार स्थिर दृष्टि से इरावती की ओर देखा और कहा–तो फिर चलो।

दोनों हाथ पकड़े सीढ़ी से उतर गईं।

बहुत दिनों तक विदेश में इधर-उधर भटकने पर बलराज जब से लौट आया है, तब से चंद्रभागा-तट के जाटों में एक नई लहर आ गई है। बलराज ने अपने सजातीय लोगों को पराधीनता से मुक्त होने का संदेश सुनाकर उन्हें सुल्तान-सरकार का अबाध्य बना दिया है। वीर जाटों को अपने वश में रखना, उन पर सदा फौजी शासन करना, सुल्तान के कर्मचारियों के लिए भी बड़ा कठिन हो रहा था।

इधर फिरोजा के जाते ही अहमद अपनी कोमल वृत्तियों को भी खो बैठा। एक ओर उसके पास मसऊद के रोष के समाचार आते थे, दूसरी ओर वह जाटों की हलचल से खजाना भी नहीं भेज सकता था। वह झुंझला गया। दिखावे में तो अहमद ने जाटों को एक बार ही नष्ट करने का निश्चय कर लिया, और अपनी दृढ़ सेना के साथ वह जाटों को घेरे में डालते हुए बढ़ने लगा; किंतु उसके हृदय में एक दूसरी ही बात थी। उसे मालूम हो गया था कि गजनी की सेना तिलक के साथ आ रही है; उसकी कल्पना का साम्राज्य छिन्न-भिन्न कर देने के लिए! उसने अंतिम प्रयत्न करने का निश्चय किया। अंतरंग साथियों की सम्मति हुई कि यदि विद्रोही जाटों को इस समय मिला लिया जाए, तो गजनी से पंजाब आज ही अलग हो सकता है। इसे चढ़ाई में दोनों मतलब थे।

घने जंगल का आरम्भ था। वृक्षों के हरे अंचल की छाया में थकी हुई दो युवतियां उनकी जड़ों पर सिर धरे हुए लेटी थीं। पथरीले टीलों पर पड़ती हुई घोड़ों की टापों के शब्द ने उन्हें चौंका दिया। वे अभी उठकर बैठ भी नहीं पाई थीं कि उनके सामने अश्वारोहियों का एक झुण्ड आ गया। भयानक भालों की नोक सीधे किए हुए स्वास्थ्य के तरुण तेज से उदीप्त जाट-युवकों का वह वीर दल था। स्त्रियों को देखते ही उनके सरदार ने कहा–मां, तुम लोग कहां जाओगी?

अब फिरोजा और इरावती सामने खड़ी हो गईं। सरदार ने घोड़े पर से उतरते हुए पूछा–फिरोजा, यह तुम हो बहन!

हां भाई, बलराज! मैं हूं–और यह है इरावती! पूरी बात जैसे न सुनते हुए बलराज ने कहा–फिरोजा, अहमद से युद्ध होगा। इस जंगल को पार कर लेने पर तुर्क सेना जाटों का नाश कर देगी, इसलिए यहीं उन्हें रोकना होगा। तुम लोग इस समय कहां जाओगी?

जहां कहो, बलराज। अहमद की छाया से तो मुझे भी बचना है। फिरोजा ने अधीर होकर कहा।

डरो मत फिरोजा, यह हिंदुस्तान है, और यह हम हिंदुओं का धर्म-युद्ध है। गुलाम बनने का भय नहीं।–बलराज अभी यह कह ही रहा था कि वह चौंककर

पीछे देखता हुआ बोल उठा–अच्छा, वे लोग आ ही गए हैं। समय नहीं है। बलराज दूसरे ही क्षण में अपने घोड़े की पीठ पर था। अहमद की सेना सामने आ गई। बलराज को देखते ही उसने चिल्लाकर कहा–बलराज! यह तुम्हीं हो।

हां, अहमद।

तो हम लोग दोस्त भी बन सकते हैं। अभी समय है–कहते-कहते सहसा उसकी दृष्टि फिरोजा और इरावती पर पड़ी। उसने समस्त व्यवस्था भूलकर, तुरंत ललकारा–पकड़ लो इन औरतों को?–उसी समय बलराज का भाला हिल उठा। युद्ध का आरम्भ था।

जाटों की विजय के साथ युद्ध का अंत होने ही वाला था कि एक नया परिवर्तन हुआ। दूसरी ओर से तुर्क-सेना जाटों की पीठ पर थी। घायल बलराज का भीषण भाला अहमद की छाती में पार हो रहा था। निराश जाटों की रण-प्रतिज्ञा अपनी पूर्ति करा रही थी। मरते हुए अहमद ने देखा कि गजनी की सेना के साथ तिलक सामने खड़े थे। सबके अस्त्र तो रुक गए। परंतु अहमद के प्राण न रुके। फिरोजा उसके शव पर झुकी हुई रो रही थी और इरावती मूर्च्छित हो रहे बलराज का सिर अपनी गोद में लिये थी। तिलक ने विस्मित होकर यह दृश्य देखा।

बलराज ने जल का संकेत किया। इरावती के हाथों में तिलक ने जल का पात्र दिया। जल पीते ही बलराज ने आंखें खोलकर कहा–इरावती, अब मैं न मरूंगा?

तिलक ने आश्चर्य से पूछा–इरावती?

फिरोजा ने रोते हुए कहा–हां राजा साहब, इरावती।

मेरी दुखिया इरावती? मुझे क्षमा कर, मैं तुझे भूल गया था। तिलक ने विनीत शब्दों में कहा।

भाई!–इरावती आगे कुछ न कह सकी, उसका गला भर आया था। उसने तिलक के पैर पकड़ लिये।

बलराज जाटों का सरदार है, इरावती रानी। चिनाब का वह प्रांत इरावती की करुणा से हरा-भरा हो रहा है; किंतु फिरोजा की प्रसन्नता की वहीं समाधि बन गई–और वहीं वह झाड़ू देती, फूल चढ़ाती और दीप जलाती रही। उस समाधि की वह आजीवन दासी बनी रही।

बेड़ी

"बाबूजी, एक पैसा!"

मैं सुनकर चौंक पड़ा, कितनी कारुणिक आवाज थी। देखा तो एक 9-10 बरस का लड़का अंधे की लाठी पकड़े खड़ा था। मैंने कहा–सूरदास, यह तुमको कहां से मिल गया?

अंधे को अंधा न कहकर सूरदास के नाम से पुकारने की चाल मुझे भली लगी। इस सम्बोधन में उस दीन के अभाव की ओर सहानुभूति और सम्मान की भावना थी, व्यंग न था।

उसने कहा–बाबूजी, यह मेरा लड़का है–मुझ अंधे की लकड़ी है। इसके रहने से पेट-भर खाने को मांग सकता हूं और दबने-कुचलने से भी बच जाता हूं।

मैंने उसे इकन्नी दी, बालक ने उत्साह से कहा–अहा इकन्नी! बुड्ढे ने कहा–दाता, जुग-जुग जियो!

मैं आगे बढ़ा और सोचता जाता था, इतने कष्ट से जो जीवन बिता रहा है, उसके विचार में भी जीवन ही सबसे अमूल्य वस्तु है, हे भगवान्!

दीनानाथ करी क्यों देरी? दशाश्वमेध की ओर जाते हुए मेरे कानों में एक प्रौढ़ स्वर सुनाई पड़ा। उसमें सच्ची विनय थी–वही जो तुलसीदास की विनय-पत्रिका में ओत-प्रोत है। वही आकुलता, सान्निध्य की पुकार, प्रबल प्रहार से व्यथित की कराह! मोटर की दम्भ-भरी भीषण भों-भों में विलीन होकर भी वायुमण्डल में तिरने लगी। मैं अवाक् होकर देखने लगा, वही बुड्ढा! किंतु आज अकेला था। मैंने उसे कुछ देते हुए पूछा–क्यों जी, आज वह तुम्हारा लड़का कहां है?

बाबूजी, भीख में से कुछ पैसा चुराकर रखता था, वही लेकर भाग गया, न जाने कहां गया!–उन फूटी आंखों से पानी बहने लगा। मैंने पूछा–उसका पता नहीं लगा? कितने दिन हुए?

लोग कहते हैं कि वह कलकत्ता भाग गया!–उस नटखट लड़के पर क्रोध से भरा हुआ मैं घाट की ओर बढ़ा, वहां एक व्यास जी श्रवण-चरित की कथा कह रहे थे। मैं सुनते-सुनते उस बालक पर अधिक उत्तेजित हो उठा। देखा तो पानी की कल का धुआं पूर्व के आकाश में अजगर की तरह फैल रहा था।

कई महीने बीतने पर चौक में वही बुड्ढा दिखाई पड़ा, उसकी लाठी पकड़े वही लड़का अकड़ा हुआ खड़ा था। मैंने क्रोध से पूछा–क्यों बे, तू अंधे पिता को छोड़कर कहां भागा था? वह मुस्कराते हुए बोला–बाबू जी, नौकरी खोजने गया था। मेरा क्रोध उसकी कर्त्तव्य-बुद्धि से शांत हुआ। मैंने उसे कुछ देते हुए कहा–लड़के, तेरी यही नौकरी है, तू अपने बाप को छोड़कर न भागा कर।

बुड्ढा बोल उठा–बाबूजी, अब यह नहीं भाग सकेगा, इसके पैरों में बेड़ी डाल दी गई है। मैंने घृणा और आश्चर्य से देखा, सचमुच उसके पैरों में बेड़ी थी। बालक बहुत धीरे-धीरे चलता था। मैंने मन-ही-मन कहा–हे भगवान्, भीख मंगवाने के लिए, बाप अपने बेटे के पैर में बेड़ी भी डाल सकता है और वह नटखट फिर भी मुस्कराता था। संसार, तेरी जय हो!

मैं आगे बढ़ गया।

मैं एक सज्जन की प्रतीक्षा में खड़ा था, आज नाव पर घूमने का उनसे निश्चय हो चुका था। गाड़ी, मोटर, तांगे टकराते-टकराते भागे जा रहे थे, सब जैसे व्याकुल। मैं दार्शनिक की तरह उनकी चंचलता की आलोचना कर रहा था! सिरस के वृक्ष की आड़ में फिर वही कण्ठ-स्वर सुनाई पड़ा। बुड्ढे ने कहा–बेटा, तीन दिन और न ले पैसा, मैंने रामदास से कहा है सात आने में तेरा कुरता बन जायगा, अब ठंड पड़ने लगी है। उसने ठुनकते हुए कहा–नहीं, आज मुझे दो, पैसा दो, मैं कचालू खाऊंगा, वह देखो उस पटरी पर बिक रहा है। बालक के मुंह और आंख में पानी भरा था। दुर्भाग्य से बुड्ढा उसे पैसा नहीं दे सकता था। वह न देने के लिए हठ करता ही रहा; परंतु बालक की ही विजय हुई। वह पैसा लेकर सड़क की उस पटरी पर चला। उसके बेड़ी से जकड़े हुए पैतरा काटकर चल रहे थे। जैसे युद्ध-विजय के लिए।

नवीन बाबू चालीस मील की स्पीड से मोटर अपने हाथ से दौड़ा रहे थे। दर्शकों की चीत्कार से बालक गिर पड़ा, भीड़ दौड़ी। मोटर निकल गई और यह बुड्ढा विकल हो रोने लगा–अंधा किधर जाय!

एक ने कहा–चोट अधिक नहीं।

दूसरे ने कहा–हत्यारे ने बेड़ी पहना दी है, नहीं तो क्यों चोट खाता।

बुड्ढे ने कहा–काट दो बेड़ी बाबा, मुझे न चाहिए।

और मैंने हतबुद्धि होकर देखा कि बालक के प्राण-पखेरू अपनी बेड़ी काट चुके थे।

व्रत-भंग

: एक :

तो तुम न मानोगे?

नहीं, अब हम लोगों के बीच इतनी बड़ी खाई है, जो कदापि नहीं पट सकती!

इतने दिनों का स्नेह?

उंह! कुछ भी नहीं। उस दिन की बात आजीवन भुलाई नहीं जा सकती, नंदन! अब मेरे लिए तुम्हारा और तुम्हारे लिए मेरा कोई अस्तित्व नहीं। वह अतीत के स्मरण, स्वप्न हैं, समझे?

यदि न्याय नहीं कर सकते, तो दया करो, मित्र! हम लोग गुरुकुल में...

हां-हां, मैं जानता हूं, तुम मुझे दरिद्र युवक समझकर मेरे ऊपर कृपा रखते थे, किंतु उसमें कितना तीक्ष्ण अपमान था, उसका मुझे अब अनुभव हुआ।

उस ब्रह्म-बेला में जब उषा का अरुण आलोक भागीरथी की लहरों के साथ तरल होता रहता, हम लोग कितने अनुराग से करने जाते थे। सच कहना, क्या वैसी मधुरमा हम लोगों के स्वच्छ हृदयों में न थी?

रही होगी–पर अब, उस मर्मघाती अपमान के बाद! मैं खड़ा रह गया, तुम स्वर्ण-रथ पर चढ़कर चले गए; एक बार भी नहीं पूछा। तुम कदाचित् जानते होंगे नंदन कि कंगाल के मन में प्रलोभनों के प्रति कितना विद्वेष है? क्योंकि वह उससे सदैव छल करता है–ठुकराता है। मैं अपनी उस बात को दुहराता हूं कि हम लोगों का अब उस रूप में कोई अस्तित्व नहीं।

वही सही कपिञ्जल! हम लोगों का पूर्व अस्तित्व कुछ नहीं, तो क्या हम लोग वैसे ही निर्मल होकर एक नवीन मैत्री के लिए हाथ नहीं बढ़ा सकते? मैं आज प्रार्थी हूं।

मैं उस प्रार्थना की उपेक्षा करता हूं। तुम्हारे पास ऐश्वर्य का दर्प है, तो अकिञ्चनता उससे कहीं अधिक गर्व रखती है।

तुम बहुत कटु हो गए हो इस समय। अच्छा, फिर कभी....

न अभी, न फिर कभी। मैं दरिद्रता को भी दिखला दूंगा कि मैं क्या हूं। इस पाखण्ड-संसार में भूखा रहूंगा, परंतु किसी के सामने सिर न झुकाऊंगा। हो सकेगा तो संसार को बाध्य करूंगा झुकने के लिए।

कपिञ्जल चला गया। नंदन हतबुद्धि होकर लौट आया। उस रात को उसे नींद न आई।

उक्त घटना को बरसों बीत गए। पाटलीपुत्र के धनकुबेर कलश का कुमार नंदन धीरे-धीरे उस घटना को भूल चला। ऐश्वर्य का मदिरा-विलास किसे स्थिर रहने देता है! उसने यौवन के संसार में बड़ी-बड़ी आशाएं लेकर पदार्पण किया था। नंदन तब भी मित्र से वञ्चित होकर जीवन को अधिक चतुर न बना सका।

राधा, तू भी कैसी पगली है? तूने कलश की पुत्र-वधू बनने का निश्चय किया है, आश्चर्य!

हां महादेवी, जब गुरुजनों की आज्ञा है, तब उसे तो मानना ही पड़ेगा।

मैं रोक सकती हूं। मूर्ख नंदन! कितना असंगत चुनाव है! राधा, मुझे दया आती है।

किसी अन्य प्रकार से गुरुजनों की इच्छा को टाल देना यह मेरी धारणा के प्रतिकूल है महादेवी! नंदन की मूर्खता सरलता का सत्यरूप है। मुझे वह अरुचिकर नहीं। मैं उस निर्मल-हृदय की देख-रेख कर सकूं, तो यह मेरे मनोरंजन का ही विषय होगा।

मगध की महादेवी ने हंसी से कुमारी के इस साहस का अभिनंदन करते हुए कहा। तेरी जैसी इच्छा, तू स्वयं भोगेगी।

माधवी-कुंज से वह विरक्त होकर उठ गई। उन्हें राधा पर कन्या के समान ही स्नेह था।

दिन स्थिर हो चुका था। स्वयं मगध-नरेश की उपस्थिति में महाश्रेष्ठि धनञ्जय की कन्या का ब्याह कलश के पुत्र से हो गया, वह समारोह अद्भुत था। रत्नों के आभूषण तथा स्वर्ण-पात्रों के अतिरिक्त मगध-सम्राट् ने राधा की प्रिय वस्तु अमूल्य-मणि-निर्मित दीपाधार भी दहेज में दे दिया। उस उत्सव की बड़ाई, पान-भोजन आमोद का विभवशाली चारु चयन कुसुमपुर के नागरिकों को बहुत दिन तक गल्प करने का एक प्रधान उपकरण था।

राधा कलश की पुत्र-वधू हुई।

राधा के नवीन उपवन के सौध-मंदिर में अगरु, कस्तूरी और केशर की चहल-पहल, पुष्प-मालाओं का दोनों संध्या में नवीन आयोजन और दीपावली में वीणा, वंशी और मृदंग की स्निग्ध गम्भीर ध्वनि बिखरती रहती। नंदन अपने सुकोमल आसन पर लेटा हुआ राधा का अनिंद्य सौंदर्य एकटक चुपचाप देखा करता। उस सुसज्जित कोष्ठ में मणि-निर्मित दीपाधार की यंत्र-मयी नर्तकी अपने नूपुरों की झंकार से नंदन और राधा के लिए एक क्रीड़ा और कुतूहल का सृजन करती रहती। नंदन कभी राधा के खिसकते हुए उत्तरीय को संभाल देता। राधा हंसकर कहती–बड़ा कष्ट हुआ।

नंदन कहता–देखो, तुम अपने प्रसाधन ही में पसीने-पसीने हो जाती हो, तुम्हें विश्राम की आवश्यकता है।

राधा गर्व से मुस्करा देती। कितना सुहाग था उसका अपने सरल पति पर और कितना अभिमान था अपने विश्वास पर! एक सुखमय स्वप्न चल रहा था।

कलश–धन का उपासक सेठ अपनी विभूति के लिए सदैव सशंक रहता। उसे राजकीय संरक्षण तो था ही, दैवी रक्षा से भी अपने को सम्पन्न रखना चाहता था। इस कारण उसे एक नंगे साधु पर अत्यंत भक्ति थी, जो कुछ ही दिनों से उस नगर के उपकण्ठ में आकर रहने लगा था।

उसने एक दिन कहा–सब लोग दर्शन करने चलेंगे।

उपहार के थाल प्रस्तुत होने लगे। दिव्य रथों पर बैठकर सब साधु-दर्शन के लिए चले। वह भागीरथी–तट का एक कानन था, जहां कलश का बनवाया हुआ कुटीर था।

सब लोग अनुचरों के साथ रथ छोड़कर भक्तिपूर्ण हृदय से साधु के समीप पहुंचे। परंतु राधा ने जब दूर ही से देखा कि वह साधु नग्न है, तो वह रथ की ओर लौट पड़ी। कलश ने बुलाया; पर राधा न आई। नंदन कभी राधा को देखता और कभी अपने पिता को। साधु खीलों के समान फूट पड़ा। दांत किटकिटा कर उसने कहा–यह तुम्हारी पुत्र-वधू कुलक्षणा है, कलश! तुम इसे हटा दो, नहीं तो तुम्हारा नाश निश्चित है। नंदन दांतों तले जीभ दबाकर धीरे से बोला–अरे! यह कपिंजल....

अनागत भविष्य के लिए भयभीत कलश क्षुब्ध हो उठा। वह साधु की पूजा करके लौट आया। राधा अपने नवीन उपवन में उतरी।

कलश ने पूछा–तुमने महापुरुष से क्यों इतना दुर्विनीत व्यवहार किया? नहीं

पिताजी! वह स्वयं दुर्विनीत है। जो स्त्रियों को आते देखकर भी साधारण शिष्टाचार का पालन नहीं करता, वह धार्मिक महात्मा तो कदापि नहीं।

क्या कह रही है! वे एक सिद्ध पुरुष हैं।

सिद्धि यदि इतनी अधम है, धर्म यदि इतना निर्लज्ज है, तो वह स्त्रियों के योग्य नहीं, पिताजी! धर्म के रूप में कहीं आप भय की उपासना तो नहीं कर रहे है?

तू सचमुच कुलक्षणा है!

इसे तो अंतर्यामी भगवान ही जान सकते हैं। मनुष्य इसके लिए अत्यंत क्षुद्र है। पिताजी, आप....

उसे रोककर अत्यंत क्रोध से कलश ने कहा–तुझे इस घर में रखना अलक्ष्मी को बुलाना है। जा, मेरे भवन से निकल जा।

नंदन सुन रहा था। काठ के पुतले के समान! वह इस विचार का अंत हो जाना तो चाहता था; पर क्या करे, यह उसकी समझ में न आया। राधा ने देखा, उसका पति कुछ नहीं बोलता, तो अपने गर्व से सिर उठाकर कहा–मैं धनकुबेर की क्रीत दासी नहीं हूं। मेरे गृहिणीत्व का अधिकार केवल मेरा पदस्खलन ही छीन सकता है। मुझे विश्वास है, मैं अपने आचरण से अब तक इस पद की स्वामिनी हूं। कोई भी मुझे इससे वंचित नहीं कर सकता।

आश्चर्य से देखा नंदन ने और हतबुद्धि होकर सुना कलश ने। दोनों उपवन के बाहर चले गए।

वह उपवन सबसे परित्यक्त और उपेक्षणीय बन गया। भीतर बैठी हुई राधा ने यह सब देखा।

नंदन ने पिता का अनुकरण किया। वह धीरे-धीरे राधा को भूल चला; परंतु नए ब्याह का नाम लेते ही चौंक पड़ता। उसके मन में धन की ओर वितृष्णा जगी। ऐश्वर्य का यांत्रिक शासन जीवन को नीरस बनाने लगा। उसके मन की अतृप्ति, विद्रोह करने के लिए सुविधा खोजने लगी।

कलश ने उसके मनोविनोद के लिए नया उपवन बनवाया। नंदन अपनी स्मृतियों का लीला-निकेतन छोड़कर रहने लगा।

राधा के आभूषण बिकते थे और उस सेठ के द्वार की अतिथि-सेवा वैसी ही होती रहती। मुक्त द्वार का अपरिमित व्यय और आभूषणों के विक्रय की आय–कब तक यह युद्ध चले? अब राधा के पास बच गया था वही मणि-निर्मित दीपाधार, जिसे महादेवी ने उसकी क्रीड़ा के लिए बनवाया था।

थोड़ा-सा अन्न अतिथियों के लिए बचा था। राधा दो दिन से उपवास कर रही थी। दासी ने कहा–स्वामिनी! यह कैसे हो सकता है कि आपके सेवक, बिना आपके भोजन किए अन्न ग्रहण करें?

राधा ने कहा–तो, आज यह मणि-दीप बिकेगा। दासी उसे ले आई। वह यंत्र से बनी हुई रत्न-जटित नर्तकी नाच उठी। उसके नूपुर की झंकार उस दरिद्र भवन में गूंजने लगी। राधा हंसी। उसने कहा–मनुष्य जीवन में इतनी नियमानुकूलता यदि होती?

स्नेह से चूमकर उसे बेचने के लिए अनुचर को दे दिया। पण्य में पहुंचते ही दीपाधार बड़े-बड़े रत्न-वणिकों की दृष्टि एक कुतूहल बन गया। उस चूड़ामणि का दिव्य आलोक सभी की आंखों में चकाचौंध उत्पन्न कर देता था। मूल्य की बोली बढ़ने लगी। कलश भी पहुंचा। उसने पूछा–यह किसका है? अनुचर ने उत्तर दिया–मेरी स्वामिनी सौभाग्यवती श्रीमती राधा देवी का।

लोभी कलश ने डांटकर कहा–मेरे घर की वस्तु इस तरह चुरा कर तुम लोग बेचने फिर जाओगे, तो बंदी-गृह में पड़ोगे। भागो।

अमूल्य दीपाधार से वंचित सब लोग लौट गए। कलश उसे अपने घर उठवा ले गया।

राधा ने सब सुना–वह कुछ न बोली।

: दो :

गंगा और शोण में एक साथ ही बाढ़ आई। गांव-के-गांव बहने लगे। भीषण हाहाकार मचा। कहां ग्रामीणों की असहाय दशा और कहां जल की उद्दण्ड बाढ़, कच्चे झोपड़े उस महाजल-व्याल की फूंक से तितर-बितर होने लगे। वृक्षों पर जिसे आश्रय मिला, वही बच सका। नंदन के हृदय ने तीसरा धक्का खाया। नंदन का सत्साहस उत्साहित हुआ। वह अपनी पूरी शक्ति से नावों की सेना बनाकर जलप्लावन में डट गया और कलश अपने सात खण्ड के प्रासाद में बैठा वह दृश्य देखता रहा।

रात नावों पर बीतती है और बांसों के छोटे-छोटे बेड़े पर दिन। नंदन के लिए धूप, वर्षा, शीत कुछ नहीं। अपनी धुन में वह लगा हुआ है। बाढ़-पीड़ितों का झुण्ड सेठ के प्रासाद में हर नाव से उतरने लगा। कलश क्रोध के मारे बिलबिला उठा। उसने आज्ञा दी कि बाढ़-पीड़ित यदि स्वयं नंदन भी हो, तो वह प्रासाद में

न आने पावे। घटा घिरी थी, जल बरसता था। कलश अपनी ऊंची अटारी पर बैठा मणि-निर्मित दीपाधार का नृत्य देख रहा था।

नंदन भी उसी नाव पर था। जिस पर चार दुर्बल स्त्रियां, तीन शीत से ठिठुरे हुए बच्चे और पांच जीर्ण पंजर वाले वृद्ध थे। उस समय नाव द्वार पर जा लगी। सेठ का प्रासाद गंगा-तट की एक ऊंची चट्टान पर था। वह एक छोटा-सा दुर्ग था। जल अभी द्वार तक ही पहुंच सका था। प्रहरियों ने नाव को देखते ही रोका–पीड़ितों को इसमें स्थान नहीं।

नंदन ने पूछा–क्यों?

महाश्रेष्ठि कलश की आज्ञा।

नंदन ने क्रोध से उस प्रासाद की ओर देखा और मांझी को नाव लौटाने की आज्ञा दी। मांझी ने पूछा–कहां ले चलें? नंदन कुछ न बोला। नाव बाढ़ में चक्कर खाने लगी। सहसा दूर उसे जल-मग्न वृक्षों की चोटियों और पेड़ों के बीच में एक गृह का ऊपरी अंश दिखाई पड़ा। नंदन ने संकेत किया। मांझी उसी ओर नाव खेने लगा।

गृह के नीचे के अंश में जल भर गया था। थोड़ा-सा अन्न और ईंधन ऊपर के भाग में बचा था। राधा उस जल में घिरी हुई अचल थी। छत की मुंडेर पर बैठी वह जलमई प्रकृति में डूबती हुई सूर्य की अंतिम किरणों को ध्यान से देख रही थी। दासी ने कहा–स्वामिनी! वह दीपाधार भी गया, अब तो हम लोगों के लिए बहुत थोड़ा अन्न घर में बच रहा है।

देखती नहीं यह प्रलय-सी बाढ़! कितने मर मिटे होंगे। तुम तो पक्की छत पर बैठी अभी यह दृश्य देख रही हो। आज से मैंने अपना अंश छोड़ दिया। तुम लोग जब तक जी सको, जीना।

सहसा नीचे झांककर राधा ने देखा, एक नाव उसके वातायन से टकरा रही है, और एक युवक से वातायन के साथ दृढ़ता से बांध रहा है।

राधा ने पूछा–कौन है?

नीचे सिर किए नंदन ने कहा–बाढ़-पीड़ित कुछ प्राणियों को क्या आश्रय मिलेगा? अब जल का क्रोध उतर चला है। केवल दो दिन के लिए इतने मरने वालों को आश्रय चाहिए।

ठहरिए, सीढ़ी लटकाई जाती है।

राधा और दासी तथा अनुचर ने मिलकर सीढ़ी लगाई। नंदन विवर्ण मुख एक-एक को पीठ पर लादकर ऊपर पहुंचाने लगा। जब सब ऊपर आ गए, तो

राधा ने आकर कहा–और तो कुछ नहीं है, केवल द्विदलों का जूस इन लोगों के लिए है, ले आऊं।

नंदन ने सिर उठाकर देखा राधा। वह बोल उठा–राधा! तुम यहीं हो?

हां स्वामी, मैं अपने घर में हूं। गृहिणी का कर्तव्य पालन कर रही हूं।

पर मैं गृहस्थ का कर्त्तव्य-पालन न कर सका, राधा, पहले मुझे क्षमा करो।

स्वामी, यह अपराध मुझसे न हो सकेगा। उठिए, आज आपकी कर्मण्यता से मेरा ललाट उज्ज्वल हो रहा है। इतना साहस कहां छिपा था। नाथ!

दोनों प्रसन्न होकर कर्त्तव्य में लगे। यथा-सम्भव उन दुखियों की सेवा होने लगी।

एक प्रहर के बाद नंदन ने कहा–मुझे भ्रम हो रहा है कि कोई यहां पास ही विपन्न है। राधा? अभी रात अधिक नहीं हुई है, मैं एक बार नाव लेकर जाऊं?

राधा ने कहा–मैं भी चलूं?

नंदन ने कहा–गृहिणी का काम करो, राधा! कर्त्तव्य कठोर होता है, भाव-प्रधान नहीं।

नंदन एक मांझी को लेकर चला गया और राधा दीपक जलाकर मुंडेर पर बैठी थी। दासी और दास पीड़ितों की सेवा में लगे थे। बादल खुल गए थे। असंख्य नक्षत्र झलमलाकर निकल आए, मेघों के बंदीगृह से जैसे छुट्टी मिली हो! चंद्रमा भी धीरे-धीरे उस त्रस्त प्रदेश को भयभीत होकर देख रहा था।

एक घंटे में नंदन का शब्द सुनाई पड़ा–सीढ़ी।

राधा दीपक दिखला रही थी और सीढ़ी के सहारे नंदन ऊपर एक भारी बोझ लेकर चढ़ रहा था।

छत पर आकर उसने कहा–एक वस्त्र दो, राधा! राधा ने एक उत्तरीय दिया। वह मुमूर्षु व्यक्ति नग्न था। उसे ढककर नंदन ने थोड़ा सेक दिया; गर्मी भीतर पहुंचते ही वह हिलने-डोलने लगा। नीचे से मांझी ने कहा–जल बड़े वेग से हट रहा है, नाव ढीली न करूंगा, तो लटक जाएगी।

नंदन ने कहा–तुम्हारे लिए भोजन लटकाता हूं, ले लो। काल-रात्रि बीत गई। नंदन ने प्रभात में आंखें खोलकर देखा कि सब सो रहे हैं और राधा उसके पास बैठी सिर सहला रही है।

इतने में पीछे से लाया हुआ मनुष्य उठा। अपने को अपरिचित स्थान में देखकर वह चिल्ला उठा–मुझे वस्त्र किसने पहनाया, मेरा व्रत किसने भंग किया?

नंदन ने हंसकर कहा–कपिञ्जल! यह राधा का गृह है, तुम्हें उसके आज्ञानुसार

यहां रहना होगा। छोड़ो पागलपन! चलो, बहुत से प्राणी हम लोगों की सहायता के अधिकारी हैं। कपिंजल ने कहा–सो कैसे हो सकता है? तुम्हारा-हमारा संग असम्भव है।

मुझे दण्ड देने के लिए ही तो तुमने यह स्वांग रचा था। राधा तो उसी दिन से निर्वासित थी और कल से मुझे भी अपने घर में प्रवेश करने की आज्ञा नहीं। कपिञ्जल! आज तो हम और तुम दोनों बराबर हैं और इतने अधमरों के प्राणों का दायित्व भी हमी लोगों पर है। यह व्रत-भंग नहीं, व्रत का आरम्भ है। चलो, इस दरिद्र कुटुम्ब के लिए अन्न जुटाना होगा।

कपिञ्जल आज्ञाकारी बालक की भांति सिर झुकाए उठ खड़ा हुआ।

विजया

कमल का सब रुपया उड़ चुका था–सब सम्पत्ति बिक चुकी थी। मित्रों ने खूब दलाली की, न्यास जहां रक्खा वहीं धोखा हुआ! जो उसके साथ मौज-मंगल में दिन बिताते थे, रातों का आनंद लेते थे, वे ही उसकी जेब टटोलते थे। उन्होंने कहीं पर कुछ भी बाकी न छोड़ा। सुख-भोग के जितने आविष्कार थे, साधन-भर सबका अनुभव लेने का उत्साह ठंडा पड़ चुका था।

बच गया था एक रुपया।

युवक को उन्मत्त आनंद लेने की बड़ी चाह थी। बाधा-विहीन सुख लूटने का अवसर मिला था–सब समाप्त हो गया। आज वह नदी के किनारे चुपचाप बैठा हुआ उसी की धारा में विलीन हो जाना चाहता था। उस पार किसी की चिता जल रही थी, जो धूसर संध्या में आलोक फैलाना चाहती थी। आकाश में बादल थे, उनके बीच में गोल रुपए के समान चंद्रमा निकलना चाहता था। वृक्षों की हरियाली में गांव के दीप चमकने लगे थे। कमल ने रुपया निकाला। उस एक रुपए से कोई विनोद न हो सकता। वह मित्रों के साथ नहीं जा सकता था। उसने सोचा, इसे नदी के जल में विसर्जन कर दूं। साहस न हुआ–वही अंतिम रुपया था। वह स्थिर दृष्टि से नदी की धारा देखने लगा, कानों से कुछ सुनाई न पड़ता था, देखने पर भी दृश्य का अनुभव नहीं–वह स्तब्ध था, जड़ था, मूक था, हृदयहीन था।

मां कुलता दिला दे–दछमी देखने जाऊंगा।

मेरे लाल! मैं कहां से ले आऊं–पेट-भर अन्न नहीं मिलता–नहीं-नहीं, रो मत–मैं ले आऊंगी; पर कैसे ले आऊं? हा, उस छलिया ने मेरा सर्वस्व लूटा और कहीं का न रखा। नहीं-नहीं, मुझे एक लाल है! कंगाल का एक अमूल्य लाल। मुझे बहुत है। चलूंगी, जैसे होगा एक कुरता खरीदूंगी। उधार लूंगी। दशमी–विजया-दशमी के दिन मेरा लाल चिथड़ा पहनकर नहीं रह सकता।

पास ही जाते हुए मां और बेटे की बात कमल के कान में पड़ी। वह उठकर उसके पास गया। उसने कहा–सुंदरी!

बाबूजी!–आश्चर्य से सुंदरी ने कहा–बालक ने भी स्वर मिलाकर कहा–बाबूजी!

कमल ने रुपया देते हुए कहा–सुंदरी, यह एक ही रुपया बचा है, इसको ले जाओ। बच्चे को कुरता खरीद लेना। मैंने तुम्हारे साथ बड़ा अन्याय किया है, क्षमा करोगी?

बच्चे ने हाथ फैला दिया–सुंदरी ने उसका नन्हा हाथ अपने हाथ में समेटकर कहा–नहीं, मेरे बच्चे के कुरते से अधिक आवश्यकता आपके पेट के लिए है। मैं सब जानती हूं।

मेरा–आज अंत होगा, अब मुझे आवश्यकता नहीं–ऐसे पापी जीवन को रखकर क्या होगा! सुंदरी! मैंने तुम्हारे ऊपर बड़ा अत्याचार किया है, क्षमा करोगी! आह! इस अंतिम रुपये को लेकर मुझे क्षमा कर दो। यह एक ही सार्थक हो जाय!

आज तुम अपने पाप का मूल्य दिया चाहते हो–वह भी एक रुपया?

और एक फूटी कौड़ी भी नहीं है, सुंदरी! लाखों उड़ा दिया है–मैं लोभी नहीं हूं।

विधवा के सर्वस्व का इतना मूल्य नहीं हो सकता।

मुझे धिक्कार दो, मुझ पर थूको।

इसकी आवश्यकता नहीं–समाज से डरो मत। अत्याचारी समाज पाप कहकर कानों पर हाथ रखकर चिल्लाता है; वह पाप का शब्द दूसरों को सुनाई पड़ता है; पर वह स्वयं नहीं सुनता। आओ चलो, हम उसे दिखा दें कि वह भ्रांत है। मैं चार आने का परिश्रम प्रतिदिन करती हूं। तुम भी सिलवर के गहने मांजकर कुछ कमा सकते हो। थोड़े-से परिश्रम से हम लोग एक अच्छी गृहस्थी चला लेंगे। चलो तो।

सुंदरी ने दृढ़ता से कमल का हाथ पकड़ लिया।

बालक ने कहा–चलो न, बाबूजी।

कमल ने देखा–चांदनी निखर आई है। उसने बालक के हाथ में रुपया रखकर उसे गोद में उठा लिया।

सम्पन्न अवस्था की विलास-वासना, अभाव के थपेड़े से पुण्य में परिणत हो गई। कमल पूर्वकथा विस्मृत होकर क्षण-भर में स्वस्थ हो गया। मन हलका हो गया। बालक उसकी गोद में था। सुंदरी पास में; वह विजया-दशमी का मेला देखने चला।

विजया के आशीर्वाद के सामने चांदनी मुस्करा रही थी।

नीरा

अब और आगे नहीं, इस गंदगी में कहां चलते हो, देवनिवास?

थोड़ी दूर और–कहते हुए देवनिवास ने अपनी साइकिल धीमी कर दी; किंतु विरक्त अमरनाथ ने ब्रेक दबाकर ठहर जाना ही उचित समझा। देवनिवास आगे निकल गया। मौलसिरी का वह सघन वृक्ष था, जो पोखरे के किनारे अपनी अंधकारमई छाया डाल रहा था। पोखरे से सड़ी हुई दुर्गन्ध आ रही थी। देवनिवास ने पीछे घूमकर देखा, मित्र को वहीं रुका देखकर वह लौट रहा था। उसकी साइकिल का लैम्प बुझ चला था। सहसा धक्का लगा, देवनिवास तो गिरते-गिरते बचा, और एक दुर्बल मनुष्य 'अरे राम' कहता हुआ गिरकर भी उठ खड़ा हुआ। बालिका उसका हाथ पकड़कर पूछने लगी–कहीं चोट तो नहीं लगी, बाबा?

नहीं बेटी! मैं कहता न था, मुझे मोटरों से उतना डर नहीं लगता, जितना इस बे-दुम के जानवर 'साइकिल' से। मोटर वाले तो दूसरों को ही चोट पहुंचाते हैं, पैदल चलनेवालों को कुचलते हुए निकल जाते हैं पर ये बेचारे तो आप भी गिर पड़ते हैं। क्यों बाबू साहब, आपको तो चोट नहीं लगी? हम लोग तो चोट-घाव सह सकते हैं।

देवनिवास कुछ झेंप गया था। उसने बूढ़े से कहा, आप मुझे क्षमा कीजिए। आपको....

क्षमा–मैं करूं? अरे, आप क्या कह रहे हैं! दो-चार हंटर आपने नहीं लगाए। घर भूल गए, हंटर नहीं ले आए। अच्छा महोदय! आपको कष्ट हुआ न, क्या करूं, बिना भीख मांगे इस सर्दी में पेट गालियां देने लगता है! नींद भी नहीं आती, चार-छः पहरों पर तो कुछ-न-कुछ इसे देना ही पड़ता है! और भी मुझे एक रोग है। दो पैसों बिना वह नहीं छूटता–पढ़ने के लिए अखबार चाहिए; पुस्तकालयों में चिथड़े

पहन कर बैठने न पाऊंगा, इसलिए नहीं जाता। दूसरे दिन का बासी समाचार-पत्र दो पैसों में ले लेता हूं!

अमरनाथ भी पास आ गया था। उसने यह कांड देखकर हंसते हुए कहा–देवनिवास! मैं मना करता था न! तुम अपनी धुनि में कुछ सुनते भी हो। चले तो फिर चले, और रुके तो अड़ियल टट्टू भी झक मारे! क्या उसे कुछ चोट आ गई है? क्यों बूढ़े! लो, यह अठन्नी है। जाओ अपनी राह, तनिक देखकर चला करो!

बूढ़ा मसखरा भी था। अठन्नी लेते हुए उसने कहा–देखकर चलता, तो यह अठन्नी कैसे मिलती! तो भी बाबूजी, आप लोगों की जेब में अखबार होगा। मैंने देखा है, बाइसिकिल पर चढ़े हुए बाबुओं की पॉकेट में निकला हुआ कागज का मुट्ठा; अखबार ही रहता होगा।

चलो बाबा, झोंपड़ी में, सर्दी लगती है।–यह छोटी-सी बालिका अपने बाबा को जैसे इस तरह बातें करते हुए देखना नहीं चाहती थी। वह संकोच में डूबी जा रही थी। देवनिवास चुप था। बुड्ढे को जैसे तमाचा लगा। वह अपने दयनीय और घृणित भिक्षा-व्यवसाय को बहुधा नीरा से छिपाकर, बनाकर कहता। उसे अख़बार सुनाता। और भी न जाने क्या-क्या ऊंची-नीची बातें बका करता; नीरा जैसे सब समझती थी! वह कभी बूढ़े से प्रश्न नहीं करती थी। जो कुछ वह कहता, चुपचाप सुन लिया करती थी। कभी-कभी बुड्ढा झुंझलाकर चुप हो जाता, तब भी वह चुप रहती। बूढ़े को आज ही नीरा ने झोंपड़ी में चलने के लिए कहकर पहले पहल मीठी झिड़की दी। उसने सोचा कि अठन्नी पाने पर भी अखबार मांगना नीरा न सह सकी।

अच्छा तो बाबूजी, भगवान यदि कोई हों, तो आपका भला करें–बुड्ढा लड़की का हाथ पकड़कर मौलसिरी की ओर चला। देवनिवास सन्न था। अमरनाथ ने अपनी साइकिल के उज्ज्वल आलोक में देखा; नीरा एक गोरी-सी, सुंदरी, पतली-दुबली करुणा की छाया थी। दोनों मित्र चुप थे। अमरनाथ ने ही कहा–अब लौटोगे कि यहीं गड़ गए!

तुमने कुछ सुना, अमरनाथ! वह कहता था–भगवान यदि कोई हों–कितना भयानक अविश्वास! देवनिवास ने सांस लेकर कहा।

दरिद्रता और लगातार दुःखों से मनुष्य अविश्वास करने लगता है, निवास! यह कोई नई बात नहीं है–अमरनाथ ने चलने की उत्सुकता दिखाते हुए कहा।

किंतु देवनिवास तो जैसे आत्मविस्मृत था। उसने कहा–सुख और सम्पत्ति से क्या ईश्वर का विश्वास अधिक होने लगता है? क्या मनुष्य ईश्वर को पहचान

लेता है? उसकी व्यापक सत्ता को मलिन भेष में देखकर दुरदुराता नहीं–ठुकराता नहीं, अमरनाथ! अबकी बार 'आलोचक' के विशेषांक में तुमने लौटे हुए प्रवासी कुलियों के संबंध में एक लेख लिखा था न! वह सब कैसे लिखा था?

अखबारों से आंकड़े देखकर। मुझे ठीक-ठीक स्मरण है। कब, किस दीप से कौन-कौन स्टीमर किस तारीख में चले। 'सतलज', 'पंडित' और 'एलिफैंटा' नाम के स्टीमरों पर कितने-कितने कुली थे, मुझे ठीक-ठीक मालूम था, और?

और वे सब कहां हैं?

सुना है, इसी कलकत्ते के पास कहीं मटियाबुर्ज है, वही अभागों का निवास है। अवध के नवाब का विलास या प्रायश्चित्त-भवन भी तो मटियाबुर्ज ही रहा। मैंने उस लेख में भी एक व्यंग इस पर बड़े मार्के का दिया है। चलो, खड़े-खड़े बातें करने की जगह नहीं। तुमने तो कहा था कि आज जनाकीर्ण कलकत्ते से दूर तुमको एक अच्छी जगह दिखाऊंगा। वहीं....।

यही मटियाबुर्ज है।–देवनिवास ने बड़ी गम्भीरता से कहा। और अब तुम कहोगे कि यह बुड्ढ़ा वहीं से लौटा हुआ कोई कुली है।

हो सकता है, मुझे नहीं मालूम। अच्छा, चलो अब लौटें।–कहकर अमरनाथ ने अपनी साइकिल को धक्का दिया।

देवनिवास ने कहा–चलो उसकी झोंपड़ी तक, मैं उससे कुछ बात करूंगा।

अनिच्छापूर्वक 'चलो' कहते हुए अमरनाथ ने मौलसिरी की ओर साइकिल घुमा दी। साइकिल के तीव्र आलोक में झोंपड़ी के भीतर का दृश्य दिखाई दे रहा था। बुड्ढा मनोयोग से लाई फांक रहा था और नीरा भी कल की बची हुई रोटी चबा रही थी। रूखे ओठों पर दो-एक दाने चिपक गए थे, जो उस दरिद्र मुख में जाना अस्वीकार कर रहे थे। लुक फेरा हुआ टीन का गिलास अपने खुरदरे रंग का नीलापन नीरा की आंखों में उंड़ेल रहा था। आलोक एक उज्ज्वल सत्य है, बंद आंखों में भी उसकी सत्ता छिपी नहीं रहती। बुड्ढ़े ने आंखें खोलकर दोनों बाबुओं को देखा। वह बोल उठा–बाबूजी! आप अखबार देने आए हैं। मैं अभी पथ्य ले रहा था; बीमार हूं न, इसी से लाई खाता हूं, बड़ी नमकीन होती है। अखबार वाले भी कभी-कभी नमकीन बातों का स्वाद दे देते हैं! इसी से तो, बेचारे कितनी दूर-दूर की बातें सुनते हैं। जब मैं 'मोरिशस' में था, तब हिंदुस्तान की बातें पढ़ा करता था। मेरा देश सोने का है, ऐसी भावना जग उठी थी। अब कभी-कभी उस टापू की बातें पढ़ पाता हूं, तब यह मिट्टी मालूम पड़ता है; पर सच कहता हूं बाबूजी, 'मोरिशस' में अगर गोली न चली होती और 'नीरा' की मां न मरी होती....हां, गोली

से ही वह मरी थी....तो मैं अब तक वहीं से जन्म-भूमि का सोने का सपना देखता; और इस अभागे देश! नहीं-नहीं बाबूजी, मुझे यह कहने का अधिकार नहीं। मैं हूं अभागा! हाय रे भाग!!

'नीरा' घबरा उठी। उसने किसी तरह दो घूंट जल गले से उतारकर इन लोगों की ओर देखा। उसकी आंखें कह रही थीं कि 'जाओ, मेरी दरिद्रता का स्वाद लेनेवाले विचारको! और सुख तो तुम्हें मिलते ही हैं, एक न सही!'

अपने पिता को बातें करते देखकर वह घबरा उठती थी। वह डरती थी कि बुड्ढ़ा न-जाने क्या-क्या कह बैठेगा। देवनिवास चुपचाप उसका मुंह देखने लगा।

नीरा बालिका न थी। स्त्रीत्व के सब व्यंजन थे, फिर भी जैसे दरिद्रता के भीषण हाथों ने उसे दबा दिया था, वह सीधी ऊपर नहीं उठने पाई।

क्या तुमको ईश्वर में विश्वास नहीं है?–अमरनाथ ने गम्भीरता से पूछा।

'आलोचक' में एक लेख मैंने पढ़ा था! वह इसी प्रकार के उलाहने से भरा था, कि 'वर्तमान जनता में ईश्वर के प्रति अविश्वास का भाव बढ़ता जा रहा है, और इसीलिए वह दुःखी है।' यह पढ़कर मुझे तो हंसी आ गई।–बुड्ढ़े ने अविचल भाव से कहा।

हंसी आ गई! कैसे दुःख की बात है।–अमरनाथ ने कहा।

दुःख की बात सोचकर ही तो हंसी आ गई। हम मूर्ख मनुष्यों ने त्राण की–शरण की–आशा से ईश्वर पर पूर्वकाल में विश्वास किया था, परस्पर के विश्वास और सद्भाव को ठुकराकर। मनुष्य, मनुष्य का विश्वास नहीं कर सका; इसीलिए तो एक सुखी दूसरे दुःखी की ओर घृणा से देखता था। दुखी ने ईश्वर का अवलम्बन लिया, तो भी भगवान् ने संसार के दुखों की सृष्टि बंद कर दी क्या? मनुष्य के बूते का न रहा, तो क्या वह भी....? कहते-कहते बूढ़े की आंखों से चिनगारियां निकलने लगीं; किंतु वे अग्निकण गलने लगे और उसके कपोलों के गढ़े में वह द्रव इकट्ठा होने लगा।

अमरनाथ क्रोध से बुड्ढ़े को देख रहा था; किंतु देवनिवास उस मलिना नीरा की उत्कंठा और खेद-भरी मुखाकृति का अध्ययन कर रहा था।

आपको क्रोध आ गया, क्यों महाशय! आने की बात ही है। ले लीजिए अपनी अठन्नी। अठन्नी देकर ईश्वर में विश्वास नहीं कराया जाता। उस चोट के बारे में पुलिस से जाकर न कहने के लिए अठन्नी की आवश्यकता नहीं। मैं यह मानता हूं कि सृष्टि विषमता से भरी है, चेष्टा करके भी इसमें आर्थिक या शारीरिक साम्य नहीं लाया जा सकता। हां, तो भी ऐश्वर्यवालों को, जिन पर भगवान् की पूर्ण कृपा

है, अपनी सहृदयता से ईश्वर का विश्वास कराने का प्रयत्न करना चाहिए। कहिए, इस तरह भगवान् की समस्या सुलझाने के लिए आप प्रस्तुत हैं?

इस बूढ़े नास्तिक और तार्किक से अमरनाथ को तीव्र विरक्ति हो चली थी। अब वह चलने के लिए देवनिवास से कहनेवाला था, किंतु उसने देखा, वह तो झोंपड़ी में आसन जमाकर बैठ गया है।

अमरनाथ को चुप देखकर देवनिवास ने बूढ़े से कहा–अच्छा, तो आप मेरे घर चलकर रहिए। संभव है कि मैं आपकी सेवा कर सकूं तब आप विश्वासी बन जाएं, तो कोई आश्चर्य नहीं।

इस बार तो वह बुड्ढ़ा बुरी तरह देवनिवास को घूरने लगा। देवनिवास वह तीव्र दृष्टि सह न सका। उसने समझा कि मैंने चलने के लिए कह बूढ़े को चोट पहुंचाई है। वह बोल उठा–क्या आप....?

ठहरो भाई! तुम बड़े जल्दबाज मालूम होते हो–बूढ़े ने कहा। क्या सचमुच तुम मेरी सेवा किया चाहते हो या....?

अब बूढ़ा नीरा की ओर देख रहा था और नीरा की आंखें बूढ़े को आगे न बोलने की शपथ दिला रहा थीं; किंतु उसने फिर कहा ही–या नीरा को, जिसे तुम बड़ी देर से देख रहे हो, अपने घर लिवा जाने की बड़ी उत्कंठा है! क्षमा करना! मैं अविश्वासी हो गया हूं न! क्यों, जानते हो? जब कुलियों के लिए इसी सीली, गंदी और दुर्गन्धमयी भूमि में एक सहानुभूति उत्पन्न हुई थी, तब मुझे यह कटु अनुभव हुआ था कि वह सहानुभूति भी चिरायंध से खाली न थी। मुझे एक सहायक मिले थे और मैं यहां से थोड़ी दूर पर उनके घर रहने लगा था।

नीरा से अब न रहा गया। वह बोल उठी–बाबा, चुप न रहोगे; खांसी आने लगेगी।

ठहर नीरा! हां तो महाशय जी, मैं उनके घर रहने लगा था। और उन्होंने मेरा आतिथ्य साधारणतः अच्छा ही किया। एक ऐसी ही काली रात थी। बिजली बादलों में चमक रही थी और मैं पेट भरकर उस ठंडी रात में सुख की झपकी लेने लगा था। इस बात को बरसों हुए; तो भी मुझे ठीक स्मरण है कि मैं जैसे भयानक सपना देखता हुआ चौंक उठा। नीरा चिल्ला रही थी! क्यों नीरा?

अब नीरा हताश हो गई थी और उसने बूढ़े को रोकने का प्रयत्न छोड़ दिया था। वह एकटक बूढ़े का मुंह देख रही थी।

बुड्ढ़े ने फिर कहना आरम्भ किया–हां तो नीरा चिल्ला रही थी। मैं उठकर देखता हूं, तो मेरे वह परम सहायक महाशय इसी नीरा को दोनों हाथ से पकड़कर

घसीट रहे थे और यह बेचारी छूटने का व्यर्थ प्रयत्न कर रही थी। मैंने अपने दोनों दुर्बल हाथों को उठाकर उस नीच उपकारी के ऊपर दे मारा। वह नीरा को छोड़कर 'पाजी, बदमाश, निकल मेरे घर से' कहता हुआ मेरा अकिंचन सामान बाहर फेंकने लगा। बाहर ओले-सी बूंदें पड़ रही थीं और बिजली कौंधती थी। मैं नीरा को लिये सर्दी से दांत किटकिटाता हुआ एक ठूंठे वृक्ष के नीचे रात-भर बैठा रहा। उस समय वह मेरा ऐश्वर्यशाली सहायक बिजली के लैम्पों में मुलायम गद्दे पर सुख की नींद सो रहा था। यद्यपि मैं उसे लौटकर देखने नहीं गया, तो भी मैं निश्चयपूर्वक कहता हूं कि उसके सुख में किसी प्रकार की बाधा उपस्थित करने का दंड देने के लिए भगवान् का न्याय अपने भीषण रूप में नहीं प्रकट हुआ। मैं रोता था–पुकारता था; किंतु वहां सुनता कौन है!

तुम्हारा बदला लेने के लिए भगवान् नहीं आए, इसीलिए तुम अविश्वास करने लगे! लेखकों की कल्पना का साहित्यिक न्याय तुम सर्वत्र प्रत्यक्ष देखना चाहते हो न! निवास ने तत्परता से कहा।

क्यों न मैं ऐसा चाहता? क्या मुझे इतना भी अधिकार न था?

तुम समाचार-पत्र पढ़ते हो न?

अवश्य!

तो उसमें कहानियां भी कहीं-कहीं पढ़ लेते होंगे और उनकी आलोचनाएं भी?

हां, तो फिर!

जैसे एक साधारण आलोचक प्रत्येक लेखक से अपने मन की कहानी कहलाया चाहता है और हठ करता है कि नहीं, यहां तो ऐसा न होना चाहिए था; ठीक उसी तरह तुम सृष्टिकर्ता से अपने जीवन की घटनावाली अपने मनोनुकूल सही कराना चाहते हो। महाशय! मैं भी इसका अनुभव करता हूं कि सर्वत्र यदि पापों का भीषण दण्ड तत्काल ही मिल जाया करता, तो यह सृष्टि पाप करना छोड़ देती। किंतु वैसा नहीं हुआ। उलटे यह एक व्यापक और भयानक मनोवृत्ति बन गई है कि मेरे कष्टों का कारण कोई दूसरा है। इस तरह मनुष्य अपने कर्मों को सरलता से भूल सकता है। क्या तुमने अपने अपराधों पर विचार कर लिया है?

देवनिवास बड़े वेग में बोल रहा था। बुड्ढ़ा, न जाने क्यों कांप उठा। साइकिल का तीव्र आलोक उसके विकृत मुख पर पड़ रहा था। बुड्ढ़े का सिर धीरे-धीरे नीचे झुकने लगा। नीरा चौंककर उठी और एक फटा-सा कम्बल उस बुडूढ़े को ओढ़ाने लगी। सहसा बुडूढ़े ने सिर उठाकर कहा–मैं इसे मान लेता हूं कि आपके पास बड़ी अच्छी युक्तियां हैं और उनके द्वारा वर्तमान दशा का कारण आप मुझे ही प्रमाणित

कर सकते हैं। किंतु वृक्ष के नीचे पुआल से ढंकी मेरी झोंपड़ी को और उसमें पड़े हुए अनाहार, सर्दी और रोगों से जीर्ण मुझ अभागे को मेरा ही भ्रम बताकर आप किसी बड़े भारी सत्य का आविष्कार कर रहे हैं, तो कीजिए। जाइए, मुझे क्षमा कीजिए।

देवनिवास कुछ बोलने ही वाला था कि नीरा ने दृढ़ता से कहा–आप लोग क्यों बाबा को तंग कर रहे हैं? अब उन्हें सोने दीजिए।

निवास ने देखा कि नीरा के मुख पर आत्म-निर्भरता और संतोष की गम्भीर शांति है। स्त्रियों का हृदय अभिलाषाओं का, संसार के सुखों का, क्रीडास्थल है; किंतु नीरा का हृदय, नीरा का मस्तिष्क इस किशोर-अवस्था में ही कितना उदासीन और शांत है। वह मन-ही-मन नीरा के सामने प्रणत हुआ।

दोनों मित्र उस झोंपड़ी से निकले। रात अधिक बीत चली थी। वे कलकत्ता महानगरी की घनी बस्ती में धीरे-धीरे साइकिल चलाते हुए घुसे। दोनों का हृदय भारी था। वे चुप थे।

देवनिवास का मित्र कच्चा नागरिक नहीं था। उसको अपने आंकड़ों का और उनके उपयोग पर पूरा विश्वास था। वह सुख और दुःख, दरिद्रता और विभव, कटुता और मधुरता की परीक्षा करता। जो उसके काम के होते, उन्हें सम्हाल लेता; फिर अपने मार्ग पर चल देता। सार्वजनिक जीवन का ढोंग रचने में वह पूरा खिलाड़ी था। देवनिवास के आतिथ्य का उपभोग करके अपने लिए कुछ मसाला जुटाकर वह चला गया।

किंतु निवास की आंखों में, उस रात्रि में बूढ़े की झोपड़ी का दृश्य, अपनी छाया ढालता ही रहा। एक सप्ताह बीतने पर वह फिर उसी ओर चला।

झोपड़ी में बड्ढ़ा पुआल पर पड़ा था। उसकी आंखें कुछ बड़ी हो गई थीं, ज्वर से लाल थीं। निवास को देखते ही एक रुग्ण हंसी उसके मुंह पर दिखाई दी। उसने धीरे-से पूछा–बाबूजी, आज फिर....।

नहीं, मैं वाद-विवाद करने नहीं आया हूं। तुम क्या बीमार हो?

हां, बीमार हूं बाबूजी, और यह आपकी कृपा है।

मेरी?

हां, उसी दिन से आपकी बातें सिर में चक्कर काटने लगी हैं। मैं ईश्वर पर विश्वास करने की बात सोचने लगा हूं। बैठ जाइए, सुनिए।

देवनिवास बैठ गया था। बुड्ढ़े ने फिर कहना आरम्भ किया–मैं हिंदू हूं। कुछ सामान्य पूजा-पाठ का प्रभाव मेरे हृदय पर पड़ा रहा, जिन्हें मैं बाल्यकाल में

अपने घर पर्वों और उत्सवों पर देख चुका था। मुझे ईश्वर के बारे में कभी कुछ बताया नहीं गया। अच्छा, जाने दीजिए, वह मेरी लम्बी कहानी है, मेरे जीवन की संसार से झगड़ते रहने की कथा है। अपनी घोर आवश्यकताओं से लड़ता-झगड़ता मैं कुली बनकर 'मोरिशस' पहुंचा। वहां 'कुलसम' से, नीरा की मां से, मुझसे भेंट हो गई। मेरा उसका ब्याह हो गया। आप हंसिए मत। कुलियों के लिए वहां किसी काजी या पुरोहित की उतनी आवश्यकता नहीं। हम दोनों को एक-दूसरे की आवश्यकता थी। 'कुलसम' ने मेरा घर बसाया। पहले वह जैसी रही–किंतु मेरे साथ संबंध होने के बाद से आजीवन वह एक साध्वी गृहिणी बनी रही। कभी-कभी वह अपने ढंग पर ईश्वर का विचार करती और मुझे भी उसके लिए प्रेरित करती; किंतु मेरे मन में जितना 'कुलसम' के प्रति आकर्षण था, उतना ही उसके ईश्वर संबंधी विचारों से विद्रोह। मैं 'कुलसम' के ईश्वर को तो कदापि नहीं समझ सका। मैं पुरुष होने की धारणा से यह तो सोचता था कि 'कुलसम' वैसा ही ईश्वर माने जैसा उसे मैं समझ सकूं और वह मेरा ईश्वर हिंदू हो! क्योंकि मैं सब छोड़ सकता था, लेकिन हिंदू होने का दम्भपूर्ण विचार मेरे मन में दृढ़ता से जम गया था; तो भी समझदार 'कुलसम', के सामने ईश्वर की कल्पना अपने ढंग की उपस्थिति करने का मेरे पास कोई साधन न था। मेरे मन ने ढोंग किया कि मैं नास्तिक हो जाऊं। जब कभी ऐसा अवसर आता, मैं 'कुलसम' के विचारों की खिल्ली उड़ाता हुआ हंसकर कह देता–'मेरे लिए तो तुम्हीं ईश्वर हो, तुम्हीं खुदा हो, तुम्हीं सब कुछ हो।' वह मुझे चापलूसी करते हुए देखकर हंस तो देती थी, किंतु उसका रोआं-रोआं रोने लगता।

मैं अपनी गाढ़ी कमाई के रुपए तो शराब के प्याले में गलाकर मस्त रहता! मेरे लिए वह भी कोई विशेष बात न थी, न तो मेरे लिए आस्तिक बनने में ही कोई विशेषता थी। धीरे-धीरे मैं उच्छृंखल हो गया। कुलसम रोती, बिलखती और मुझे समझाती; किंतु मुझे ये सब बातें व्यर्थ की-सी जान पड़तीं। मैं अधिक अविचारी हो उठा। मेरे जीवन का वह भयानक परिवर्तन बड़े वेग से आरम्भ हुआ। कुलसम उस कष्ट को सहन करने के लिए जीवित न रह सकी। उस दिन जब गोली चली थी, तब कुलसम के वहां जाने की आवश्यकता न थी। मैं सच कहता हूं बाबूजी, वह आत्महत्या करने का उसका एक नया ढंग था। मुझे विश्वास होता है कि मैं ही इसका कारण था। इसके बाद मेरी वह सब उद्दण्डता तो नष्ट हो ही गई, जीवन की पूंजी जो मेरा निज का अभिमान था–वह भी चूर-चूर हो गया। मैं नीरा को लेकर भारत के लिए चल पड़ा। तब तक तो मैं ईश्वर के संबंध से एक उदासीन

नास्तिक था; किंतु इस दुःख ने मुझे विद्रोही बना दिया। मैं अपने कष्टों का कारण ईश्वर को ही समझने लगा और मेरे मन में यह बात जम गई कि यह मुझे दंड दिया गया है।

बुड्ढ़ा उत्तेजित हो उठा था। उसका दम फूलने लगा, खांसी आने लगी। नीरा मिट्टी के घड़े में जल लिए हुए झोंपड़ी में आई। उसने देवनिवास को और अपने पिता को अन्वेषक दृष्टि से देखा। यह समझ लेने पर कि दोनों में से किसी के मुख पर कटुता नहीं है, वह प्रकृतिस्थ हुई। धीरे-धीरे पिता का सिर सहलाते हुए उसने पूछा–बाबा, दवा ले आई हूं, कुछ खा लो।

बुड्ढ़े ने कहा–ठहरो बेटी! फिर निवास की ओर देखकर कहने लगा–बाबूजी, उस दिन भी जब नीरा के लिए भगवान् को पुकारा था, तब उसी कटुता से। संभव है, इसीलिए वे न आए हों। आज कई दिनों से मैं भगवान् को समझने की चेष्टा कर रहा हूं। नीरा के लिए मुझे चिंता हो रही है। वह क्या करेगी। किसी अत्याचारी के हाथ पड़कर नष्ट तो न हो जाएगी?

निवास कुछ बोलने ही को था कि नीरा कह उठी–बाबा, तुम मेरी चिंता न करो, भगवान् मेरी रक्षा करेंगे। निवास की अंतरात्मा पुलकित हो उठी। बुड्ढ़े ने कहा–करेंगे बेटी? उसके मुख पर व्याकुल प्रसन्नता झलक उठी।

निवास ने बुड्ढ़े की ओर देखकर विनीत स्वर में कहा–मैं नीरा से ब्याह करने के लिए प्रस्तुत हूं। यदि तुम्हें–

बूढ़े को अबकी खांसी के साथ ढेर-सा रक्त गिरा, तो भी उसके मुंह पर संतोष और विश्वास की प्रसन्न-लीला खेलने लगी। उसने अपने दोनों हाथ निवास और नीरा पर फैलाकर रखते हुए कहा–हे मेरे भगवान्!

पुरस्कार

: एक :

आर्द्रा नक्षत्र; आकाश के काले-काले बादलो की घुमड़, जिसमें देव-दुंदुभी का गम्भीर घोष। प्राची के एक निरभ्र कोने से स्वर्ण-पुरुष झांकने लगा था।–देखने लगा महाराज की सवारी। शैलमाला के अंचल में समतल उर्वरा भूमि से सोंधी बास उठ रही थी। नगर-तोरण से जयघोष हुआ, भीड़ में गजराज का चामरधारी शुंड उन्नत दिखाई पड़ा। वह हर्ष और उत्साह का समुद्र हिलोर भरता हुआ आगे बढ़ने लगा–

प्रभात की हेम-किरणों से अनुरंजित नन्हीं-नन्हीं बूंदों का एक झोंका स्वर्ण-मल्लिका के समान बरस पड़ा। मंगल सूचना से जनता ने हर्ष-ध्वनि की।

रथों, हाथियों और अश्वरोहियों की पंक्ति जम गई। दर्शकों की भीड़ भी कम न थी। गजराज बैठ गया, सीढ़ियों से महाराज उतरे। सौभाग्यवती और कुमारी सुंदरियों के दो दल, आम्रपल्लवों से सुशोभित मंगल-कलश और फूल, कुंकुम तथा खीलों से भरे थाल लिए, मधुर गान करते हुए आगे बढ़े।

महाराज के मुख पर मधुर मुस्कान थी। पुरोहित-वर्ग ने स्वस्त्ययन किया। स्वर्ण-रंजित हल की मूठ पकड़कर महाराज ने जुते हुए सुंदर पुष्ट बैलों को चलने का संकेत किया। बाजे बजने लगे। किशोरी कुमारियों ने खीलों और फूलों की वर्षा की।

कौशल का यह उत्सव प्रसिद्ध था। एक दिन के लिए महाराज को कृषक बनना पड़ता–उस दिन इन्द्र-पूजन की धूमधाम होती; गोठ होती। नगर-निवासी उस पहाड़ी भूमि में आनंद मनाते। प्रतिवर्ष कृषि का यह महोत्सव उत्साह से सम्पन्न होता; दूसरे राज्यों से भी युवक राजकुमार इस उत्सव में बड़े चाव से आकर योग देते।

मगध का एक राजकुमार अरुण अपने रथ पर बैठा बड़े कुतूहल से यह दृश्य देख रहा था।

बीजों का एक थाल लिए कुमारी मधूलिका महाराज के साथ थी। बीज बोते हुए महाराज जब हाथ बढ़ाते, तब मधूलिका उनके सामने थाल कर देती। यह खेत मधूलिका का था, जो इस साल महाराज की खेती के लिए चुना गया था; इसलिए बीज देने का सम्मान मधूलिका को ही मिला। वह कुमारी थी। सुंदरी थी। कौशेयवसन उसके शरीर पर इधर-उधर लहराता हुआ स्वयं शोभित हो रहा था। वह कभी उसे सम्हालती और कभी अपने रूखे अलकों को। कृषक बालिका के शुभ्र भाल पर श्रमकणों की भी कमी न थी, वे सब बरौनियों में गूंथे जा रहे थे। सम्मान और लज्जा उसके अधरों पर मंद मुस्कराहट के साथ सिहर उठते; किंतु महाराज को बीज देने में उसने शिथिलता नहीं की। सब लोग महाराज का हल चलाना देख रहे थे–विस्मय से, कुतूहल से। और अरुण देख रहा था कृषक कुमारी मधूलिका को। आह कितना भोला सौंदर्य! कितनी सरल चितवन!

उत्सव का प्रधान कृत्य समाप्त हो गया। महाराज ने मधूलिका के खेत का पुरस्कार दिया, थाल में कुछ स्वर्ण मुद्राएं। वह राजकीय अनुग्रह था। मधूलिका ने थाली सिर से लगा ली; किंतु साथ उसमें की स्वर्णमुद्राओं को महाराज पर न्योछावर करके बिखेर दिया। मधूलिका की उस समय की ऊर्जस्वित मूर्ति लोग आश्चर्य से देखने लगे! महाराज की भृकुटी भी जरा चढ़ी ही थी कि मधूलिका ने सविनय कहा– देव! यह मेरे पितृ-पितामहों की भूमि है। इसे बेचना अपराध है; इसलिए मूल्य स्वीकार करना मेरी सामर्थ्य के बाहर है। महाराज के बोलने के पहले ही वृद्ध मंत्री ने तीखे स्वर से कहा–अबोध! क्या बक रही है? राजकीय अनुग्रह का तिरस्कार! तेरी भूमि से चौगुना मूल्य है; फिर कौशल का तो यह सुनिश्चित राष्ट्रीय नियम है। तू आज से राजकीय रक्षण पाने की अधिकारिणी हुई, इस धन से अपने को सुखी बना।

राजकीय रक्षण की अधिकारिणी तो सारी प्रजा है, मंत्रिवर!....महाराज को भूमि-समर्पण करने में मेरा कोई विरोध न था और न है; किंतु मूल्य स्वीकार करना असम्भव है।–मधूलिका उत्तेजित हो उठी थी।

महाराज के संकेत करने पर मंत्री ने कहा–देव! वाराणसी-युद्ध के अन्यतम वीर सिंहमित्र की यह एकमात्र कन्या है।–महाराज चौंक उठे–सिंहमित्र की कन्या! जिसने मगध के सामने कौशल की लाज रख ली थी, उसी वीर की मधूलिका कन्या है?

हां, देव!—सविनय मंत्री ने कहा।

इस उत्सव के परम्परागत नियम क्या हैं, मंत्रिवर?—महाराज ने पूछा।

देव, नियम तो बहुत साधारण हैं। किसी भी अच्छी भूमि को इस उत्सव के लिए चुनकर नियमानुसार पुरस्कार-स्वरूप उसका मूल्य दे दिया जाता है। वह भी अत्यंत अनुग्रहपूर्वक अर्थात् भू-सम्पत्ति का चौगुना मूल्य उसे मिलता है। उस खेती को वही व्यक्ति वर्ष-भर देखता है। वह राजा का खेत कहा जाता है।

महाराज को विचार-संघर्ष से विश्राम की अत्यंत आवश्यकता थी। महाराज चुप रहे। जयघोष के साथ सभा विसर्जित हुई। सब अपने-अपने शिविरों में चले गए। किंतु मधूलिका को उत्सव में फिर किसी ने न देखा। वह अपने खेत की सीमा पर विशाल मधूक-वृक्ष के चिकने हरे पत्तों की छाया में अनमनी चुपचाप बैठी रही।

: दो :

रात्रि का उत्सव अब विश्राम ले रहा था। राजकुमार अरुण उसमें सम्मिलित नहीं हुआ—अपने विश्राम-भवन में जागरण कर रहा था। आंखों में नींद न थी। प्राची में जैसी गुलाबी खिल रही थी, वह रंग उसकी आंखों में था। सामने देखा तो मुण्डेर पर कपोती एक पैर पर खड़ी पंख फैलाये अंगड़ाई ले रही थी। अरुण उठ खड़ा हुआ। द्वार पर सुसज्जित अश्व था, वह देखते-देखते नगर-तोरण पर जा पहुंचा। रक्षक-गण ऊंघ रहे थे, अश्व के पैरों के शब्द से चौंक उठे।

युवक-कुमार तीर-सा निकल गया। सिंधुदेश का तुरंग प्रभात के पवन से पुलकित हो रहा था। घूमता-घूमता अरुण उसी मधूक-वृक्ष के नीचे पहुंचा, जहां मधूलिका अपने हाथ पर सिर धरे हुए खिन्न-निद्रा का सुख ले रही थी।

अरुण ने देखा, एक छिन्न माधवीलता वृक्ष की शाखा से च्युत होकर पड़ी है। सुमन मुकुलित, भ्रमर निस्पंद थे। अरुण ने अपने अश्व को मौन रहने का संकेत किया, उस सुषमा को देखने के लिए, परंतु कोकिल बोल उठा। जैसे उसने अरुण से प्रश्न किया—छिः, कुमारी के सोए हुए सौंदर्य पर दृष्टिपात करने वाले धृष्ट, तुम कौन? मधूलिका की आंखें खुल पड़ीं। उसने देखा, एक अपरिचित युवक। वह संकोच से उठ बैठी। भद्रे! तुम्हीं न कल के उत्सव की संचालिका रही हो?

उत्सव! हां, उत्सव ही तो था।

कल उस सम्मान....

क्यों आपको कल का स्वप्न सता रहा है? भद्र! आप क्या मुझे इस अवस्था में संतुष्ट न रहने देंगे?

मेरा हृदय तुम्हारी उस छवि का भक्त बन गया है, देवि!

मेरे उस अभिनय का–मेरी विडम्बना का। आह! मनुष्य कितना निर्दयी है, अपरिचित! क्षमा करो, जाओ अपने मार्ग।

सरलता की देवि! मैं मगध का राजकुमार तुम्हारे अनुग्रह का प्रार्थी हूं–मेरे हृदय की भावना अवगुण्ठन में रहना नहीं जानती। उसे अपनी....।

राजकुमार! मैं कृषक-बालिका हूं। आप नन्दबिहारी और मैं पृथ्वी पर परिश्रम करके जीने वाली। आज मेरी स्नेह की भूमि पर से मेरा अधिकार छीन लिया गया। मैं दुःख से विकल हूं; मेरा उपहास न करो।

मैं कौशल-नरेश से तुम्हारी भूमि तुम्हें दिलवा दूंगा।

नहीं, वह कौशल का राष्ट्रीय नियम है। मैं उसे बदलना नहीं चाहती–चाहे उससे मुझे कितना ही दुःख हो।

तब तुम्हारा रहस्य क्या है?

यह रहस्य मानव-हृदय का है, मेरा नहीं। राजकुमार, नियमों से यदि मानव-हृदय बाध्य होता, तो आज मगध के राजकुमार का हृदय किसी राजकुमारी की ओर न खिंचकर एक कृषक-बालिका का अपमान करने न आता। मधूलिका उठ खड़ी हुई।

चोट खाकर राजकुमार लौट पड़ा। किशोर किरणों में उसका रत्नकिरीट चमक उठा। अश्व वेग से चला जा रहा था और मधूलिका निष्ठुर प्रहार करके क्या स्वयं आहत न हुई? उसके हृदय में टीस-सी होने लगी। वह सजल नेत्रों से उड़ती हुई धूल देखने लगी।

मधूलिका ने राजा का प्रतिपादन, अनुग्रह नहीं लिया। वह दूसरे खेतों में काम करती और चौथे पहर रूखी-सूखी खाकर पड़ रहती। मधूक-वृक्ष के नीचे छोटी-सी पर्णकुटीर थी। सूखे डंठलों से उसकी दीवार बनी थी। मधूलिका का वही आश्रय था। कठोर परिश्रम से रूखा अन्न मिलता, वही उसकी सांसों को बढ़ाने के लिए पर्याप्त था।

दुबली होने पर भी उसके अंग पर तपस्या की कांति थी। आसपास के कृषक उसका आदर करते। वह एक आदर्श बालिका थी। दिन, सप्ताह, महीने और वर्ष बीतने लगे।

शीतकाल की रजनी, मेघों से भरा आकाश, जिसमें बिजली की दौड़-धूप। मधूलिका का छाजन टपक रहा था! ओढ़ने की कमी थी। वह ठिठुरकर एक कोने में बैठी थी। मधूलिका अपने अभाव को आज बढ़ाकर सोच रही थी। जीवन से सामंजस्य बनाए रखने वाले उपकरण तो अपनी सीमा निर्धारित रखते हैं; परंतु उनकी आवश्यकता और कल्पना के साथ बढ़ती-घटती रहती है। आज बहुत दिनों पर उसे बीती हुई बात स्मरण हुई। दो, नहीं-नहीं, तीन वर्ष हुए होंगे, इसी मधूक के नीचे प्रभात में–तरुण राजकुमार ने क्या कहा था।

वह अपने हृदय से पूछने लगी–उन चाटुकारी के शब्दों को सुनने के लिए उत्सुक–सी वह पूछने लगी–क्या कहा था? दुःख-दग्ध हृदय उन स्वप्न-सी बातों को स्मरण कर सकता था? और स्मरण ही होता, तो भी कष्टों की इस काली निशा में वह कहने का साहस करता। हाय री विडम्बना!

आज मधूलिका उस बीते हुए क्षण को लौटा लेने के लिए विकल थी। दारिद्रय की ठोकरों ने उसे व्यथित और अधीर कर दिया है। मगध की प्रसाद-माला के वैभव का काल्पनिक चित्र–उन सूखे डंठलों के रंध्रों से, नभ में–बिजली के आलोक में–नाचता हुआ दिखाई देने लगा। खिलवाड़ी शिशु जैसे श्रावण की संध्या में जुगनू को पकड़ने के लिए हाथ लपकाता है, वैसे ही मधूलिका मन-ही-मन कह रही थी। 'अभी वह निकल गया।' वर्षा ने भीषण रूप धारण किया। गड़-गड़ाहट बढ़ने लगी; ओले पड़ने की सम्भावना थी। मधूलिका अपनी जर्जर झोपड़ी के लिए कांप उठी। सहसा बाहर कुछ शब्द हुआ–

कौन है यहां? पथिक को आश्रय चाहिए।

मधूलिका ने डंठलों का कपाट खोल दिया। बिजली चमक उठी। उसने देखा एक पुरुष घोड़े की डोर पकड़े खड़ा है। सहसा वह चिल्ला उठी–राजकुमार!

मधूलिका?–आश्चर्य से युवक ने कहा।

एक क्षण के लिए सन्नाटा छा गया। मधूलिका अपनी कल्पना को सहसा प्रत्यक्ष देखकर चकित हो गई–इतने दिनों बाद आज फिर!

अरुण ने कहा–कितना समझाया मैंने–परंतु....

मधूलिका अपनी दयनीय अवस्था पर संकेत करने देना नहीं चाहती थी। उसने कहा–और आज उसकी यह क्या दशा है?

सिर झुकाकर अरुण ने कहा–मैं मगध का विद्रोही निर्वासित कौशल में जीविका खोजने आया हूं।

मधूलिका उस अंधकार में हंस पड़ी–मगध के विद्रोही राजकुमार का स्वागत करे एक अनाथिनी कृषक-बालिका, यह भी एक विडम्बना है, तो भी मैं स्वागत के लिए प्रस्तुत हूं।

शीतकाल की निस्तब्ध रजनी, कुहरे में धुली हुई चांदनी, हाड़ कंपा देनेवाला समीर, तो भी अरुण और मधूलिका दोनों पहाड़ी गह्वर के द्वार पर वट-वृक्ष के नीचे बैठे हुए बातें कर रहे हैं। मधूलिका की वाणी में उत्साह था, किंतु अरुण जैसे अत्यंत सावधान होकर बोलता।

मधूलिका ने पूछा–जब तुम इतनी विपन्न अवस्था में हो, तो फिर इतने सैनिकों के साथ रहने की क्या आवश्यकता है।

मधूलिका! बाहुबल ही तो वीरों की आजीविका है। ये मेरे जीवन-मरण के साथी हैं, भला मैं इन्हें कैसे छोड़ देता? और करता ही क्या?

क्यों? हम लोग परिश्रम से कमाते और खाते। अब तो तुम....।

भूल न करो, मैं अपने बाहुबल पर भरोसा करता हूं। नए राज्य की स्थापना कर सकता हूं। निराश क्यों हो जाऊं?–अरुण के शब्दों में कम्पन था; वह जैसे कुछ कहना चाहता था; पर कह न सकता था।

नवीन राज्य! ओहो, तुम्हारा उत्साह तो कम नहीं। भला कैसे? कोई ढंग बताओ, तो मैं भी कल्पना का आनंद ले लूं।

कल्पना का आनंद नहीं मधूलिका, मैं तुम्हें राजरानी के सम्मान में सिंहासन पर बिठाऊंगा! तुम अपने छिने हुए खेत की चिंता करके भयभीत न हो।

एक क्षण में सरल मधूलिका के मन में प्रमाद का अंधड़ बहने लगा–द्वंद्व मच गया। उसने सहसा कहा–आह, मैं सचमुच आज तक तुम्हारी प्रतीक्षा करती थी राजकुमार।

अरुण ढिठाई से उसके हाथों को दबाकर बोला–तो मेरा भ्रम था, तुम सचमुच मुझे प्यार करती हो?

युवती का वक्षस्थल फूल उठा, वह हां भी नहीं कह सकी, ना भी नहीं। अरुण ने उसकी अवस्था का अनुभव कर लिया। कुशल मनुष्य के समान उसने अवसर को हाथ से न जाने दिया। तुरंत बोल उठा–तुम्हारी इच्छा हो, तो प्राणों से पण लगा कर मैं तुम्हें इस कौशल-सिंहासन पर बिठा दूं। मधूलिके! अरुण के खड्ग का आतंक देखोगी? मधूलिका एक बार कांप उठी। वह कहना चाहती थी....नहीं; किंतु उसके मुंह से निकला–क्या?

सत्य मधूलिका, कौशल-नरेश तभी से तुम्हारे लिए चिंतित हैं। यह मैं जानता

हूं, तुम्हारी साधारण-सी प्रार्थना वह अस्वीकार न करेंगे। और मुझे यह भी विदित है कि कौशल के सेनापति अधिकांश सैनिकों के साथ पहाड़ी दस्युओं का दमन करने के लिए बहुत दूर चले गए हैं।

मधूलिका की आंखों के आगे बिजलियां हंसने लगीं। दारुण भावना से उसका मस्तक विकृत हो उठा। अरुण ने कहा–तुम बोलती नहीं हो?

जो कहोगे, वह करूंगी....मंत्रमुग्ध-सी मधूलिका ने कहा।

: तीन :

स्वर्णमंच पर कौशल-नरेश अर्द्धनिद्रित अवस्था में आंखें मुकुलित किए हैं। एक चामरधारिणी युवती पीछे खड़ी अपनी कलाई बड़ी कुशलता से घुमा रही है। चामर के शुभ्र आंदोलन उस प्रकोष्ठ में धीरे-धीरे संचालित हो रहे हैं। ताम्बूलवाहिनी प्रतिमा के समान दूर खड़ी है।

प्रतिहारी ने आकर कहा–जय हो देव! एक स्त्री कुछ प्रार्थना करने आई है।

आंख खोलते हुए महाराज ने कहा–स्त्री! प्रार्थना करने आई हैं? आने दो।

प्रतिहारी के साथ मधूलिका आई। उसने प्रणाम किया। महाराज ने स्थिर दृष्टि से उसकी ओर देखा और कहा–तुम्हें कहीं देखा है?

तीन बरस हुए देव! मेरी भूमि खेती के लिए ली गई थी।

ओह, तो तुमने इतने दिन कष्ट में बिताए, आज उसका मूल्य मांगने आई हो, क्यों? अच्छा-अच्छा तुम्हें मिलेगा। प्रतिहारी!

नहीं महाराज, मुझे मूल्य नहीं चाहिए।

मूर्ख! फिर क्या चाहिए?

उतनी ही भूमि, दुर्ग के दक्षिणी नाले के समीप की जंगली भूमि, वहीं मैं अपनी खेती करूंगी। मुझे सहायक मिल गया। वह मनुष्यों से मेरी सहायता करेगा, भूमि को समतल भी बनाना होगा।

महाराज ने कहा–कृषक-बालिके! वह बड़ी ऊबड़-खाबड़ भूमि है। तिस पर वह दुर्ग के समीप एक सैनिक महत्त्व रखती है।

तो फिर निराश लौट जाऊं?

सिंहमित्र की कन्या! मैं क्या करूं, तुम्हारी यह प्रार्थना....

देव! जैसी आज्ञा हो!

जाओ, तुम श्रमजीवियों को उसमें लगाओ। मैं अमात्य को आज्ञापत्र देने का आदेश करता हूं।

जय हो देव!–कहकर प्रणाम करती हुई मधूलिका राजमंदिर के बाहर आई।

दुर्ग के दक्षिण, भयावने नाले के तट पर, घना जंगल है, आज मनुष्यों के पद-संचार से शून्यता भंग हो रही थी। अरुण के छिपे वे मनुष्य स्वतंत्रता से इधर-उधर घूमते थे। झाड़ियों को काटकर पथ बन रहा था। नगर दूर था, फिर उधर यों ही कोई नहीं आता था। फिर अब तो महाराज की आज्ञा से वहां मधूलिका का अच्छा खेत बन रहा था। तब इधर की किसको चिंता होती?

एक घने कुंज में अरुण और मधूलिका एक-दूसरे को हर्षित नेत्रों से देख रहे थे। संध्या हो चली थी। उसी निविड़ वन में उन नवागत मनुष्यों को देखकर पक्षीगण अपने नीड़ को लौटते हुए अधिक कोलाहल कर रहे थे।

प्रसन्नता से अरुण की आंखें चमक उठीं। सूर्य की अंतिम किरण झुरमुट में घुसकर मधूलिका के कपोलों से खेलने लगी। अरुण ने कहा–चार प्रहर और, विश्वास करो, प्रभात में ही इस जीर्ण-कलेवर कोशल-राष्ट्र की राजधानी श्रावस्ती में तुम्हारा अभिषेक होगा और मगध से निर्वासित मैं एक स्वतंत्र राष्ट्र का अधिपति बनूंगा, मधूलिके!

भयानक! अरुण, तुम्हारा साहस देख मैं चकित हो रही हूं। केवल सौ सैनिकों से तुम....

रात के तीसरे प्रहर मेरी विजय-यात्रा होगी।

तो तुमको इस विजय पर विश्वास है?

अवश्य, तुम अपनी झोंपड़ी में यह रात बिताओ; प्रभात से तो राज-मंदिर ही तुम्हारा लीला-निकेतन बनेगा।

मधूलिका प्रसन्न थी; किंतु अरुण के लिए उसकी कल्याण-कामना सशंक थी। वह कभी-कभी उद्विग्न-सी होकर बालकों के समान प्रश्न कर बैठती। अरुण उसका समाधान कर देता। सहसा कोई संकेत पाकर उसने कहा–अच्छा, अंधकार अधिक हो गया। अभी तुम्हें दूर जाना है और मुझे भी प्राण-पण से इस अभियान के प्रारम्भिक कार्यों को अर्द्धरात्रि तक पूरा कर लेना चाहिए; तब रात्रि-भर के लिए विदा! मधूलिके!

मधूलिका उठ खड़ी हुई। कंटीली झाड़ियों से उलझती हुई क्रम से, बढ़ने वाले अंधकार में वह झोपड़ी की ओर चली।

पथ अंधकारमय था और मधूलिका का हृदय भी निविड़-तम से घिरा था।

उसका मन सहसा विचलित हो उठा, मधुरता नष्ट हो गई। जितनी सुख-कल्पना थी, वह जैसे अंधकार में विलीन होने लगी। वह भयभीत थी, पहला भय उसे अरुण के लिए उत्पन्न हुआ, यदि वह सफल न हुआ तो? फिर सहसा सोचने लगी–वह क्यों सफल हो? श्रावस्ती दुर्ग का एक विदेशी के अधिकार में क्यों चला जाय? मगध का चिरशत्रु! ओह, उसकी विजय! कौशल-नरेश ने क्या कहा था–'सिंहमित्र की कन्या।' सिंहमित्र, कौशल का रक्षक वीर, उसी की कन्या आज क्या करने जा रही है? नहीं, 'नहीं, मधूलिका! मधूलिका!!' जैसे उसके पिता उस अंधकार में पुकार रहे थे। वह पगली की तरह चिल्ला उठी। रास्ता भूल गई।

रात एक पहर बीत चली, पर मधूलिका अपनी झोपड़ी तक न पहुंची। वह उधेड़-बुन में विक्षिप्त-सी चली जा रही थी। उसकी आंखों के सामने कभी सिंहमित्र और कभी अरुण की मूर्ति अंधकार में चित्रित होती जाती। उसे सामने आलोक दिखाई पड़ा। वह बीच पथ में खड़ी हो गई। प्रायः एक सौ उल्काधारी अश्वारोही चले आ रहे थे और आगे-आगे एक वीर अधेड़ सैनिक था। उसके बाएं हाथ में अश्व की वल्गा और दाहिने हाथ में नग्न खड्ग। अत्यंत धीरता से वह टुकड़ी अपने पथ पर चल रही थी। परंतु मधूलिका बीच पथ से हिली नहीं। प्रमुख सैनिक पास आ गया; पर मधूलिका अब भी नहीं हटी। सैनिक ने अश्व रोककर कहा–कौन? कोई उत्तर नहीं मिला। तब तक दूसरे अश्वारोही ने कड़ककर कहा–तू कौन है, स्त्री? कौशल के सेनापति को उत्तर शीघ्र दे।

रमणी जैसे विकार-ग्रस्त स्वर में चिल्ला उठी–बांध लों, मुझे बांध लो। मेरी हत्या करो। मैंने अपराध ही ऐसा किया है।

सेनापति हंस पड़े, बोले–पगली है।

पगली नहीं, यदि वही होती, तो इतनी विचार-वेदना क्यों होती? सेनापति! मुझे बांध लो। राजा के पास ले चलो।

क्या है, स्पष्ट कह!

श्रावस्ती का दुर्ग एक प्रहर में दस्युओं के हस्तगत हो जाएगा। दक्षिणी नाले के पार उनका आक्रमण होगा।

सेनापति चौंक उठे। उन्होंने आश्चर्य से पूछा–तू क्या कह रही है?

मैं सच कह रही हूं; शीघ्रता करो।

सेनापति ने अस्सी सैनिकों को नाले की ओर धीरे-धीरे बढ़ने की आज्ञा दी और स्वयं बीस अश्वारोहियों के साथ दुर्ग की ओर बढ़े। मधूलिका एक अश्वारोही के साथ बांध दी गई।

श्रावस्ती का दुर्ग, कौशल राष्ट्र का केंद्र, इस रात्रि में अपने विगत वैभव का स्वप्न देख रहा था। भिन्न राजवंशों ने उसके प्रांतों पर अधिकार जमा लिया है। अब वह केवल कई गांवों का अधिपति है। फिर भी उसके साथ कौशल के अतीत की स्वर्ण-गाथाएं लिपटी हैं। वही लोगों की ईर्ष्या का कारण है। जब थोड़े-से अश्वारोही बड़े वेग से आते हुए दुर्ग-द्वार पर रुके, तब दुर्ग के प्रहरी चौंक उठे। उल्का के आलोक में उन्होंने सेनापति को पहचाना, द्वार खुला। सेनापति घोड़े की पीठ से उतरे। उन्होंने कहा–अग्निसेन! दुर्ग में कितने सैनिक होंगे।

सेनापति की जय हो! दो सौ।

उन्हें शीघ्र ही एकत्र करो; परंतु बिना किसी शब्द के। सौ को लेकर तुम शीघ्र ही चुपचाप दुर्ग के दक्षिण की ओर चलो। आलोक और शब्द न हों।

सेनापति ने मधूलिका की ओर देखा। वह खोल दी गई। उसे अपने पीछे आने का संकेत कर सेनापति राजमंदिर की ओर बढ़े। प्रतिहारी ने सेनापति को देखते ही महाराज को सावधान किया। वह अपनी सुख-निद्रा के लिए प्रस्तुत हो रहे थे; किंतु सेनापति और साथ में मधूलिका को देखते ही चंचल हो उठे। सेनापति ने उन्हें कहा–जय हो देव! इस स्त्री के कारण मुझे इस समय उपस्थित होना पड़ा है।

महाराज ने स्थिर नेत्रों से देखकर कहा–सिंहमित्र की कन्या! फिर यहां क्यों? क्या तुम्हारा क्षेत्र नहीं बन रहा है। कोई बाधा? सेनापति! मैंने दुर्ग के दक्षिणी नाले के समीप की भूमि इसे दी है। क्या उसी संबंध में तुम कहना चाहते हो?

देव! किसी गुप्त शत्रु ने उसी ओर से आज की रात में दुर्ग पर अधिकार कर लेने का प्रबंध किया है और इसी स्त्री ने मुझे पथ में यह संदेश दिया है।

राजा ने मधूलिका की ओर देखा। वह कांप उठी। घृणा और लज्जा से वह गड़ी जा रही थी। राजा ने पूछा–मधूलिका, यह सत्य है!

हां, देव!

राजा ने सेनापति से कहा–सैनिकों को एकत्र करके तुम चलो। मैं अभी आता हूं! सेनापति के चले जाने पर राजा ने कहा–सिंहमित्र की कन्या! तुमने एक बार फिर कौशल का उपकार किया। यह सूचना देकर तुमने पुरस्कार का काम किया है। अच्छा, तुम यहीं ठहरो। पहले उन आततायियों का प्रबंध कर लूं।

अपने साहसिक अभियान में अरुण बंदी हुआ और दुर्ग उल्का के आलोक में अतिरंजित हो गया। भीड़ ने जयघोष किया। सबके मन में उल्लास था। श्रावस्ती दुर्ग आज दस्यु के हाथ में जाने से बचा। आबाल-वृद्ध-नारी आनंद से उन्मत्त हो उठे।

उषा के आलोक में सभा-मण्डप दर्शकों से भर गया। बंदी अरुण को देखते ही जनता ने रोष से हुंकार करते हुए कहा–'वध करो!' राजा ने सबसे सहमत होकर आज्ञा दी–'प्राण-दण्ड!' मधूलिका बुलाई गई। वह पगली-सी आकर खड़ी हो गई। कौशल-नरेश ने पूछा–मधूलिका, तुझे जो पुरस्कार लेना हो, मांग। वह चुप रही।

राजा ने कहा–मेरी निज की जितनी खेती है, मैं सब तुम्हें देता हूं। मधूलिका ने एक बार बंदी अरुण की ओर देखा। उसने कहा–मुझे कुछ न चाहिए। अरुण हंस पड़ा। राजा ने कहा–नहीं, मैं तुझे अवश्य दूंगा। मांग ले।

तो मुझे भी प्राणदंड मिले। कहती हुई वह बंदी अरुण के पास जा खड़ी हुई।

हिमालय का पथिक

"गिरि-पंथ में हिम-वर्षा हो रही है, इस समय तुम कैसे यहां पहुंचे? किस प्रबल आकर्षण से तुम खिंच आए?" खिड़की खोलकर एक व्यक्ति ने पूछा। अमल-धवल चंद्रिका तुषार से घनीभूत हो रही थी। जहां तक दृष्टि जाती है, गगन-चुम्बी शैल-शिखर, जिन पर बर्फ का मोटा लिहाफ पड़ा था, ठिठ्ठरकर सो रहे थे। ऐसे ही समय पथिक उस कुटीर के द्वार पर खड़ा था। वह बोला–"पहले भीतर आने दो, प्राण बचें!"

बर्फ जम गई थी, द्वार परिश्रम से खुला। पथिक ने भीतर जाकर उसे बंद कर लिया। आग के पास पहुंचा, और उष्णता का अनुभव करने लगा। ऊपर से और दो कंबल डाल दिए गए। कुछ काल बीतने पर पथिक होश में आया। देखा शैल-भर में एक छोटा-सा गृह धुंधली प्रभा से आलोकित है। एक वृद्ध है और उसकी कन्या। बालिका–युवती हो चली है।

वृद्ध बोला–"कुछ भोजन करोगे?"

पथिक–"हां, भूख तो लगी है।"

वृद्ध ने बालिका की ओर देखकर कहा–"किन्नरी, कुछ ले आओ।"

किन्नरी उठी और कुछ खाने को ले आई। पथिक दत्तचित्त होकर उसे खाने लगा।

किन्नरी चुपचाप आग के पास बैठी देख रही थी। युवक-पथिक को देखने में उसे कुछ संकोच न था। पथिक भोजन कर लेने के बाद घूमा, और देखा। किन्नरी सचमुच हिमालय की किन्नरी है। ऊनी लंबा कुरता पहने है, खुले हुए बाल एक कपड़े से कसे हैं, जो सिर के चारों ओर टोप के समान बंधा है। कानों में दो बड़े-बड़े फीरोजे लटकते हैं। सौन्दर्य है, जैसे हिमानीमंडित उपत्यका में वसंत की फूली हुई वल्लरी पर मध्याह्न का आतप अपनी सुखद कांति बरसा रहा हो। हृदय को चिकना कर देने वाला रूखा यौवन प्रत्येक अंग में लालिमा की लहर उत्पन्न कर रहा है।

पथिक देखकर भी अनिच्छा से सिर झुकाकर सोचने लगा।

वृद्ध ने पूछा–"कहो, तुम्हारी आगमन कैसे हुआ?"

पथिक–"निरुद्देश्य घूम रहा हूं, कभी राजमार्ग, कभी खड्ढ़ कभी सिंधुतट और कभी गिरि-पथ देखता-फिरता हूं। आंखों की तृष्णा मुझे बुझती नहीं दिखाई देती। यह सब क्यों देखना चाहता हूं, कह नहीं सकता।"

"तब भी भ्रमण कर रहे हो!"

पथिक–"हां, अबकी इच्छा है कि हिमालय में ही विचरण करूं। इसी के सामने दूर तक चला जाऊं!"

वृद्ध–"तुम्हारे माता-पिता हैं?"

पथिक–'नहीं।"

किन्नरी–"तभी तुम घूमते हो! मुझे तो पिताजी थोड़ी दूर भी नहीं जाने देते।"–वह हंसने लगी।

वृद्ध ने उसकी पीठ पर हाथ रखकर कहा–"बड़ी पगली है!"

किन्नरी खिलखिला उठी।

पथिक–"अपरिचित देशों में एक संत रमना और फिर चल देना। मन के समान चंचल हो रहा हूं, जैसे पैरों के नीचे चिनगारी हो!"

किन्नरी–"हम लोग तो कहीं जाते नहीं; सबसे अपरिचित हैं, कोई नहीं जानता। न कोई यहां आता है। हिमालय की निर्जर शिखर-श्रेणी और बर्फ की झड़ी, कस्तूरी मृग और बर्फ के चूहे, ये ही मेरे स्वजन हैं।"

वृद्ध–"क्यों री किन्नरी! मैं कौन हूं?".

"किन्नरी–तुम्हारा तो कोई नया परिचय नहीं है; वही मेरे पुराने बाबा बने हो!"

वृद्ध सोचने लगा।

पथिक हंसने लगा। किन्नरी अप्रतिभ हो गई। वृद्ध गंभीर होकर कंबल ओढ़ने लगा।

पथिक को उस कुटी में रहते कई दिन हो गए। न जाने किस बंधन ने उसे यात्रा से वंचित कर दिया है। पर्यटक युवक आलसी बनकर चुपचाप खुली धूप में, बहुधा देवदारु की लंबी छाया में बैठा हिमालयखंड की निर्जन कमनीयता की ओर एकटक देखा करता है। जब कभी अचानक आकर किन्नरी उसका कंधा पकड़कर हिला देती है, तो उसके तुषारतुल्य हृदय में बिजली-सी दौड़ जाती है। किन्नरी हंसने लगती है–जैसे बर्फ गल जाने पर लता के फूल निखर आते हैं।

एक दिन पथिक ने कहा–"कल मैं जाऊंगा।"

किन्नरी ने पूछा–"किधर?"

पथिक ने हिम-गिरि की ऊंची चोटी दिखलाते हुए कहा–"उधर, जहां कोई न गया हो!"

किन्नरी ने पूछा–"वहां जाकर क्या करोगे।"

"देखकर लौट आऊंगा।"

"अभी से क्यों नहीं जाना रोकते, जब लौट ही आना है?"

"देखकर आऊंगा; तुम लोगों से मिलते हुए देश को लौट जाऊंगा। वहां जाकर यहां का सब समाचार सुनाऊंगा।"

"वहां क्या तुम्हारा कोई परिचित है?"

"यहां पर कौन था?"

"चले जाने में तुमको कुछ कष्ट नहीं होगा?"

"कुछ नहीं; हां एक बार जिनका स्मरण होगा, उनके लिए जी कचोटेगा। परंतु ऐसे कितने ही हैं!"

"कितने होंगे?"

"बहुत-से, जिनके यहां दो घड़ी से लेकर दो-चार दिन तक आश्रय ले चुका हूं। उन दयालुओं की कृतज्ञता से विमुख नहीं होता।"

"मेरी इच्छा होती है कि उस शिखर तक मैं भी तुम्हारे साथ चलकर देखूं। बाबा से पूछ लूं।"

"ना-ना, ऐसा मत करना।" पथिक ने देखा, बर्फ की चट्टान पर श्यामल दूर्वा उगने लगी है। मतवाले हाथी के पैर में फूली हुई लता लिपटकर सांकल बनना चाहती है। वह उठकर फूल बिनने लगा। एक माला बनाई। फिर किन्नरी के सिर का बंधन खोलकर वहीं माला अटका दी। किन्नरी के मुख पर कोई भाव न था। वह चुपचाप थी। किसी ने पुकारा–"किन्नरी!"

दोनों ने घूमकर देखा, बृद्ध का मुंह लाल था। उसने पूछा—पथिक! तुमने देवता का निर्माल्य दूषित करना चाहा–तुम्हारा दंड क्या है?"

पथिक ने गंभीर स्वर से कहा–"निर्वासन।"

"और भी कुछ?"

"इससे विशेष तुम्हें अधिकार नहीं; क्योंकि तुम देवता नहीं, जो पाप की वास्तविकता समझ लो!"

"हूं!"

"और, मैंने देवता के निर्माल्य को और भी पवित्र बनाया है। उसे प्रेम के गंधजल से सुरभित कर दिया है। उसे तुम देवता को अर्पण कर सकते हो।"– इतना कहकर पथिक उठा, और गिरिपथ से जाने लगा।

वृद्ध ने पुकार कर कहा–"तुम कहां जाओगे? वह सामने भयानक शिखर है!"

पथिक ने लौटकर खड्ढ में उतरना चाहा। किन्नरी पुकारती हुई दौड़ी–"हां-हां, मत उतरना, नहीं तो प्राण न बचेंगे!"

पथिक एक क्षण के लिए रुक गया। किन्नरी ने वृद्ध से घूमकर पूछा–"बाबा, क्या यह देवता नहीं है?"

वृद्ध कुछ कह न सका। किन्नरी और आगे बढ़ी। उसी क्षण एक लाल धुंधली आंधी के सदृश बादल दिखलाई पड़ा। किन्नरी और पथिक गिरि-पथ से चढ़ रहे थे। वे अब दो श्याम-बिंदु की तरह वृद्ध की आंखों में दिखाई देते थे। वह रक्तमलिन मेघ समीप आ रहा था। वृद्ध कुटीर की ओर पुकारता हुआ चला–"दोनों लौट आओ; खूनी बर्फ आ रही है।" परंतु जब पुकारना था, तब वह चुप रहा। अब वे सुन नहीं सकते थे।

दूसरे ही क्षण खूनी बर्फ, वृद्ध और उन दिनों के बीच में थी।

गुण्डा

: एक :

वह पचास वर्ष से ऊपर था। तब भी युवकों से अधिक बलिष्ठ और दृढ़ था। चमड़े पर झुर्रियाँ नहीं पड़ी थीं। वर्षा की झड़ी में, पूस की रातों की छाया में, कड़कती हुई जेठ की धूप में, नंगे शरीर घूमने में वह सुख मानता था। उसकी चढ़ी मूँछें बिच्छू के डंक की तरह, देखनेवालों की आँखों में चुभती थीं। उसका साँवला रंग, साँप की तरह चिकना और चमकीला था। उसकी नागपुरी धोती का लाल रेशमी किनारा दूर से ही ध्यान आकर्षित करता। कमर में बनारसी सेल्हे का फेंटा, जिसमें सीप की मूठ का बिछुआ खुँसा रहता था। उसके घुँघराले बालों पर सुनहले पल्ले के साफे का छोर उसकी चौड़ी पीठ पर फैला रहता। ऊँचे कन्धे पर टिका हुआ चौड़ी धार का गँड़ासा, यह थी उसकी धज! पंजों के बल जब वह चलता, तो नसें चटाचट बोलती थीं। वह गुण्डा था।

ईसा की अठारहवीं शताब्दी के अंतिम भाग में वही काशी नहीं रह गयी थी, जिसमें उपनिषद् के अजातशत्रु की परिषद् में ब्रह्मविद्या सीखने के लिए विद्वान् ब्रह्मचारी आते थे। गौतम बुद्ध और शंकराचार्य के धर्म-दर्शन के वाद-विवाद, कई शताब्दियों से लगातार मन्दिरों और मठों के ध्वंस और तपस्वियों के वध के कारण प्रायः बन्द-से हो गये थे। यहाँ तक कि पवित्रता और छुआछूत में कट्टर वैष्णव धर्म भी उस विशृंखलता में, नवागन्तुक धर्मोन्माद में अपनी असफलता देखकर काशी में अघोर रूप धारण कर रहा था। उसी समय समस्त न्याय और बुद्धिवाद को शस्त्र-बल के सामने झुकते देखकर काशी के विच्छिन्न और निराश नागरिक जीवन ने, एक नवीन सम्प्रदाय की सृष्टि की। वीरता जिसका धर्म था। अपनी बात पर मिटना, सिंह-वृत्ति से जीविका ग्रहण करना, प्राण-भिक्षा माँगनेवाले कायरों तथा चोट खाकर

गिरे हुए प्रतिद्वन्द्वी पर शस्त्र न उठाना, सताये निर्बलों को सहायता देना और प्रत्येक क्षण प्राणों को हथेली पर लिए घूमना, उसका बाना था। उन्हें लोग काशी में गुण्डा कहते थे।

जीवन की किसी अलभ्य अभिलाषा से वंचित होकर जैसे प्रायः लोग रिक्त हो जाते हैं, ठीक उसी तरह किसी मानसिक चोट से घायल होकर, एक प्रतिष्ठित जमींदार का पुत्र होने पर भी, नन्हकूसिंह गुण्डा हो गया था। दोनों हाथों से उसने अपनी संपत्ति लुटायी। नन्हकूसिंह ने बहुत-सा रुपया खर्च करके जैसा स्वाँग खेला था, उसे काशीवाले बहुत दिनों तक नहीं भूल सके। वसन्त ऋतु में यह प्रहसनपूर्ण अभिनय खेलने के लिए उन दिनों प्रचुर धन, बल, निर्भीकता और उच्छृंखलता की आवश्यकता होती थी। एक बार नन्हकूसिंह ने भी एक पैर में नुपूर, एक हाथ में तोड़ा, एक आँख में काजल, एक कान में हजारों के मोती तथा दूसरे कान में फटे हुए जूतों का तल्ला लटकाकर, एक में जड़ाऊ मूठ की तलवार, दूसरा हाथ आभूषणों से लदी हुई अभिनय करनेवाली प्रेमिका के कन्धे पर रखकर गाया था–

'कहीं बैगनवाली मिले तो बुला देना।'

प्रायः बनारस के बाहर की हरियालियों में, अच्छे पानीवाले कुओं पर गंगा की धारा में मचलती हुई डोंगी पर वह दिखलाई पड़ता था। कभी-कभी जुआखाने से निकलकर जब वह चौक में आ जाता, को काशी की रँगीली वेश्याएँ मुस्कराकर उसका स्वागत करतीं और उसके दृढ़ शरीर को सस्पृह देखतीं। वह तमोली की ही दूकान पर बैठकर गीत सुनाता, ऊपर कभी नहीं जाता था। जुए की जीत का रुपया मुट्ठियों में भर-भरकर, उनकी खिड़की में वह इस तरह उछालता कि कभी-कभी समाजी लोग अपना सिर सहलाते, तब वह ठठाकर हँस देता। जब कभी लोग कोठे में ऊपर चलने के लिए कहते, तो वह उदासी की साँस खींचकर चुप हो जाता।

वह अभी वंशी के जुआखाने से निकला था। आज उसकी कौड़ी ने साथ न दिया। सोलह परियों के नृत्य में उसका मन न लगा। मन्नू तमोली की दूकान पर बैठते हुए उसने कहा–'आज सायत अच्छी नहीं रही, मन्नू!'

'क्यों मालिक! चिन्ता किस बात की है। हम लोग किस दिन के लिए हैं। सब आप ही का तो है।'

'अरे, बुद्धू ही रहे तुम! नन्हकूसिंह जिस दिन किसी से लेकर जुआ खेलने लगे उसी दिन समझना वह मर गये। तुम जानते नहीं कि मैं जुआ खेलने कब

जाता हूँ। जब मेरे पास पैसा नहीं रहता; उसी दिन नाले पर पहुँचते ही जिधर बड़ी ढेरी रहती है, उसी को दबाता हूँ और फिर वही दाँव आता भी है। बाबा कीनाराम का यह वरदान है!'

'तब आज क्यों, मालिक?'

'पहला दाव तो आया ही, फिर दो-चार हाथ बदले पर सब निकल गया। तब भी लो, यह पाँच रुपये बचे हैं। एक रुपया तो पान के लिए रख लो और चार दे दो मलूकी कथक को, कह दो कि दुलारी से गाने के लिए कह दे। हाँ, वही एक गीत–

'विलमि विदेस रहे।'

नन्हकूसिंह की बात सुनते ही मलूकी, जो अभी गाँजे की चिलम पर रखने के लिए अँगारा चूर कर रहा था, घबराकर उठ खड़ा हुआ। वह सीढ़ियों पर दौड़ता हुआ चढ़ गया। चिलम को देखता ही ऊपर चढ़ा, इसलिए उसे चोट भी लगी; पर नन्हकूसिंह की भृकुटि देखने की शक्ति उसमें कहाँ। उसे नन्हकूसिंह की वह मूर्ति न भूली थी, जब इसी पान की दूकान पर जुएखाने से जीता हुआ, रुपये से भरा तोड़ा लिए वह बैठा था। दूर से बोधीसिंह की बारात का बाजा बजता हुआ आ रहा था। नन्हकू ने पूछा–'यह किसकी बारात है?'

ठाकुर बोधीसिंह के लड़के की।'–मन्नू के इतना कहते ही नन्हकू के ओठ फड़कने लगे। उसने कहा–'मन्नू! यह नहीं हो सकता। आज इधर से बारात न जायेगी। बोधीसिंह हमसे निपटकर तब बारात इधर से ले जा सकेंगे।'

मन्नू ने कहा–'तब मालिक मैं क्या करूँ?'

नन्हकू गँड़ासा कन्धे पर से और ऊँचा करके मलूकी से बोला–'मलुकिया देखता है, अभी जा ठाकुर से कह दे, कि बाबू नन्हकूसिंह आज यहीं लगाने के लिए खड़े हैं। समझकर आवें, लड़के की बारात है।' मलुकिया काँपता हुआ ठाकुर बोधीसिंह के पास गया। बोधीसिंह और नन्हकू से पाँच वर्ष से सामना नहीं हुआ है। किसी दिन नाले पर कुछ बातों में ही कहा–सुनी होकर, बीच-बचाव हो गया था। फिर सामना नहीं हो सका। आज नन्हकू जान पर खेलकर अकेले खड़ा है। बोधीसिंह भी उस आन को समझते थे। उन्होंने मलूकी से कहा–'जा बे, कह दे कि हमको क्या मालूम कि बाबू साहब वहाँ खड़े हैं। जब वह हैं ही, तो दो समधी जाने का क्या काम है। बोधीसिंह लौट गये और मलूकी के कन्धे पर तोड़ा लादकर बाजे के आगे नन्हकूसिंह बारात लेकर गये। ब्याह में जो कुछ लगा, खर्च किया।

ब्याह कराकर तब, दूसरे दिन इसी दूकान तक आकर रुक गये। लड़के को और उसकी बारात को उसके घर भेज दिया।

मलूकी को भी दस रुपया मिला था उस दिन। फिर नन्हकूसिंह की बात सुनकर बैठा रहना और यम को न्योता देना एक ही बात थी। उसने जाकर दुलारी से कहा– "हम ठेका लगा रहे हैं, तुम गाओ, तब तक बल्लू सारंगीवाला पानी पीकर आता है।'

'बाप रे, कोई आफत आयी है क्या बाबू साहब?' सलाम।–कहकर खिड़की से मुस्कराकर झाँका था कि नन्हकूसिंह उसके सलाम का जवाब देकर, दूसरे एक आनेवाले को देखने लगे।

हाथ में हरौती की पतली-सी छड़ी, आँखों में सुरमा, मुँह में पान, मेंहदीं लगी हुई लाल दाढ़ी, जिसकी सफेद जड़ दिखलाई पड़ रही थी, कुव्वेदार टोपी, छकलिया अँगरखा और साथ में लैसदार परतवाले दो सिपाही! कोई मौलवी साहब हैं। नन्हकू हँस पड़ा। नन्हकू की ओर बिना देखे ही मौलवी ने एक सिपाही से कहा–'जाओ, दुलारी से कह दो कि आज रेजीडेण्ट साहब की कोठी पर मुजरा करना होगा, अभी चले, देखो तब तक हम जानअली से कुछ इत्र ले रहे हैं।' सिपाही ऊपर चढ़ रहा था और मौलवी दूसरी ओर चले थे कि नन्हकू ने ललकारकर कहा–दुलारी! हम कब तक यहाँ बैठे रहें! क्या अभी सरंगिया नहीं आया?'

दुलारी ने कहा–'वाह बाबू साहब! आप ही के लिए तो मैं यहाँ आ बैठी हूँ, सुनिये न! आप तो कभी ऊपर...' मौलवी जल उठा। उसने कड़ककर कहा–'चोबदार! अभी वह सूअर की बच्ची उतरी नहीं। जाओ, कोतवाल के पास मेरा नाम लेकर कहो कि मौलवी अलाउद्दीन कुबरा ने बुलाया है। आकर उसकी मरम्मत करें। देखता हूँ तो जब से नवाबी गयी, इन काफिरों की मस्ती बढ़ गयी है।'

कुबरा मौलवी! बाप रे–तमोली अपनी दूकान सम्भालने लगा। पास ही एक दूकान पर बैठकर ऊँघता हुआ बजाज चौंककर सिर में चोट खा गया! 'इसी मौलवी ने तो महाराज चेतसिंह से साढ़े तीन सेर चींटी के सिर का तेल माँगा था।' मौलवी अलाउद्दीन कुबरा! बाजार में हलचल मच गयी। नन्हकूसिंह ने मन्नू से कहा–'क्यों, चुपचाप बैठोगे नहीं!' दुलारी से कहा–'वहीं से बाईजी! इधर-उधर हिलने का काम नहीं। तुम गाओ। हमने ऐसे घसियारे बहुत-से देखे हैं। अभी कल रमल के पासे फेंककर अधेला-अधेला माँगता था, आज चला है रौब गाँठने।'

अब कुबरा ने घूमकर उसकी ओर देखकर कहा–'कौन है यह पाजी!'

'तुम्हारे चाचा बाबू नन्हकूसिंह !'–के साथ ही पूरा बनारसी झापड़ पड़ा। कुबरा का सिर घूम गया। लैस के परत वाले सिपाही दूसरी ओर भाग चले और मौलवी साहब चौंधिया कर जानअली की दुकान पर लड़खड़ाते, गिरते-पड़ते किसी तरह पहुँच गये।

जानअली ने मौलवी से कहा–'मौलवी साहब! भला आप भी उस गुण्डे के मुँह लगने लगे। यह तो कहिये कि उसने गँड़ासा नहीं तौल दिया।' कुबरा के मुँह से बोली नहीं निकल रही थी। उधर दुलारी गा रही थी '...विलमि विदेस रहे...' गाना पूरा हुआ, कोई आया-गया नहीं। तब नन्हकूसिंह धीरे-धीरे टहलता हुआ, दूसरी ओर चला गया। थोड़ी देर में एक डोली रेशमी परदे से ढँकी हुई आयी। साथ में एक चोबदार भी था। उसने दुलारी को राजमाता पन्ना की आज्ञा सुनायी।

दुलारी चुपचाप डोली पर जा बैठी। डोली धूल और सन्ध्याकाल के धुएँ से भरी हुई बनारस की तंग गलियों से होकर शिवालय घाट की ओर चली।

: दो :

श्रावण का अंतिम सोमवार था। राजमाता पन्ना शिवालय में बैठकर पूजन कर रही थीं। दुलारी बाहर बैठी कुछ अन्य गानेवालियों के साथ भजन गा रही थी। आरती हो जाने पर फूलों की अंजलि बिखेरकर पन्ना ने भक्तिभाव से देवता के चरणों में प्रणाम किया। फिर प्रसाद लेकर बाहर आते ही उन्होंने दुलारी को देखा। उसने खड़ी होकर हाथ जोड़ते हुए कहा–'मैं पहले ही पहुँच जाती। क्या करूँ, वह कुबरा मौलवी निगोड़ा आकर रेजीडेण्ट की कोठी पर ले जाने लगा। घण्टों इसी झंझट में बीत गया, सरकार!'

'कुबरा मौलवी! जहाँ सुनती हूँ, उसी का नाम। सुना है कि उसने यहाँ भी आकर कुछ...'-फिर न जाने क्या सोचकर बात बदलते हुए पन्ना ने कहा–'हाँ, तब फिर क्या हुआ? तुम कैसे यहाँ आ सकीं?'

'बाबू नन्हकूसिंह उधर आ गये। मैंने कहा– 'सरकार की पूजा पर मुझे भजन गाने को जाना है। और यह जाने नहीं दे रहा है। उन्होंने मौलवी को ऐसा झापड़ लगाया कि उसकी हेकड़ी भूल गयी। और तब जाकर मुझे किसी तरह यहाँ आने की छुट्टी मिली।'

'कौन बाबू नन्हकूसिंह!'

दुलारी ने सिर नीचा करके कहा–'अरे, क्या सरकार को नहीं मालूम? बाबू निरंजनसिंह के लड़के! उस दिन, जब मैं बहुत छोटी थी, आपकी बारी में झूला झूल रही थी, जब नवाब को हाथी बिगड़कर आ गया था, बाबू निरंजनसिंह के कुँवर ने ही तो उस दिन लोगों की रक्षा की थी।'

राजमाता का मुख उस पुरानी घटना को स्मरण करके न जाने क्यों विवर्ण हो गया। फिर अपने को सँभालकर उन्होंने पूछा–'तो बाबू नन्हकूसिंह उधर कैसे आ गये?'

दुलारी ने मुस्कराकर सिर नीचा कर लिया! दुलारी राजमाता पन्ना के पिता की जमींदारी में रहनेवाली वेश्या की लड़की थी। उसके साथ ही कितनी बार झूले-हिंडोले अपने बचपन में पन्ना झूल चुकी थी। वह बचपन से ही गाने में सुरीली थी। सुन्दरी होने पर चंचल भी थी। पन्ना जब काशीराज की माता थी, तब दुलारी काशी की प्रसिद्ध गानेवाली थी। राजमहल में उसका गाना-बजाना हुआ करता। महाराज बलवन्तसिंह के समय से ही संगीत पन्ना के जीवन का आवश्यक अंश था। हाँ, अब प्रेम-दुःख और दर्द-भरी विरह-कल्पना के गीत की ओर अधिक रुचि न थी। अब सात्विक भावपूर्ण भजन होता था। राजमाता पन्ना का वैधव्य से दीप्त शान्त मुख-मण्डल कुछ मलिन हो गया।

बड़ी रानी की सापत्न्य ज्वाला बलवन्तसिंह के मर जाने पर भी नहीं बुझी। अन्तःपुर कलह का रंगमंच बना रहता, इसी से प्रायः पन्ना काशी के राजमन्दिर में आकर पूजा-पाठ में अपना मन लगाती। रामनगर में उसको चैन नहीं मिलता। नयी रानी होने के कारण बलवन्तसिंह की प्रेयसी होने का गौरव तो उसे था ही, साथ में पुत्र उत्पन्न करने का सौभाग्य भी मिला, फिर भी असवर्णता का सामाजिक दोष उसके हृदय को व्यथित किया करता। उसे अपने ब्याह की आरम्भिक चर्चा का स्मरण हो आया।

छोटे-से मंच पर बैठी, गंगा की उमड़ती हुई धारा को पन्ना अन्यमनस्क होकर देखने लगी। उस बात को, जो अतीत में एक बार, हाथ से अनजाने में खिसक जानेवाली वस्तु की तरह गुप्त हो गयी हो; सोचने का कोई कारण नहीं। उससे कुछ बनता-बिगड़ता भी नहीं, परन्तु मानव-स्वभाव हिसाब रखने की प्रथानुसार कभी-कभी कह बैठता है, 'कि यदि वह बात हो गयी होती तो?' ठीक उसी तरह पन्ना भी राजा बलवन्तसिंह द्वारा बलपूर्वक रानी बनाई जाने के पहले की एक सम्भावना को सोचने लगी थी। सो भी बाबू नन्हकूसिंह का नाम सुन लेने पर। गेंदा मुँहलगी

दासी थी। वह पन्ना के साथ उसी दिन से है, जिस दिन से पन्ना बलवन्त सिंह की प्रेयसी हुई। राज्य-भर का अनुसन्धान उसी के द्वारा मिला करता। और उसे न जाने कितनी जानकारी भी थी। उसने दुलारी का रंग उखाड़ने के लिए कुछ कहना आवश्यक समझा।

'महारानी! नन्हकूसिंह अपनी सब जमींदारी स्वाँग, भैसों की लड़ाई, घुड़दौड़ और गाने-बजाने में उड़ाकर अब डाकू हो गया है। जितने खून होते हैं, सबमें उसी का हाथ रहता है। जितनी...' उसे रोककर दुलारी ने कहा–'यह झूठ है। बाबू साहब के ऐसा धर्मात्मा तो कोई है ही नहीं। कितनी विधवाएँ उनकी दी हुई धोती से अपना तन ढँकती हैं। कितनी लड़कियों की ब्याह-शादी होती है। कितने सताये हुए लोगों की उनके द्वारा रक्षा होती है।'

रानी पन्ना के हृदय में एक तरलता उद्वेलित हुई। उन्होंने हँसकर कहा–'दुलारी, वे तेरे यहाँ आते हैं न? इसी से तू उनकी बड़ाई...।'

'नहीं सरकार! शपथ खाकर कह सकती हूं कि बाबू नन्हकूसिंह ने आज तक कभी मेरे कोठे पर पैर भी नहीं रखा।'

राजमाता न जाने क्यों इस अद्भुत व्यक्ति को समझने के लिए चंचल हो उठी थीं। तब भी उन्होंने दुलारी को आगे कुछ न कहने के लिए तीखी दृष्टि से देखा। वह चुप हो गयी। पहले पहर की शहनाई बजने लगी। दुलारी छुट्टी माँगकर डोली पर बैठ गयी। तब गेंदा ने कहा–'सरकार! आजकल नगर की दशा बड़ी बुरी है। दिन-दहाड़े लोग लूट लिये जाते हैं। सैकड़ों जगह नाल पर जुए में लोग अपना सर्वस्व गँवाते हैं। बच्चे फुलसाये जाते हैं। गलियों में लाठियाँ और छुरा चलने के लिए टेढ़ी भौंहें कारण बन जाती हैं। उधर रेजीडेण्ट साहब से महाराज की अनबन चल रही है।'

राजमाता चुप रहीं।

दूसरे दिन राजा चेतसिंह के पास रेजीडेण्ट मार्कहेम की चिट्ठी आयी, जिसमें नगर की दुर्व्यवस्था की कड़ी आलोचना थी। डाकुओं और गुण्डों को पकड़ने के लिए, उन पर कड़ा नियन्त्रण रखने की सम्मति भी थी। कुबरा मौलवीवाली घटना का भी उल्लेख था। उधर हेस्टिंग्स के आने की भी सूचना थी। शिवालय-घाट और रामनगर में हलचल मच गयी! कोतवाल हिम्मतसिंह पागल की तरह, जिसके हाथ में लाठी, लोहाँगी, गँड़ासा, बिछुआ और करौली देखते, उसी को पकड़ने लगे।

एक दिन नन्हकूसिंह सुम्भा के नाले के संगम पर, ऊँचे से टीले की घनी

हरियाली में अपने चुने हुए साथियों के साथ दूधिया छान रहे थे। गंगा में, उनकी पतली डोंगी बड़ की जटा से बँधी थी। कथकों का गाना हो रहा था। चार उलाँकी इक्के कसे-कसाये खड़े थे।

नन्हकूसिंह ने अकस्मात् कहा–'मलूकी! गाना जमता नहीं है। उलाँकीं पर बैठकर जाओ, दुलारी को बुला लाओ।' मलूकी वहाँ मजीरा बजा रहा था। दौड़कर इक्के पर जा बैठा। आज नन्हकूसिंह का मन उखड़ा था। बूटी कई बार छानने पर भी नशा नहीं। एक घंटे में दुलारी सामने आ गयी। उसने मुस्कराकर कहा–'क्या हुक्म है बाबू साहब?'

'दुलारी! आज गाना सुनने का मन कर रहा है।'

'इस जंगल में क्यों?'–उसने सशंक हँसकर कुछ अभिप्राय से पूछा।

'तुम किसी तरह का खटका न करो।' नन्हकूसिंह ने हँसकर कहा।

'यह तो मैं उस दिन महारानी से भी कह आयी हूँ।'

'क्या, किससे?'

'राजमाता पन्नादेवी से'–फिर उस दिन गाना नहीं जमा। दुलारी ने आश्चर्य से देखा कि तानों में नन्हकू की आँखें तर हो जाती हैं। गाना-बजाना समाप्त हो गया था। वर्षा की रात में झिल्लियों का स्वंर उस झुरमुट में गूँज रहा था। मन्दिर के समीप ही छोटे-से कमरे में नन्हकूसिंह चिन्ता-निमग्न बैठा था। आँखों में नींद नहीं। और सब लोग तो सोने लगे थे, दुलारी जाग रही थी। वह भी कुछ सोच रही थी। आज उसे, अपने को रोकने के लिए कठिन प्रयत्न करना पड़ रहा था; किन्तु असफल होकर वह उठी और नन्हकू के समीप धीरे-धीरे चली आयी। कुछ आहट पाते ही चौंककर नन्हकूसिंह ने पास ही पड़ी हुई तलवार उठा ली। तब तक हँसकर दुलारी ने कहा–'बाबू साहब, यह क्या? स्त्रियों पर भी तलवार चलाई जाती है!'

छोटे-से दीपक के प्रकाश में वासना-भरी रमणी का मुख देखकर नन्हकू हँस पड़ा। उसने कहा–'क्यों बाईजी! क्या इसी समय जाने की पड़ी है। मौलवी ने फिर बुलाया है क्या?' दुलारी नन्हकू के पास बैठ गयी। नन्हकू ने कहा–'क्या तुमको डर लग रहा है?'

'नहीं, मैं कुछ पूछने आयी हूँ।'

'क्या?'

'क्या...यही कि...कभी तुम्हारे हृदय में...'

'उसे न पूछो दुलारी! हृदय को बेकार ही समझकर तो उसे हाथ में लिये

फिर रहा हूँ। कोई कुछ कर देता–कुचलता–चीरता–उछालता! मर जाने के लिए सब कुछ तो करता हूँ, पर मरने नहीं पाता।'

'मरने के लिए भी कहीं खोजने जाना पड़ता है। आपको काशी का हाल क्या मालूम! न जाने घड़ी भर में क्या हो जाय। क्या उलट-पलट होनेवाला है, बनारस की गलियाँ जैसे काटने दौड़ती हैं।'

'कोई नयी बात इधर हुई है क्या?'

'कोई हेस्टिंग्ज आया है। सुना है उसने शिवालय-घाट पर तिलंगों की कम्पनी का पहरा बैठा दिया है। राजा चेतसिंह और राजमाता पन्ना वहीं हैं। कोई-कोई कहता है कि उनको पकड़कर कलकत्ता भेजने...'

'क्या पन्ना भी...रनिवास भी वहीं है'–नन्हकू अधीर हो उठा था।

'क्यों बाबू साहब, आज रानी पन्ना का नाम सुनकर आपकी आँखों में आँसू क्यों आ गये?'

सहसा नन्हकू का मुख भयानक हो उठा! उसने कहा–'चुप रहो, तुम उसको जानकर क्या करोगी?' वह उठ खड़ा हुआ। उद्विग्न की तरह न जाने क्या खोजने लगा। फिर स्थिर होकर उसने कहा–'दुलारी! जीवन में आज यह पहला ही दिन है कि एकान्त रात में एक स्त्री मेरे पलँग पर आकर बैठ गयी है, मैं चिरकुमार! अपनी एक प्रतिज्ञा का निर्वाह करने के लिए सैकड़ों असत्य, अपराध करता फिर रहा हूँ। क्यों? तुम जानती हो? मैं स्त्रियों का घोर विद्रोही हूँ और पन्ना!...किन्तु उसका क्या अपराध! अत्याचारी बलवन्तसिंह के कलेजे में बिछुआ मैं न उतार सका। किन्तु पन्ना! उसे पकड़कर गोरे कलकत्ते भेज देंगे! वही...।'

नन्हकूसिंह उन्मत्त हो उठा था। दुलारी ने देखा, नन्हकू अन्धकार में ही वटवृक्ष के नीचे पहुँचा और गंगा की उमड़ती हुई धारा में डोंगी खोल दी–उसी घने अन्धकार में। दुलारी का हृदय काँप उठा।

: तीन :

16 अगस्त सन् 1881 को काशी डाँवाँडोल हो रही थी। शिवालय घाट में राजा चेतसिंह लेफ्टिनेण्ट इस्टाकर के पहरे में थे। नगर में आतंक था। दूकानें बन्द थीं। घरों में बच्चे अपनी माँ से पूछते थे–'माँ, आज हलुएवाला नहीं आया।' वह कहती–'चुप बेटे!–' सड़कें सूनी पड़ी थीं। तिलंगों की कम्पनी के आगे-आगे कुबरा

मौलवी कभी-कभी, आता-जाता दिखाई पड़ता था। उस समय खुली हुई खिड़कियाँ बन्द हो जाती थीं। भय और सन्नाटे का राज्य था। चौक में चिथरूसिंह की हवेली अपने भीतर काशी की वीरता को बन्द किये कोतवाल का अभिनय कर रही थी। इसी समय किसी ने पुकारा–'हिम्मतसिंह!'

खिड़की में से सिर निकालकर हिम्मतसिंह ने पूछा–'कौन?'

'बाबू नन्हकूसिंह!'

'अच्छा, तुम अब तक बाहर ही हो?'

'पागल! राजा कैद हो गये हैं। छोड़ दो इन सब बहादुरों को! हम एक बार इनको लेकर शिवालय-घाट जायें।'

'ठहरो'–कहकर हिम्मतसिंह ने कुछ आज्ञा दी, सिपाही बाहर निकले। नन्हकू की तलवार चमक उठी। सिपाही भीतर भागे। नन्हकू ने कहा–'नमक-हरामो! चूड़ियाँ पहन लो।' लोगों के देखते-देखते नन्हकूसिंह चला गया। कोतवाली के सामने फिर सन्नाटा हो गया।

नन्हकू उन्मत्त था। उसके थोड़े-से साथी उसकी आज्ञा पर जान देने के लिए तुले थे। वह नहीं जानता था कि राजा चेतसिंह का क्या राजनैतिक अपराध है? उसने कुछ सोचकर अपने थोड़े-से साथियों को फाटक पर गड़बड़ मचाने के लिए भेज दिया। इधर अपनी डोंगी लेकर शिवालय की खिड़की के नीचे धारा काटता हुआ पहुँचा। किसी तरह निकले हुए पत्थर में रस्सी अटकाकर, चंचल डोंगी को उसने स्थिर किया और बन्दर की तरह उछलकर खिड़की के भीतर हो रहा। उस समय वहाँ राजमाता पन्ना और राजा चेतसिंह से बाबू मनियारसिंह कह रहे थे–'आपके यहाँ रहने से, हम लोग क्या करें, यह समझ में नहीं आता। पूजा-पाठ समाप्त करके आप रामनगर चली गयी होतीं, तो यह...'

तेजस्विनी पन्ना ने कहा–'मैं रामनगर कैसे चली जाऊँ?'

मनियारसिंह दुखी होकर बोले–'कैसे बताऊँ? मेरे सिपाही तो बन्दी हैं।'

इतने में फाटक पर कोलाहल मचा। राज-परिवार अपनी मन्त्रणा में डूबा था कि नन्हकूसिंह का आना उन्हें मालूम हुआ। सामने का द्वार बन्द था। नन्हकूसिंह ने एक बार गंगा की धारा को देखा–उसमें एक नाव घाट पर लगने के लिए लहरों से लड़ रही थी। वह प्रसन्न हो उठा। इसी की प्रतीक्षा में वह रुका था। उसने जैसे सबको सचेत करते हुए कहा–'महारानी कहाँ हैं?'

सबने घूमकर देखा–अपरिचित और वीर-मूर्ति! शस्त्रों से लदा हुआ पूरा देव!

चेतसिंह ने पूछा–'तुम कौन हो?'

'राज-परिवार का एक बिना दाम का सेवक!'

पन्ना के मुँह से हलकी-सी एक साँस निकलकर रह गयी। उसने पहचान लिया। इतने वर्षों बाद! वही नन्हकूसिंह।

मनियारसिंह ने पूछा–'तुम क्या कर सकते हो?'

'मैं मर सकता हूँ! पहले महारानी को डोंगी पर बिठाइये। नीचे दूसरी डोंगी पर अच्छे मल्लाह हैं। फिर बात कीजिये।'–मनियारसिंह ने देखा, जनानी ड्योढ़ी का दारोगा राज की एक डोंगी पर चार मल्लाहों के साथ खिड़की से नाव सटाकर प्रतीक्षा में है। उन्होंने पन्ना से कहा–'चलिये, मैं साथ चलता हूँ।'

'और...' चेतसिंह को देखकर, पुत्रवत्सला ने संकेत से एक प्रश्न किया, उसका उत्तर किसी के पास न था। मनियारसिंह ने कहा–'तब मैं यहीं?' नन्हकू ने हँसकर कहा–'मेरे मालिक, आप नाव पर बैठें। जब तक राजा भी नाव पर बैठ न जायेंगे, तब तक सत्रह गोली खाकर भी नन्हकूसिंह जीवित रहने की प्रतिज्ञा करता है।'

पन्ना ने नन्हकू को देखा। एक क्षण के लिए चारों आँखें मिलीं, जिनमें जन्म-जन्म का विश्वास ज्योति की तरह जल रहा था। फाटक बलपूर्वक खोला जा रहा था। नन्हकू ने उन्मत्त होकर कहा–'मालिक! जल्दी कीजिये।'

दूसरे क्षण पन्ना डोंगी पर थी और नन्हकूसिंह फाटक पर इस्टाकर के साथ। चेतराम ने आकर एक चिट्ठी मनियारसिंह को हाथ में दी। लेफ्टिनेण्ट ने कहा–'आपके आदमी गड़बड़ मचा रहे हैं। अब मैं अपने सिपाहियों को गोली चलाने से नहीं रोक सकता।'

'मेरे सिपाही यहाँ हैं, साहब?' मनियारसिंह ने हँसकर कहा। बाहर कोलाहल बढ़ने लगा।

चेतराम ने कहा–'पहले चेतसिंह को कैद कीजिये।'

'कौन ऐसी हिम्मत करता है?' कड़ककर कहते हुए बाबू मनियारसिंह ने तलवार खींच ली। अभी बात पूरी न हो सकी थी कि कुबरा मौलवी वहाँ पहुँचा! यहाँ मौलवी साहब की कलम नहीं चल सकती थी, और न ये बाहर ही जा सकते थे। उन्होंने कहा–'देखते क्या हो चेतराम!'

चेतराम ने राजा के ऊपर हाथ रखा ही था कि नन्हकू के सधे हुए हाथ ने उसकी भुजा उड़ा दी। इस्टाकर आगे बढ़े, मौलवी साहब चिल्लाने लगे। नन्हकूसिंह ने देखते-देखते इस्टाकर और उसके कई साथियों को धराशायी किया। फिर मौलवी साहब कैसे बचते!

नन्हकूसिंह ने कहा–'क्यों, उस दिन के झापड़ ने तुमको समझाया नहीं? पाजी!'–कहकर ऐसा साफ जनेवा मारा कि कुबरा ढेर हो गया। कुछ ही क्षणों में वह भीषण घटना हो गयी, जिसके लिए अभी कोई प्रस्तुत न था।

नन्हकूसिंह ने ललकारकर चेतसिंह से कहा–'आप क्या देखते हैं? उतरिये डोंगी पर!' –उसके घावों से रक्त के फुहारे छूट रहे थे। उधर फाटक से तिलंगे भीतर आने लगे थे। चेतसिंह ने खिड़की से उतरते हुए देखा कि बीसों तिलंगों की संगीनों में वह अविचलित होकर तलवार चला रहा है। नन्हकू के चट्टानसदृश शरीर से गैरिक की तरह रक्त की धारा बह रही है। गुण्डे का एक-एक अंग कटकर वहीं गिरने लगा। वह काशी का गुण्डा था!

तानसेन

: एक :

यह छोटा-सा सरोवर भी क्या ही सुन्दर है, सुहावने आम और जामुन के वृक्ष चारों ओर से इसे घेरे हुए हैं। दूर से देखने में यहाँ केवल एक बड़ा-सा वृक्षों का झुरमुट दिखाई देता है, पर इसका स्वच्छ जल अपने सौन्दर्य को ऊँचे ढूहों में छिपाए हुए है। कठोर-हृदया धरणी के वक्षस्थल में यह छोटा-सा करुणा कंड, बड़ी सावधानी से, प्रकृति ने छिपा रखा है।

सन्ध्या हो चली है। विहँग-कुल कोमल कलरव करते हुए अपने-अपने नीड़ की ओर लौटने लगे हैं। अन्धकार अपना आगमन सूचित करता हुआ वृक्षों की ऊँची टहनियों के कोमल किसलयों को धुँधले रंग का बना रहा है। पर सूर्य की अन्तिम किरणें अभी अपना स्थान नहीं छोड़ना चाहती हैं। वे हवा के झोकों से हटाई जाने पर अन्धकार के अधिकार का विरोध करती हुई सूर्यदेव की उँगलियों की तरह हिल रही हैं।

सन्ध्या हो गई। कोकिल बोल उठी। एक सुन्दर कोमल कंठ से निकली हुई रसीली तान ने उसे भी चुप कर दिया। मनोहर-स्वरलहरी उस सरोवर-तीर से उठकर तट के सब वृक्षों को गुंजरित करने लगी। मधुर-मलयानिल-ताड़ित जल-लहरी उस स्वर के ताल पर नाचने लगी। हर एक पत्ता ताल देने लगा। अद्भुत आनन्द का समावेश था। शान्ति का नैसर्गिक राज्य उस छोटी रमणीक भूमि में मानो जमकर बैठ गया था।

यह आनन्द-कानन अपना मनोहर स्वरूप एक पथिक से छिपा न सका, क्योंकि वह प्यासा था। जल की उसे आवश्यकता थी। उसका घोड़ा, जो बड़ी शीघ्रता से आ रहा था, रुका, और वह उतर पड़ा। पथिक बड़े वेग से अश्व से उतरा, पर

वह भी स्तब्ध खड़ा हो गया; क्योंकि उसको भी उसी स्वर-लहरी ने मन्त्रमुग्ध फणी की तरह बना दिया। मृगया-शील पथिक क्लान्त था–वृक्ष के सहारे खड़ा हो गया। थोड़ी देर तक वह अपने को भूल गया। जब स्वर-लहरी ठहरी, तब उसकी निद्रा भी टूटी। युवक सारे श्रम को भूल गया, उसके अंग में एक अद्‌भुत स्फूर्ति मालूम हुई। वह, जहाँ से स्वर सुनाई पड़ता था, उसी ओर चला। जाकर देखा, एक युवक खड़ा होकर उस अन्धकार-रंजित जल की ओर देख रहा है।

पथिक ने उत्साह के साथ जाकर उस युवक के कन्धे को पकड़कर हिलाया। युवक का ध्यान टूटा। उसने पटलकर देखा।

: दो :

पथिक का वीर-वेश भी सुन्दर था। उसकी बड़ी मूँछे उसके स्वाभाविक गर्व को तनकर जता रही थीं। युवक को उसके इस असभ्य बर्ताव पर क्रोध आया, पर कुछ सोचकर वह चुप ही रहा। और इधर पथिक ने सरल स्वर से एक छोटा-सा प्रश्न कर दिया–क्यों भई, तुम्हारा नाम क्या है?

युवक ने उत्तर दिया–रामप्रसाद।

पथिक–यहाँ कहाँ रहते हों? अगर बाहर के रहने वाले हो, तो चलो, हमारे घर पर आज ठहरो।

युवक कुछ न बोला, किन्तु उसने एक स्वीकार-सूचक इंगित किया। पथिक और युवक, दोनों अश्व के समीप आए। पथिक ने उसकी लगाम हाथ में ले ली। दोनों पैदल ही सड़क की ओर बढ़े।

दोनों एक विशाल दुर्ग के फाटक पर पहुँचे और उसमें प्रवेश किया। द्वार के रक्षकों ने उठकर आदर के साथ उस पथिक को अभिवादन किया। एक ने बढ़कर घोड़ा थाम लिया। अब दोनों ने बड़े दालानों और अमराइयों को पार करके एक छोटे-से-पाईं-बाग में प्रवेश किया।

रामप्रसाद चकित था, उसे यह नहीं ज्ञात होता था कि वह किसके संग कहाँ जा रहा है। हाँ, यह उसे अवश्य प्रतीत हो गया कि यह पथिक इस दुर्ग का प्रधान पुरुष है।

पाईं-बाग में बीचोंबीच एक चबूतरा था, जो संगमरमर का बना था। छोटी-छोटी सीढ़ियाँ चढ़कर दोनों उस पर पहुँचे। थोड़ी देर में एक दासी पानदान और दूसरी

वारुणी की बोतल लिए आ पहुँची।

पथिक, जिसे अब हम पथिक न कहेंगे, ग्वालियर-दुर्ग का किलेदार था, मुगल सम्राट् अकबर के सरदारों में से था। बिछे हुए पारसी कालीन पर मसनद के सहारे बैठ गया। दोनों दासियाँ फिर एक हुक्का ले आईं और उसे रखकर मसनद के पीछे खड़ी होकर चँवर करने लगीं। एक ने रामप्रसाद की ओर बहुत बचाकर देखा।

युवक सरदार ने थोड़ी-सी वारुणी ली। दो-चार गिलौरी पान की खाकर फिर वह हुक्का खींचने लगा। रामप्रसाद क्या करे; बैठे-बैठे सरदार का मुँह देख रहा था। सरदार के ईरानी चेहरे पर वारुणी ने वार्निश का काम किया। उसका चेहरा चमक उठा। उत्साह भरकर उसने कहा–रामप्रसाद, कुछ-कुछ गाओ। –यह उस दासी की ओर देख रहा था।

: तीन :

रामप्रसाद, सरदार के साथ बहुत मिल गया। उसे अब कहीं भी रोक-टोक नहीं है। उसी पाईं-बाग में उसके रहने की जगह है। अपनी खिचड़ी आँच पर चढ़ाकर प्रायः चबूतरे पर आकर गुनगुनाया करता। ऐसा करने की उसे मनाही नहीं थी। सरदार भी कभी-कभी खड़े होकर बड़े प्रेम से सुनते थे। किन्तु उस गुनगुनाहट ने एक बड़ा बेढब कार्य किया। वह यह कि सरदार-महल की एक नवीन दासी, उस गुनगुनाहट की धुन में, कभी पान में चूना रखना भूल जाया करती थी, और कभी-कभी मालकिन के 'किताब' माँगने पर 'आफताबा' ले जाकर बड़ी लज्जित होती थी। पर तो भी बरामदे में से उसे एक बार उस चबूतरे की ओर देखना ही पड़ता था।

रामप्रसाद को कुछ नहीं–वह जंगली जीव था। उसे इस छोटे-से उद्यान में रहना पसन्द नहीं था, पर क्या करे। उसने भी एक कौतुक सोच रखा था। जब उसके स्वर में मुग्ध होकर कोई अपने कार्य में च्युत हो जाता, तब उसे बड़ा आनन्द मिलता।

सरदार अपने कार्य में व्यस्त रहते थे। उन्हें संध्या को चबूतरे पर बैठकर रामप्रसाद के दो-एक गाने सुनने का नशा हो गया था। जिस दिन गाना नहीं सुनते, उस दिन उनको वारुणी में नशा कम हो जाता–उनकी विचित्र दशा हो जाती थी। रामप्रसाद ने एक दिन अपने पूर्व-परिचित सरोवर पर जाने के लिए छुट्टी माँगी, मिल भी गई।

संध्या को सरदार चबूतरे पर नहीं बैठे, महल में चले गए। उनकी स्त्री ने कहा–आज आप उदास क्यों हैं?

सरदार–रामप्रसाद के गाने में मुझे बड़ा ही सुख मिलता है।

सरदार-पत्नी–क्या आपका रामप्रसाद इतना अच्छा गाता है जो उसके बिना आपको चैन नहीं? मेरी समझ में मेरी बाँदी उससे अच्छा गा सकती है।

सरदार–(हँसकर) भला! उसका नाम क्या है?

सरदार-पत्नी–वही, सौसन–जिसे मैं देहली से खरीदकर ले आई हूँ।

सरदार–क्या खूब! अजी, उसको तो मैं रोज देखता हूँ। वह गाना जानती होती, तो क्या मैं आज तक न सुन सकता!

सरदार-पत्नी–तो इसमें बहस की कोई जरूरत नहीं है। कल उसका और रामप्रसाद का सामना कराया जाए।

सरदार–क्या हर्ज!

: चार :

आज उस छोटे-से उद्यान में अच्छी सज-धज है। साज लेकर दासियाँ बजा रही हैं। 'सौसन' संकुचित होकर रामप्रसाद के सामने बैठी है। सरदार ने उसे गाने की आज्ञा दी। उसने गाना आरम्भ किया–

कहो री, जो कहिबे की होई।
बिरहबिथा अन्तर की वेदन सो जाने जेहि होई।।
ऐसे कठिन भये पिय प्यारे काहि सुनावों रोई।
'सूरदास' सुखमूरि मनोहर लै जुगयो मन गोई।।

कमनीय कामिनी-कंठ की प्रत्येक तान में ऐसी सुन्दरता थी कि सुनने वाले, बजाने वाले–सब चित्रलिखे-से हो गए। रामप्रसाद की विचित्र दशा थी; क्योंकि सौसन के स्वाभाविक भाव, जो उसकी ओर देखकर होते थे–उसे मुग्ध किए हुए थे।

रामप्रसाद गायक था, किन्तु रमणी-सुलभ भ्रू-भाव उसे नहीं आते थे। उसकी अन्तरात्मा ने उससे धीरे-से कहा कि 'सर्वस्व हार चुका!'

सरदार ने कहा–रामप्रसाद, तुम भी गाओ। –वह भी एक अनिवार्य आकर्षण से–इच्छा न रहने पर भी, गाने लगा–

हमारो हिरदय कलिसहु जीत्यो।

फटत न सखी अजहुँ उहि आसा बरिस दिवस पर बीत्यो।।

हमहूँ समुझि पर्‍यो नीके कर यह आसा तनु रीत्यो।

'सूरस्याम' दासी सुख सोवहु भयउ उभय मन चीत्यो।।

सौसन के चेहरे पर गाने का भाव एकबारगी अरुणिमा में प्रगट हो गया। रामप्रसाद ने ऐसे करुण स्वर से इस पद को गाया कि दोनों मुग्ध हो गए।

सरदार ने देखा कि मेरी जीत हुई। प्रसन्न होकर बोल उठा–रामप्रसाद जो इच्छा हो, माँग लो।

यह सुनकर सरदार-पत्नी के यहाँ से एक बाँदी आई और सौसन से बोली–बेगम ने कहा है कि तुम्हें भी जो माँगना हो, हमसे माँग लो।

रामप्रसाद ने थोड़ी देर तक कुछ न कहा। जब दूसरी बार सरदार ने माँगने को कहा, तब उसका चेहरा कुछ अस्वाभाविक-सा हो उठा। वह विक्षिप्त स्वर से बोल उठा–यदि आप अपनी बात पर दृढ़ हों, तो 'सौसन' को मुझे दे दीजिए।

उसी समय सौसन भी उस बाँदी से बोली–बेगम साहिबा यदि कुछ मुझे देना चाहें, तो अपने दासीपन से मुझे मुक्त कर दें।

बाँदी भीतर चली गई। सरदार चुप रह गए। बाँदी फिर आई और बोली–बेगम ने तुम्हारी प्रार्थना स्वीकार की और यह हार दिया है।

इतना कहकर उसने एक जड़ाऊ हार सौसन को पहना दिया।

सरदार ने कहा–रामप्रसाद, आज से तुम 'तानसेन' हुए। यह सौसन भी तुम्हारी हुई; लेकिन धरम से इसके साथ ब्याह करो।

तानसने ने कहा–आज से हमारा धर्म 'प्रेम' है।

परिवर्तन

: एक :

चन्द्रदेव ने एक दिन इस जनाकीर्ण संसार में अपने को अकस्मात् ही समाज के लिए अत्यन्त आवश्यक समझ लिया और समाज भी उसकी आवश्यकता का अनुभव करने लगा। छोटे-से उपनगर में, प्रयाग विश्वविद्यालय से लौटकर, जब उसने अपनी ज्ञान-गरिमा का प्रभाव, वहाँ के सीधे-सादे निवासियों पर डाला, तो लोग आश्चर्य-चकित होकर सम्भ्रम से उसकी ओर देखने लगे, जैसे जौहरी हीरा-पन्ना परखता हो। उसकी थोड़ी-सी सम्पत्ति, बिसातखाने की दूकान और रुपयों का लेन-देन और उसका शारीरिक गठन सौन्दर्य का सहायक बन गया था।

कुछ लोग तो आश्चर्य करते थे कि वह कहीं को जज और कलेक्टर न होकर यह छोटी-सी दुकानदारी क्यों चला रहा है, किन्तु बातों में चन्द्रदेव स्वतन्त्र व्यवसाय की प्रशंसा के पुल बाँध देता और नौकरी की नरक से उपमा दे देता, तब उसकी कर्तव्य-परायणता का वास्तविक मूल्य लोगों की समझ में आ जाता।

यह तो हुई बाहर की बात। भीतर अपने अन्तःकरण में चन्द्रदेव इस बात को अच्छी तरह तोल चुका था कि जज-कलेक्टर तो क्या, वह कहीं 'किरानी' होने की भी क्षमता नहीं रखता था। तब थोड़ा-सा विनय और त्याग का यश लेते हुए संसार के सहज-लब्ध सुख को वह क्यों छोड़ दे? अध्यापकों के रटे व्याख्यान उसके कानों में अभी गूँज रहे थे। पवित्रता, मलिनता, पुण्य और पाप उसके लिए गम्भीर प्रश्न न थे। वह तर्कों के बल पर उनसे नित्य खिलवाड़ किया करता और भीतर घर में जो एक सुन्दर स्त्री थी, उसके प्रति अपने सम्पूर्ण असन्तोष को दार्शनिक वातावरण में ढँककर निर्मल वैराग्य की, संसार से निर्लिप्त रहने की चर्चा भी उन भोले-भाले सहयोगियों में किया ही करता।

चन्द्रदेव की इस प्रकृति से ऊबकर उसकी पत्नी मालती प्रायः अपनी माँ के पास अधिक रहने लगी; किन्तु जब लौटकर आती, तो गृहस्थी में उसी कृत्रिम वैराग्य का अभिनय उसे खला करता। चन्द्रदेव ग्यारह बजे तक दूकान का काम देखकर, गप लड़ाकर, उपदेश देकर और व्याख्यान सुनाकर जब घर में आता, तब एक बड़ी दयनीय परिस्थिति उत्पन्न होकर उस साधारणतः सजे हुए मालती के कमरे को और भी मलिन बना देती। फिर तो मालती मुँह ढँककर आँसू गिराने के अतिरिक्त और कर ही क्या सकती थी? यद्यपि चन्द्रदेव का बाह्य आचरण उसके चरित्र के सम्बन्ध में सशंक होने का किसी को अवसर नहीं देता था, तथापि मालती अपनी चादर से ढँके हुए अन्धकार में अपनी सौत की कल्पना करने के लिए स्वतन्त्र थी ही।

वह धीरे-धीरे रुग्ण हो गयी।

: दो :

एक दिन चन्द्रदेव के पास बैठनेवालों ने सुना कि वह कहीं बाहर जाने वाला है। दूसरे दिन चन्द्रदेव की स्त्री-भक्ति की चर्चा छिड़ी। सब लोग कहने लगे–'चन्द्रदेव कितना उदार, सहृदय व्यक्ति है। स्त्री के स्वास्थ्य के लिए कौन इतना रुपया खर्च करके पहाड़ जाता है। कम-से-कम...नगर में तो कोई भी नहीं।'

चन्द्रदेव ने बहुत गम्भीरता से मित्रों में कहा–'भाई, क्या करूँ, मालती को जब यक्ष्मा हो गया है, तब तो पहाड़ लिवा जाना अनिवार्य है। रुपया-पैसा तो आता-जाता रहेगा।' सब लोगों ने इसका समर्थन किया।

चन्द्रदेव पहाड़ चलने को प्रस्तुत हुआ। विवश होकर मालती को भी जाना ही पड़ा। लोक-लाज भी तो कुछ है। और जब कि सम्मानपूर्वक पति अपना कर्त्तव्य पालन कर रहा हो तो स्त्री अस्वीकार कैसे कर सकती?

इस एकान्त में जब कि पति और पत्नी दोनों ही एक-दूसरे के सामने चौबीसों घण्टे रहने लगे, तब आवरण का व्यापार अधिक नहीं चल सकता था। बाध्य होकर चन्द्रदेव को सहायता-तत्पर बनना पड़ा। सहायता में तत्पर होना सामाजिक प्राणी का जन्मसिद्ध स्वभाव, सम्भवतः मनुष्यता का पूर्ण निदर्शन है। परन्तु चन्द्रदेव के पास तो दूसरा उपाय ही नहीं था; इसलिए सहायता का बाह्य प्रदर्शन धीरे-धीरे वास्तविक होने लगा।

एक दिन मालती चीड़ के वृक्ष की छाया में बैठी हुई बादलों की दौड़-धूप देख रही थी और मन-ही-मन विचार कर रही थी चन्द्रदेव के सेवा-अभिनय पर। सहसा उसका जी भर आया। वह पहाड़ी रंगीन सन्ध्या की तरह किसी मानसिक वेदना से लाल-पीली हो उठी। उसे अपने ऊपर क्रोध आया। उसी समय चन्द्रदेव ने जो उससे कुछ दूर बैठा था, पुकारकर कहा–'मालती, अब चलो न! थक गयी हो न!'

'वहीं सामने तो पहुँचना है, तुम्हें जल्दी हो तो चले जाओ, 'बूटी' को भेज दो, मैं उसके साथ चली आऊँगी।'

'अच्छा', कहकर चन्द्रदेव आज्ञाकारी अनुचर की तरह चला। वह तनिक भी विरोध करके अपने स्नेह-प्रदर्शन में कमी करना नहीं चाहता था। मालती अविचल बैठी रही। थोड़ी देर में बूटी आयी; परन्तु मालती को उसके आने में विलम्ब समझ पड़ा। वह इसके पहले भी पहुँच सकती थी। मालती के लिए पहाड़ी युवती बूटी, परिचारिका के रूप में रख ली गयी थी। यह नाटी-सी गोल-मटोल स्त्री गेंद की तरह उछलती चलती थी। बात-बात पर हँसती और फिर उस हँसी को छिपाने का प्रयत्न करती रहती। बूटी ने कहा–

'चलिये, अब तो किरनें डूब रही हैं, और मुझे भी काम निपटाकर छुट्टी पर जाना है।'

'छुट्टी!' आश्चर्य से झल्लाकर मालती ने कहा।

'हाँ, अब मैं काम न करूँगी।'

'क्यों? तुझे क्या हो गया बूटी।'

'मेरा ब्याह इसी महीने में हो जायेगा।'–कहते हुए उस स्वतन्त्र युवती ने हँस दिया। 'वन की हिरणी अपने आप जाल में क्यों फँसने जा रही है?' मालती को आश्चर्य हुआ। उसने चलते-चलते पूछा–'भला, तुझे दूल्हा कहाँ से मिल गया?'

'ओहो, तब आप क्या जानें कि हम लोगों के ब्याह की बात पक्की हुए आठ बरस हो गये? नीलधर चला गया था लखनऊ कमाने, और मैंने भी हर साल यहीं नौकरी करके कुछ-न-कुछ यही पाँच सौ रुपये बचा लिए हैं। अब वह भी एक हजार और गहने लेकर परसों पहुँच जायेगा। फिर हम लोग ऊँचे पहाड़ पर अपने गाँव में चले जायेंगे। वहीं हम लोगों का घर बसेगा। खेती कर लूँगी। बाल-बच्चों के लिए भी तो कुछ चाहिए। फिर चाहिए बुढ़ापे के लिए, जो इन पहाड़ों में कष्टपूर्ण जीवन-यात्रा के लिए अत्यन्त आवश्यक है।'

वह प्रसन्नता से बातें करती, उछलती हुई चली जा रही थी और मालती हाँफने लगी थी। मालती ने कहा–'तो क्यों दौड़ी जा रही है? अभी ही तेरा दूल्हा नहीं मिला जा रहा है।'

: तीन :

कमरे के दोनों ओर पलँग बिछे थे। मच्छरदानी में दो व्यक्ति सोने का अभिनय कर रहे थे। चन्द्रदेव सोच रहे थे–'यह बूटी! अपनी कमाई से घर बसाने जा रही है। कितना प्रगाढ़ प्रेम इन दोनों में होगा? और मालती! बिना कुछ हाथ-पैर हिलाये-डुलाये अपनी सम्पूर्ण शक्ति से निष्क्रिय प्रतिरोध करती हुई, सुखभोग करने पर भी असन्तुष्ट!' चन्द्रदेव था तार्किक। वह सोचने लगा, 'तब क्या मुझे इसे प्रसन्न करने की चेष्टा छोड़ देनी चाहिए? मरे चाहे जिये! मैंने क्या नहीं किया इसके लिए, फिर भी भौंहें चढ़ी ही रहें, तो मैं क्या करूँ? मुझे क्या मिलता है इस हृदयहीन बोझ को ढोने से? बस, अब मैं घर चलूँगा। फिर–मालती के...बाद एक दूसरी स्त्री। अरे! वह कितनी आज्ञाकारिणी–किन्तु क्या यह मर जायेगी! मनुष्य कितना स्वार्थी है। फिर मैं ही क्यों नहीं मर जाऊँ। किन्तु पहले कौन मरे? मेरे मर जाने पर वह जीती रहेगी। इसके लिए लोग कितने तरह के कलंक, कितनी बुराई की बातें सोचेंगे। और यही जाने क्या कर बैठे! तब इसे तो लज्जित होना ही पड़ेगा। मुझे भी स्वर्ग में कितना अपमान भोगना पड़ेगा। मालती के मरने पर लोकापवाद से मुक्त मैं दूसरा ब्याह करूँगा। और पतिव्रता मालती स्वर्ग में भी मेरी शुभ-कामना करेगी। तो फिर यही ठीक रहा। मान की रक्षा के लिए लोग कितने बड़े-बड़े बलिदान कर चुके हैं। क्या मैं उनका अनुकरण नहीं कर सकता! मालती सम्मान की वेदी पर बलि चढ़े। वही–पहले मरे–फिर देखा जायेगा। राम की तरह एक पत्नीव्रत कर सकूँगा, तो कर लूँगा, नहीं तो उँहूँ–'

चन्द्रदेव की खुली आँखों के सामने मच्छरदानी के जालीदार कपड़े पर एक चित्र खिंचा–एक युवती मुस्कराती हुई चाय की प्याली बढ़ा रही है। चन्द्रदेव ने न पीने की सूचना पहले ही दे दी थी। फिर उसके अनुनय में बड़ी तरावट थी। उस युवती के रोम-रोम कहते थे, 'ले लो!'

चन्द्रदेव यह स्वप्न देखकर निश्चिन्त हो गया। उसने अपने बनावटी उपचार का–सेवा-भाव का अन्त कर लिया था।

दूसरी मच्छरदानी में थकी हुई मालती थी। सोने के पहले उसे अपने ही ऊपर रोष आ गया था–'वह क्यों न ऐसी हुई कि चन्द्रदेव उसके चरणों में लोटता, उसके मान को, उसके प्रणयरोष को धीरे-धीरे सहलाया करता! तब क्या वैसी होने की चेष्टा करे; किन्तु अब करके क्या होगा? जब यौवन का उल्लास था, कुसुम में मकरन्द था, चाँदनी पर मेघ की छाया न थी, तब न कर सकी, तो अब क्या? बूटी साधारण मजूरी करके स्वस्थ, सुन्दर, आकर्षण और आदर की पात्रा बन सकती है। उसका यौवन ढालवें पथ की ओर मुँह किये है, फिर भी उसमें कितना उल्लास, है?

'यह आत्म-विश्वास! यही तो जीवन है; किन्तु, क्या मैं पा सकती हूँ! क्या मेरे अंग फिर से गुदगुदे हो जायेंगे। लाली दौड़ आवेगी? हृदय में उच्छृंखल उल्लास, हँसी से भरा आनन्द नाचने लगेगा?' उसने एक बार अपने दुर्बल हाथों को उठाकर देखा कि चूड़ियाँ कलाई से बहुत नीचे खिसक आयी थीं। सहसा उसे स्मरण हुआ कि वह बूटी अभी दो बरस छोटी है। दो बरस में वह स्वस्थ, सुन्दर, हृष्ट-पुष्ट और हँसमुख हो सकती है, होकर रहेगी। वह मरेगी नहीं। ना, कभी नहीं, चन्द्रदेव को दूसरे का न होने देगी। विचार करते-करते फिर सो गयी।

सवेरे दोनों मच्छरदानियाँ उठीं। चन्द्रदेव ने मालती को देखा–वह प्रसन्न थी। उसके कपोलों का रंग बदल गया था। उसे भ्रम हुआ, 'क्या?' उसने आँखें मिचमिचाकर फिर देखा! इस क्रिया पर मालती हँस पड़ी। चन्द्रदेव झल्लाकर उठ बैठा। वह कहना चाहता था कि 'मैं चलना चाहता हूँ। रुपये का अभाव है! कब तक यहाँ पहाड़ पर पड़ा रहूँ? तुम्हारा अच्छा होना असम्भव है। मजदूरनी भी छोड़कर चली गयी। और भी अनेक असुविधाएँ हैं। मैं तो चलूँगा।'

परन्तु वह कह न पाया। कुछ सोच रहा था। निष्ठुर प्रहार करने में हिचक रहा था। सहसा मालती पास चली आयी। मच्छरदानी उठाकर मुस्कराती हुई बोली–'चलो, घर चलें! अब तो मैं अच्छी हूँ?'

चन्द्रदेव ने आश्चर्य से देखा कि–मालती दुर्बल है–किन्तु रोग के लक्षण नहीं रहें। उसके अंग-अंग पर स्वाभाविक रंग प्रसन्नता बनकर खेल रहा था!

छोटा जादूगर

: एक :

कार्निवल के मैदान में बिजली जगमगा रही थी। हँसी और विनोद का कलनाद गूँज रहा था। मैं खड़ा था। उस छोटे फुहारे के पास, एक लड़का चुपचाप शराब पीनेवालों को देख रहा था। उसके गले में फटे कुरते के ऊपर से एक मोटी-सी सूत की रस्सी पड़ी थी और जेब में कुछ ताश के पत्ते थे। उसके मुँह पर गम्भीर विषाद के साथ धैर्य की रेखा थी। मैं उसकी ओर न जाने क्यों आकर्षित हुआ। उसके अभाव में भी सम्पूर्णता थी। मैंने पूछा–'क्यों जी, तुमने इसमें क्या देखा?'

'मैंने सब देखा है। यहाँ चूड़ी फेंकते हैं। खिलौनों पर निशाना लगाते हैं। तीर से नम्बर छेदते हैं। मुझे तो खिलौनों पर निशाना लगाना अच्छा मालूम हुआ। जादूगर तो बिलकुल निकम्मा है। उससे अच्छा तो ताश का खेल मैं ही दिखा सकता हूँ।'–उसने बड़ी प्रगल्भता से कहा। उसकी वाणी में कहीं रुकावट न थी।

मैंने पूछा–'और उस परदे में क्या है? वहाँ तुम गये थे।'

'नहीं, वहाँ मैं नहीं जा सका। टिकट लगता है।'

मैंने कहा–'तो चलो, मैं वहीं पर तुमको लिवा चलूँ। मैंने मन-ही-मन कहा–'भाई! आज के तुम्हीं मित्र रहे।'

उसने कहा–'वहाँ जाकर क्या कीजियेगा? चलिये, निशाना लगाया जाय।'

मैंने उससे सहमत होकर कहा–'तो फिर चलो, पहिले शरबत पी लिया जाय।' उसने स्वीकार-सूचक सिर हिला दिया।

मनुष्यों की भीड़ से जाड़े की सन्ध्या भी वहाँ गर्म हो रही थी। हम दोनों शरबत पीकर निशाना लगाने चले। राह में ही उससे पूछा–'तुम्हारे और कौन हैं?'

'माँ और बाबूजी।'

'उन्होंने तुमको यहाँ आने के लिए मना नहीं किया?'

'बाबूजी जेल में हैं।'

'क्यों?'

'देश के लिए।'–वह गर्व से बोला।

'और तुम्हारी माँ?'

'वह बीमार हैं।'

'और तुम तमाशा देख रहे हो?'

उसके मुँह से तिरस्कार की हँसी फूट पड़ी। उसने कहा–'तमाशा देखने नहीं, दिखाने निकला हूँ। कुछ पैसे ले जाऊँगा, तो माँ को पथ्य दूँगा। मुझे शरबत न पिलाकर आपने मेरा खेल देखकर मुझे कुछ दे दिया होता, तो मुझे अधिक प्रसन्नता होती!'

मैं आश्चर्य से उस तेरह-चौदह वर्ष के लड़के को देखने लगा।

'हाँ, मैं सच कहता हूँ बाबूजी! माँ जी बीमार हैं; इसलिए मैं नहीं गया।'

'कहाँ?'

'जेल में! जब कुछ लोग खेल-तमाशा देखते ही हैं, तो मैं क्यों न दिखाकर माँ की दवा करूँ और अपना पेट भरूँ।'

मैंने दीर्घ निःश्वास लिया। चारों ओर बिजली के लट्टू नाच रहे थे। मन व्यग्र हो उठा। उसने कहा–'अच्छा चलो, निशाना लगाया जाय।'

हम दोनों उस जगह पर पहुँचे, जहाँ खिलौने को गेंद से गिराया जाता था। मैंने बारह टिकट खरीदकर उस लड़के को दिये।

वह निकला पक्का निशानेबाज। उसका कोई गेंद खाली नहीं गया। देखनेवाले दंग रह गये। उसने बारह खिलौनों को बटोर लिया; लेकिन उठाता कैसे? कुछ मेरे रूमाल में बँधे, कुछ जेब में रख लिए गये।

लड़के ने कहा–'बाबूजी, आपको तमाशा दिखाऊँगा। बाहर आइये, मैं चलता हूँ।' वह नौ-दो ग्यारह हो गया। मैंने मन-ही-मन कहा–'इतनी जल्दी आँख बदल गयी।'

मैं घूमकर पान की दूकान पर आ गया। पान खाकर बड़ी देर तक इधर-उधर टहलता देखता रहा। झूले के पास लोगों का ऊपर-नीचे आना देखने लगा। अकस्मात् किसी ने हिंडोले से पुकारा–'बाबूजी!'

मैंने पूछा–'कौन?'

'मैं हूँ छोटा जादूगर।'

: दो :

कलकत्ते के सुरम्य बोटोनिकल-उद्यान में लाल कमलिनी से भरी हुई एक छोटी-सी झील के किनारे घने वृक्षों की छाया में अपनी मण्डली के साथ बैठा हुआ मैं जलपान कर रहा था। बातें हो रही थीं। इतने में वही छोटा जादूगर दिखाई पड़ा। हाथ में चारखाने की खादी का झोला। साफ जाँघिया और आधी बाँहों का कुरता। सिर पर मेरा रूमाल सूत की रस्सी से बँधा हुआ था। मस्तानी चाल से झूमता हुआ आकर कहने लगा–

'बाबूजी, नमस्ते! आज कहिये, तो खेल दिखाऊँ।'

'नहीं जी, अभी हम लोग जलपान कर रहे हैं।'

'फिर इसके बाद क्या गाना-बजाना होगा, बाबूजी?'

'नहीं जी–तुमको...', क्रोध से मैं कुछ और कहने जा रहा था। श्रीमती ने कहा–'दिखलाओ जी, तुम तो अच्छे आये। भला, कुछ मन तो बहले।' मैं चुप हो गया; क्योंकि श्रीमती की वाणी में वह माँ की-सी मिठास थी जिसके सामने किसी भी लड़के को रोका नहीं जा सकता। उसने खेल आरम्भ किया।

उस दिन कार्निवल के सब खिलौने उसके खेल में अपना अभिनय करने लगे। भालू मनाने लगा। बिल्ली रूठने लगी। बन्दर घुड़कने लगा।

गुड़िया का ब्याह हुआ। गुड्डा वर काना निकला। लड़के की वाचालता से ही अभिनय हो रहा था। वह हँसते-हँसते लोट-पोट हो गये।

मैं सोच रहा था। बालक को आवश्यकता ने कितना शीघ्र चतुर बना दिया। यही तो संसार है।

ताश के सब पत्ते लाल हो गये। फिर सब काले हो गये। गले की सूत की डोरी टुकड़े-टुकड़े होकर जुड़ गयी। लट्टू अपने से नाच रहे थे। मैंने कहा–'अब हो चुका। अपना खेल बटोर लो, हम लोग भी अब जायेंगे।'

श्रीमती जी ने धीरे से रुपया दे दिया। वह उछल उठा।

मैंने कहा–'लड़के!'

'छोटा जादूगर कहिये। यही मेरा नाम है। इसी से मेरी जीविका है।'

मैं कुछ बोलना ही चाहता था कि श्रीमती जी ने कहा–'अच्छा, तुम इस रुपये से क्या करोगे?'

'पहले भर पेट पकौड़ी खाऊँगा। फिर एक सूती कम्बल लूँगा।'

मेरा क्रोध अब लौट आया। मैं अपने पर बहुत क्रुद्ध होकर सोचने लगा–'ओह!

कितना स्वार्थी हूँ मैं। उसके एक रुपया पाने पर मैं ईर्ष्या करने लगा था न!'

वह नमस्कार करके चला गया। हम लोग लता-कुंज देखने के लिए चले।

उस छोटे-से बनावटी जंगल में सन्ध्या साँय-साँय करने लगी थी। अस्ताचलगामी सूर्य की अन्तिम किरण वृक्षों की पत्तियों से विदाई ले रही थी। एक शान्त वातावरण था। हम धीरे-धीरे मोटर से हावड़ा की ओर आ रहे थे।

रह-रहकर छोटा जादूगर स्मरण होता था। सचमुच वह एक झोंपड़ी के पास कम्बल कन्धे पर डाले खड़ा था! मैंने मोटर रोककर उससे पूछा–'तुम यहाँ कहाँ?'

'मेरी माँ यहीं है न। अब उसे अस्पताल वालों ने निकाल दिया है।' मैं उतर गया। उस झोंपड़ी में देखा, तो एक स्त्री चिथड़ों से लदी हुई काँप रही थी।

छोटे जादूगर ने कम्बल ऊपर से डालकर उसके शरीर से चिमटते हुए कहा–'माँ।'

मेरी आँखों से आँसू निकल पड़े।

: तीन :

बड़े दिन की छुट्टी बीत चली थीं। मुझे अपने ऑफिस में समय से पहुँचना था। कलकत्ते से मन ऊब गया था। फिर भी चलते-चलते एक बार उस उद्यान को देखने की इच्छा हुई। साथ-ही-साथ जादूगर भी दिखाई पड़ जाता, तो और भी.. .मैं उस दिन अकेले ही चल पड़ा। जल्द लौट आना था।

दस बज चुके थे। मैंने देखा कि उस निर्मल धूप में सड़क के किनारे एक कपड़े पर छोटे जादूगर का रंगमंच सजा था। मोटर रोककर उतर पड़ा। वहाँ बिल्ली रूठ रही थी। भालू मनाने चला था। ब्याह की तैयारी थी; यह सब होते हुए भी जादूगर की वाणी में वह प्रसन्नता की तरी नहीं थी। जब वह औरों को हँसाने की चेष्टा कर रहा था, तब जैसे स्वयं काँप जाता था। मानो उसके रोएँ रो रहे थे। मैं आश्चर्य से देख रहा था। खेल हो जाने पर पैसा बटोरकर उसने भीड़ में मुझे देखा। वह जैसे क्षण-भर के लिए स्फूर्तिमान हो गया। मैंने उसकी पीठ थपथपाते हुए पूछा–'आज तुम्हारा खेल जमा क्यों नहीं?'

'माँ ने कहा है कि आज तुरन्त चले आना। मेरी घड़ी समीप है।'–अविचल भाव से उसने कहा।

'तब भी तुम खेल दिखलाने चले आये।' मैंने कुछ क्रोध से कहा। मनुष्य के सुख-दुःख का माप अपना ही साधन तो है। उसी के अनुपात से वह तुलना

करता है।

उसके मुँह पर वही परिचित तिरस्कार की रेखा फूट पड़ी।

उसने कहा–'न क्यों आता!'

और कुछ अधिक कहने में जैसे वह अपमान का अनुभव कर रहा था।

क्षण-भर में मुझे अपनी भूल मालूम हो गयी। उसके झोले को गाड़ी में फेंककर उसे भी बैठाते हुए मैंने कहा–'जल्द चलो।' मोटरवाला मेरे बताये हुए पथ पर चल पड़ा।

कुछ ही मिनटों में मैं झोंपड़ी के पास पहुँचा। जादूगर दौड़कर झोंपड़े में माँ-माँ पुकारते हुए घुसा। मैं भी पीछे था; किन्तु स्त्री के मुँह से, 'बे...' निकलकर रह गया। उसके दुर्बल हाथ उठकर गिर गये। जादूगर उससे लिपटा रो रहा था; मैं स्तब्ध था। उस उज्ज्वल धूप में समग्र संसार जैसे जादू-सा मेरे चारों ओर नृत्य करने लगा।

पत्थर की पुकार

: एक :

नवल और विमल दोनों बात करते हुए टहल रहे थे। विमल ने कहा–

'साहित्य-सेवा भी एक व्यसन है।'

'नहीं मित्र! यह तो विश्व भर की एक मौन सेवा समिति का सदस्य होना है।'

'अच्छा तो फिर बताओ, तुमको क्या भला लगता है? कैसा साहित्य रुचता है?'

'अतीत और करुणा का जो अंश साहित्य में हो, वह मेरे हृदय को आकर्षित करता है।'

नवल की गम्भीर हँसी कुछ तरल हो गई। उन्होंने कहा–'इससे विशेष और हम भारतीयों के पास धरा क्या है! स्तुत्य अतीत की घोषणा और वर्तमान की करुणा, इसी का गान हमें आता है। बस, यह भी एक भाँग-गाँजे की तरह का नशा है।' विमल का हृदय स्तब्ध हो गया। चिर प्रसन्न-बदन मित्र को अपनी भावना पर इतना कठोर आघात करते हुए कभी भी उसने नहीं देखा था। वह कुछ विरक्त हो गया। मित्र ने कहा–'कहाँ चलोगे?' उसने कहा–'चलो, मैं थोड़ा घूमकर गंगा-तट पर मिलूँगा।' नवल भी एक ओर चला गया।

: दो :

चिन्ता में मग्न विमल एक ओर चला। नगर के एक सूने मुहल्ले की ओर जा निकला। एक टूटी चारपाई अपने फूटे झिलंगे में लिपटी पड़ी है। उसी के बगल में दीन कुटी फूस से ढँकी हुई, अपना दरिद्र मुख भिक्षा के लिए खोले हुए बैठी हैं। दो-एक टाँकी और हथौड़े, पानी की प्याली, कूची, दो काले शिलाखण्ड परिचारक की तरह उस दीन कुटी को घेरे पड़े हैं। किसी को न देखकर एक शिलाखण्ड पर

न जाने किसके कहने से विमल बैठ गया। यह चुपचाप था। विदित हुआ कि दूसरा पत्थर कुछ धीरे-धीरे कह रहा है। वह सुनने लगा–

'मैं अपने सुखद शैल में संलग्न था। शिल्पी! तूने मुझे क्यों ला पटका? यहाँ तो मानव की हिंसा का गर्जन मेरे कठोर वक्षस्थल का भेदन कर रहा है। मैं तेरे प्रलोभन में पड़कर यहाँ चला आया था, कुछ तेरे बाहुबल से नहीं, क्योंकि मेरी प्रबल कामना थी कि मैं एक सुन्दर मूर्ति में परिणत हो जाऊँ। उसके लिए अपने वक्ष स्थल को क्षत-विक्षत कराने को प्रस्तुत था। तेरी टाँकी से हृदय चिराने में प्रसन्न था कि कभी मेरी इस सहनशीलता का पुरस्कार, सराहना के रूप में मिलेगा और मेरी मौन मूर्ति अनन्तकाल तक उस सराहना को चुपचाप गर्व से स्वीकार करती रहेगी। किन्तु निष्ठुर! तूने अपने द्वार पर मुझे फूटे हुए ठीकरे की तरह ला पटका। अब मैं यहीं पर पड़ा-पड़ा कब तक अपने भविष्य की गणना करूँगा?'

पत्थर की करुणामयी पुकार से विमल को क्रोध का संचार हुआ। और वास्तव में इस पुकार में अतीत और करुणा दोनों का मिश्रण था, जो कि उसके चित्त का सरल विनोद था। विमल भावप्रवण होकर रोष से गर्जन करता हुआ पत्थर की ओर से अनुरोध करने को शिल्पी के दरिद्र कुटीर में घुस पड़ा।

'क्यों जी, तुमने इस पत्थर को कितने दिनों से यहाँ ला रखा है? भला वह भी अपने मन में क्या समझता होगा? सुस्त होकर पड़े हो, उसकी कोई सुन्दर मूर्ति क्यों न बना डाली?" विमल ने रुक्ष स्वर से कहा।

पुरानी गुदड़ी में ढँकी हुई जीर्ण-शीर्ण मूर्ति खाँसी से काँप कर बोली–'बाबूजी! आपने तो मुझे कोई आज्ञा नहीं दी थी।'

'अजी तुम बना लिए होते, फिर कोई-न-कोई तो इसे ले लेता। भला देखो तो, यह पत्थर कितने दिनों से पड़ा तुम्हारे नाम को रो रहा है।'

विमल ने कहा। शिल्पी ने कफ निकालकर गला साफ करते हुए कहा–'आप लोग अमीर आदमी हैं। अपनी कोमल श्रवणेन्द्रियों से पत्थर का रोना, लहरों का संगीत, पवन की हँसी इत्यादि कितनी सूक्ष्म बातें सुन लेते हैं, और उसकी पुकार में दत्तचित्त हो जाते हैं। करुणा से पुलकित होते हैं, किन्तु क्या कभी दुःखी हृदय के नीरव क्रन्दन को भी अन्तरात्मा की श्रवणेन्द्रियों को सुनने देते हैं, जो करुणा का काल्पनिक नहीं, किन्तु वास्तविक रूप है?'

विमल के अतीत और करुणा-सम्बन्धी समस्त सद्भाव कठोर कर्मण्यता का आवाहन करने के लिए उसी से विद्रोह करने लगे। वह स्तब्ध होकर उसी मलिन भूमि पर बैठ गया।

उस पार का योगी

सामने सन्ध्या-धूसरित जल की एक चादर बिछी है। उसके बाद बालू की बेला है, उसमें अठखेलियाँ करके लहरों ने सीढ़ी बना दी है। कौतुक यह है कि उस पर भी हरी-हरी दूब जम गई है। उस बालू की सीढ़ी की ऊपरी तह पर जाने कब से एक शिला पड़ी है। कई वर्षाओं ने उसे अपने पेट में पचाना चाहा, पर कठोर शिला गल न सकी, फिर भी निकल ही आती थी। नन्दलाल उसे अपने शैशव से ही देखता था। छोटी-सी नदी, जो उसके गाँव से सटकर बहती थी, उसी के किनारे वह अपनी सितारी लेकर पश्चिम की धूसर आभा में नित्य जाकर बैठ जाता। जिस रात को चाँदनी निकल आती, उसमें देर तक और अँधेरी रात के प्रदोष में जब तक अन्धकार नहीं हो जाता था, बैठकर सितारी बजाता अपनी टपरियों में चला जाता था।

नन्दलाल अँधेरे में डरता न था। किन्तु चन्द्रिका में देर तक किसी अस्पष्ट छाया को देख सकता था। इसलिए आज भी उसी शिला पर वह मूर्ति बैठी है। गैरिक वसन की आभा सान्ध्य-सूर्य से रंजित नभ से होड़ कर रही है। दो-चार लटें इधर-उधर मांसल अंश पर पवन के साथ खेल रही हैं। नदी के किनारे प्रायः पवन का बसेरा रहता है, इसी से यह सुविधा है। जब से शैशव-सहचरी नलिनी से नन्दलाल का वियोग हुआ है, वह अपनी सितारी से ही मन बहलाता है, सो भी एकान्त में, क्योंकि नलिनी से भी वह किसी के सामने मिलने पर सुख नहीं पाता था। किन्तु हाय रे सुख! उत्तेजनामय आनन्द को अनुभव करने के लिए एक साक्षी भी चाहिए। बिना किसी दूसरे को अपना सुख दिखाए हृदय भलीभांति से गर्व का अनुभव नहीं कर पाता। चन्द्र-किरण, नदी-तरंग, मलय-हिल्लोल, कुसुम-सुरभि और रसाल-वृक्ष के साथ ही नन्दलाल को यह भी विश्वास था कि उस पार का योगी भी कभी-कभी उस सितारी की मीड़ से मरोड़ खाता है। लटें उसके कपोल पर ताल देने लगती हैं।

चाँदनी निखरी थी। आज अपनी सितारी के साथ नन्दलाल भी गाने लगा था। वह प्रणय-संगीत था–भावुकता और काल्पनिक प्रेम का संसार बड़े वेग से उच्छ्वसित हुआ। अन्तःकरण से दबी हुई तरलवृत्ति, जो विस्मृत स्वप्न के समान हलका प्रकाश देती थी, आज न जाने क्यों गैरिक निर्झर की तरह उबल पड़ी। जो वस्तु आज तक मैत्री का सुख-चिह्न थी–जो सरल हृदय का उपहार थी–जो उदारता की कृतज्ञता थी–उसने ज्वाला, लालसापूर्ण प्रेम का रूप धारण किया। संगीत चलने लगा।

'अरे कौन है...मुझे बचाओ....आह...', पवन ने उपयुक्त दूत की तरह यह सन्देश नन्दलाल के कानों तक पहुँचाया। वह व्याकुल होकर सितारी छोड़कर दौड़ा। नदी में फाँद पड़ा। उसके कानों में नलिनी का-सा स्वर सुनाई पड़ा। नदी छोटी थी–खरस्रोता थी। नन्दलाल हाथ मारता हुआ लहरों को चीर रहा था। उसके बाहु-पाश में एक सुकुमार शरीर आ गया।

चन्द्रकिरणों और लहरियों को बातचीत करने का एक आधार मिला। लहरी कहने लगी–'अभागे! तू इस दुखिया नलिनी को बचाने क्यों आया, इसने तो आज अपने समस्त दुःखों का अन्त कर दिया था।'

किरण–'क्यों जी, तुम लोगों ने नन्दलाल को बहुत दिन तक बीच में बहाकर हल्ला-गुल्ला मचाकर, बचाया था।'

लहरी–'और तुम्हीं तो प्रकाश डालकर उसे सचेत कराती रही हो।'

किरण–आज तक उस बेचारे को अँधेरे में रखा था। केवल आलोक की कल्पना करके वह अपने आलेख्य पट को उद्भासित कर लेता था। उस पार का योगी सुदूरवर्ती परदेशी की रम्य स्मृति के शान्त तपोवन का दृश्य था।'

लहरी–'पगली! सुख-स्वप्न के सदृश और आशा में आनन्द के समान मैं बीच में पड़ी-पड़ी उसके सरल नेह का बहुत दिनों तक संचय करती रही–आन्तरिक आकर्षणपूर्ण सम्मिलन होने पर भी, वासना-रहित निष्काम सौन्दर्यमय व्यवधान बनकर मैं दोनों के बीच में बहती थी; किन्तु नन्दलाल इतने में सन्तुष्ट न हो सका। उछल-कूद कर हाथ चबाकर मुझे भी गँदला कर दिया। उसे बहने, डूबने और उतराने का आवेग बढ़ गया था।'

किरण–'हूँ, तब डूबें बहें।'

पवन चुपचाप इन बातों को सुनकर नदी के बहाव की ओर सर्राटा मारकर सन्देशा कहने को भागा। किन्तु वे बहुत दूर निकल गए थे। सितारी मूर्छना में पड़ी रही।

दुखिया

: एक :

पहाड़ी देहात, जंगल के किनारे के गाँव और बरसात का समय! वह भी उषा-काल! बड़ा ही मनोरम दृश्य था। रात की वर्षा से आम के वृक्ष तराबोर थे। अभी पत्तों से पानी ढुलक रहा था। प्रभाव के स्पष्ट होने पर भी धुंधले प्रकाश में सड़क के किनारे आम्रवृक्ष के नीचे बालिका कुछ देख रही थी। 'टप' से शब्द हुआ, बालिका, उछल पड़ी गिरा हुआ आम उठाकर आँचल में रख लिया। (जो पॉकेट की तरह खोंसकर बना हुआ था।)

दक्षिण पवन ने अनजाने में फल से लदी हुई डालियों से अठखेलियाँ कीं। उसका संचित धन अस्त-व्यस्त हो गया। दो-चार गिर पड़े। बालिका उषा की किरणों के समान खिल पड़ी। उसका आँचल भर उठा। फिर भी आशा में खड़ी रही। व्यर्थ प्रयास जानकर लौटी, और अपनी झोंपड़ी की ओर चल पड़ी। फूस की झोंपड़ी में बैठा हुआ उसका अन्धा बूढ़ा बाप अपनी फूटी हुई चिलम सुलगा रहा था। दुखिया ने आते ही आँचल से सात आमों में से पाँच निकालकर बापू के हाथ में रख दिए। और स्वयं बरतन माँजने के लिए डबरे की ओर चल पड़ी।

बरतनों का विवरण सुनिए, एक फूटी बटुली, एक लोंहदी और लोटा, यही उस दीन परिवार का उपकरण था। डबरे के किनारे छोटी-सी शिला पर अपने फटे हुए वस्त्र सँभालते हुए बैठकर दुखिया ने बरतन मलना आरम्भ किया।

: दो :

अपने पीसे हुए बाजरे की आटे की रोटी पकाकर दुखिया ने बूढ़े बाप को खिलाया और स्वयं बचा हुआ खा-पीकर पास ही के महुए के वृक्ष की फैली जड़ों पर सिर

रखकर लेटी रही। कुछ गुनगुनाने लगी। दुपहरी ढल गई। अब दुखिया उठी और खुरपी-जाला लेकर घास छोलने चली। जमींदार के घोड़े के लिए घास वह रोज दे आती थी, कठिन परिश्रम से उसने अपने काम भर घास कर लिया, फिर उसे डबरे में रखकर धोने लगी।

सूर्य की सुनहरी किरणें बरसाती आकाश पर नवीन चित्रकार की तरह कई प्रकार के रंग लगाना सीखने लगी। अमराई और ताड़-वृक्षों की छाया उस शाद्वल जल में पड़कर प्राकृतिक चित्र का सृजन करने लगी। दुखिया को विलम्ब हुआ, किन्तु अभी उसकी घास धो नहीं गई, उसे जैसे इसकी कुछ परवाह न थी। इसी समय घोड़े की टापों के शब्द ने उसकी एकाग्रता को भंग किया।

जमींदार कुमार सन्ध्या को हवा खाने के लिए निकले। वेगवान 'बालोतरा' जाति का कुम्मेद पंचकल्यान आज गरम हो गया था। मोहनसिंह से बेकाबू होकर वह बगटूट भाग रहा था। संयोग! जहाँ पर दुखिया बैठी थी, उसी के समीप ठोकर खाकर घोड़ा गिरा। मोहनसिंह भी बुरी तरह घायल होकर गिरे। दुखिया ने मोहनसिंह की सहायता की। डबरे से जल लाकर घावों को धोने लगी। मोहन ने पट्टी बाँधी, घोड़ा भी उठकर शान्त खड़ा हुआ। दुखिया उसे टहलाने लगी थी। मोहन ने कृतज्ञता की दृष्टि से दुखिया को देखा, वह एक सुशिक्षित युवक था। उसने दरिद्र दुखिया को उसकी सहायता के बदले में रुपया देना चाहा। दुखिया ने हाथ जोड़कर कहा–'बाबूजी, हम तो आप ही के गुलाम हैं। इसी घोड़े को घास देने से हमारी रोटी चलती है।'

अब मोहन ने दुखिया को पहिचाना। उसने पूछा–

'क्या तुम रामगुलाम की लड़की हो?'

'हाँ, बाबूजी।'

'वह बहुत दिनों से दिखता नहीं!'

'बाबूजी, उनको आँखों से दिखाई नहीं पड़ता।'

'आहा, हमारे लड़कपन में वह हमारे घोड़े को, जब हम उस पर बैठते थे, पकड़कर टहलाता था। वह कहाँ है?'

'अपनी मड़ई में।'

'चलो, हम वहाँ तक चलेंगे।'

किशोरी दुखिया को कौन जाने क्यों संकोच हुआ, उसने कहा–

'बाबूजी, घास पहुँचाने में देर हुई है। सरकार बिगड़ेंगे।'

'कुछ चिन्ता नहीं; तुम चलो।'

लाचार होकर दुखिया घास का बोझा सिर पर रखे हुए झोंपड़ी की ओर चल पड़ी। घोड़े पर मोहन पीछे-पीछे था।

: तीन :

'रामगुलाम, तुम अच्छे तो हो?'

'राज! सरकार! जुग-जुग जीओ बाबू!' बूढ़े ने बिना देखे अपनी टूटी चारपाई से उठते हुए दोनों हाथ अपने सिर तक ले जाकर कहा।

'रामगुलाम, तुमने पहचान लिया?'

'न कैसे पहचानें, सरकार! यह देह पली है।' उसने कहा।

'तुमको कुछ पेन्शन मिलती है कि नहीं?'

'आप ही का दिया खाते हैं, बाबूजी! अभी लड़की हमारी जगह पर घास देती है।'

भावुक नवयुवक ने फिर प्रश्न किया, 'क्यों रामगुलाम, जब इसका विवाह हो जाएगा, तब कौन घास देगा?'

रामगुलाम के आनन्दाश्रु दुःख की नदी होकर बहने लगे। बड़े कष्ट से उसने कहा–'क्या हम सदा जीते रहेंगे?'

अब मोहन से नहीं रहा गया, वहीं दो रुपये उस बुड्ढे को देकर चलते बने। जाते-जाते कहा–'फिर कभी।'

दुखिया को भी घास लेकर वहीं जाना था। वह पीछे चली।

जमींदार की पशुशाला थी। हाथी, ऊँट, घोड़ा, बुलबुल, भैंसा, गाय, बकरे, बैल, लाल, किसी की कमी नहीं थी। एक दुष्ट नजीब खाँ इन सबों का निरीक्षक था। दुखिया को देर से आते देखकर उसे अवसर मिला। बड़ी नीचता से उसने कहा–'मारे जवानी के तेरा मिजाज ही नहीं मिलता! कल से तेरी नौकरी बन्द कर दी जाएगी। इतनी देर?'

दुखिया कुछ नहीं बोलती, किन्तु उसको अपने बूढ़े बाप की याद आ गई। उसने सोचा, किसी तरह नौकरी बचानी चाहिए, तुरन्त कह बैठी :

'छोटे सरकार घोड़े पर से गिर पड़े रहे। उन्हें मड़ई तक पहुँचाने में देर...।'

'चुप हरामजादी! तभी तो तेरा मिजाज़ और बिगड़ा है। अभी बड़े सरकार के पास चलते हैं।'

वह उठा और चला। दुखिया ने घास का बोझा पटका और रोती हुई झोंपड़ी की ओर चलती हुई। राह चलते-चलते उसे डबरे का सायंकालीन दृश्य स्मरण होने लगा। वह उसी में भूलकर अपने घर पहुँच गई।

समुद्र-संतरण

क्षितिज में नील जलधि और व्योम का चुम्बन हो रहा है। शांत प्रदेश में शोभा की लहरियां उठ रही हैं। गोधूली का करुण प्रतिबिंब, बेला की बालुकामयी भूमि पर दिगंत की तीक्षा का आवाहन कर रहा है।

नारिकेल के निभृत कुंजों में समुद्र का समीर अपना नीड़ खोज रहा था। सूर्य लज्जा या क्रोध से नहीं, अनुराग से लाल, किरणों से शून्य, अनंत रसनिधि में डूबना चाहता है। लहरियां हट जाती हैं। अभी डूबने का समय नहीं है, खेल चल रहा है।

सुदर्शन प्रकृति के उस महा अभिनय को चुपचाप देख रहा है। इस दृश्य में सौंदर्य का करुण संगीत था। कला का कोमल चित्र नील-धवल लहरों में बनता-बिगड़ता था। सुदर्शन ने अनुभव किया कि लहरों से सौर-जगत् झोंके खा रहा है। वह उसे नित्य देखने आता; परंतु राजकुमार के वेष में नहीं। उसके वैभव के उपकरण दूर रहते। वह अकेला साधारण मनुष्य के समान इसे देखता, निरीह छात्र के सदृश इस गुरु दृश्य से कुछ अध्ययन करता। सौरभ के समान चेतन परमाणुओं से उसका मस्तक भर उठता। वह अपने राजमंदिर को लौट जाता।

सुदर्शन बैठा था किसी की प्रतीक्षा में। उसे न देखते हुए, मछली फंसाने का जाल लिए, एक धीवर-कुमारी समुद्र-तट के कगारों पर चढ़ रही थी, जैसे पंख फैलाए तितली। नील भ्रमरी-सी उसकी दृष्टि एक क्षण के लिए कहीं नहीं ठहरती थी। श्याम-सलोनी गोधूलि-सी वह सुंदर सिकता में अपने पद-चिह्न छोड़ती हुई चली जा रही थी।

राजकुमार की दृष्टि उधर फिरी। सायंकाल का समुद्र-तट उसकी आंखों में दृश्य के उस पार की वस्तुओं का रेखा-चित्र खींच रहा था। जैसे; वह जिसको नहीं जानता था, उसको कुछ-कुछ समझने लगा हो, और वही समझ, वही चेतना एक

रूप रखकर सामने आ गई हो। उसने पुकारा–"सुंदरी!"

जाती हुई सुंदरी धीवर-बाला लौट आई। उसके अधरों में मुस्कान, आंखों में क्रीड़ा और कपोलों पर यौवन की आभा खेल रही थी, जैसे नील मेघ-खंड के भीतर स्वर्ण-किरण अरुण का उदय।

धीवर-बाला आकर खड़ी हो गई। बोली–"मुझे किसने पुकारा?"

"मैंने।"

"क्या कहकर पुकारा?"

"सुंदरी!"

"क्यों, मुझमें क्या सौंदर्य है? और है भी कुछ, तो क्या तुमसे विशेष?"

"हां, मैं आज तक किसी को सुंदरी कहकर नहीं पुकार सका था, क्योंकि यह सौंदर्य-विवेचना मुझ में अब तक नहीं थी।"

"आज अकस्मात् यह सौंदर्य-विवेक तुम्हारे हृदय में कहां से आया?"

"तुम्हें देखकर मेरी सोई हुई सौंदर्य-तृष्णा जाग गई।"

"परंतु भाषा में जिसे सौंदर्य कहते हैं, वह तो तुममें पूर्ण है।"

"मैं यह नहीं मानता, क्योंकि फिर सब मुझी को चाहते, सब मेरे पीछे बावले बने घूमते। यह तो नहीं हुआ। मैं राजकुमार हूं; मेरे वैभव का प्रभाव चाहे सौंदर्य का सृजन कर देना हो, पर मैं उसका स्वागत नहीं करता। उस प्रेम-निमंत्रण में वास्तविकता कुछ नहीं।"

"हां, तो तुम राजकुमार हो! इसी से तुम्हारा सौंदर्य सापेक्ष है।"

"तुम कौन हो?"

"धीवर-बालिका।"

"क्या करती हो?"

"मछली फंसाती हूं।"–कहकर उसने जाल को लहरा दिया।

"जब इसे अनंत एकांत में लहरियों के मिस प्रकृति अपनी हंसी का चित्र दत्तचित्त होकर बना रहीं, तब तुम उसके अंचल में ऐसा निष्ठुर काम करती हो?"

"निष्ठुर है तो, पर मैं विवश हूं। हमारे द्वीप के राजकुमार का परिणय होने वाला है। उसी उत्सव के लिए सुनहली मछलियां फंसाती हूं। ऐसी ही आज्ञा है।"

"परंतु वह ब्याह तो होगा नहीं।"

"तुम कौन हो?"

"मैं भी राजकुमार हूं। राजकुमारों को अपने चक्र की बात विदित रहती है, इसलिए कहता हूं।"

धीवर-बाला ने एक बार सुदर्शन के मुख की ओर देखा, फिर कहा–

"तब तो मैं इन निरीह जीवों को छोड़ देती हूं।"

सुदर्शन ने कौतूहल से देखा, बालिका ने अपने अंचल से सुनहली मछलियों की भरी हुई मूठ समुद्र में बिखेर दी; जैसे जल-बालिका वरुण के चरण में स्वर्ण-सुमनों का उपहार दे रही हो। सुदर्शन ने प्रगल्भ होकर उसका हाथ पकड़ लिया और कहा–

"यदि मैंने झूठ कहा तो?"

"तो कल फिर जाल डालूंगी।"

"तुम केवल सुंदरी ही नहीं, सरल भी हो।"

"और तुम वंचक हो।"–कहकर धीवर-बाला ने एक निःश्वास ली, और संध्या के समय अपना मुख फेर लिया। उसकी अलकावली जाल के साथ मिलकर निशीथ का नवीन अध्याय खोलने लगी। सुदर्शन सिर नीचा करके कुछ सोचने लगा। धीवर-बालिका चली गई। एक मौन अंधकार टहलने लगा। कुछ काल के अनंतर दो व्यक्ति एक अश्व लिए आए। सुदर्शन से बोले–"श्रीमान्, बिलंब हुआ। बहुत-से निमन्त्रित लोग आ रहे हैं। महाराज ने आपको स्मरण किया है।"

"मेरा यहां पर कुछ खो गया है, उसे ढूंढ़ लूंगा, तब लौटूंगा।"

"श्रीमान्, रात्रि समीप है।"

"कुछ चिंता नहीं, चंद्रोदय होगा।"

"हम लोगों को क्या आज्ञा है?"

"जाओ।"

सबलोग गए। राजकुमार सुदर्शन बैठा रहा। चांदी का थाल लिए रजनी समुद्र से कुछ अमृत-भिक्षा लेने आई। उदास सिंधु देने के लिए उमड़ उठा। लहरियां सुदर्शन के पैर चूमने लगीं। उसने देखा, दिगंत-विस्तृत जलराशि पर कोई गोल और धवल पाल उड़ाता हुआ अपनी सुंदर तरणी लिए हुए आ रहा है। उसका विषय-शून्य हृदय व्याकुल हो उठा। उत्कट प्रतीक्षा–दिगंत-गामिनी अभिलाषा–उसकी जन्मांतर की स्मृति बनकर उस निर्जन प्रकृति में रमणीयता की–समुद्र-गर्जन में संगीत की सृष्टि करने लगी। धीरे-धीरे उसके कानों में एक कोमल अस्फुट नाद गूंजने लगा। उस दूरागत स्वर्गीय संगीत ने उसे अभिभूत कर दिया। नक्षत्र-मालिनी प्रकृति हीरे-नीलम से जड़ी पुतली के समान उसकी आंखों का खेल बन गई।

सुदर्शन ने देखा, सब सुंदर है। आज तक जो प्रकृति उदास चित्र बनकर सामने आती थी, वह उसे हंसती हुई मोहनी और मधुर सौंदर्य से ओतप्रोत दिखाई देने लगी। अपने में और सबमें फैली हुई उस सौंदर्य की विभूति को देखकर सुदर्शन

की तन्मयता उत्कंठा में बदल गई। उसे उन्माद हो चला। इच्छा होती थी कि वह समुद्र बन जाए। उसकी उद्वेलित लहरों से चंद्रमा की किरणें खेलें और वह हंसा करे। इतने में ध्यान आया उस धीवर-बालिका का। इच्छा हुई कि वह भी वरुण-कन्या-सी चंद्रकिरणों से लिपटी हुई उसके विशाल वक्षस्थल में विहार करे। उसकी आंखों में गोल धवल पालवाली नाव समा गई, कानों में अस्फुट संगीत भर गया। सुदर्शन उन्मत्त था। कुछ पद-शब्द सुनाई पड़े। उसे ध्यान आया कि मुझे लौटा ले जाने के लिए कुछ लोग आ रहे हैं। वह चंचल हो उठा, फेनिल जलधि में फांद पड़ा। लहरों में तैर चला।

बेला से दूर–चारों ओर जल–आंखों में वही धवल पाल, कानों में अस्फुट संगीत। सुदर्शन तैरते-तैरते थक चला था। संगीत और वंशी समीप आ रही थी। एक छोटी मछली पकड़ने की नाव आ रही थीं। पास आने पर देखा, धीवर-बाला वंशी बजा रही है और नाव अपने मन से चल रही है।

धीवर-बाला ने कहा–आओगे?

लहरों को चीरते हुए सुदर्शन ने पूछा–कहां ले चलोगी?

पृथ्वी से दूर जल-राज्य में जहां कठोरता नहीं, केवल शीतल कोमल और तरल आलिंगन है; प्रवंचना नहीं, सीधा आत्मविश्वास है; वैभव नहीं, सरल सौंदर्य है।

धीवर-बाला ने हाथ पकड़कर सुदर्शन को नाव पर खींच लिया। दोनों हंसने लगे। चंद्रमा और जलनिधि भी।

वैरागी

पहाड़ की तलहटी में एक छोटा-सा समतल भूमिखंड था। मौलसिरी, अशोक, कदम और आम के वृक्षों का एक हरा-भरा कुटुंब उसे आबाद किए हुए था। दो-चार छोटे-छोटे फूलों के पौधे कोमल मृत्तिका के थालों में लगे थे। सब आर्द्र और सरल थे। तपी हुई लू और प्रभात का मलय-पवन, एक क्षण के लिए इस निभृत कुंज में विश्राम कर लेते। भूमि लिपी हुई स्वच्छ, एक तिनके का कहीं नाम नहीं और सुंदर वेदियों और लता-कुंजों से अलंकृत थी।

यह एक वैरागी की कुटी थी, और तृण-कुटीर–उस पर लता-वितान, कुशासन और कम्बल, कमंडल और वल्कल उतने ही अभिराम थे, जितने किसी राज-मंदिर में कला-कुशल शिल्पी के उत्तम शिल्प।

एक शिलाखंड पर वैरागी पश्चिम की ओर मुंह किए ध्यान में निमग्न था। अस्त होने वाले सूर्य की अंतिम किरणें, उसकी बरौनियों में घुसना चाहती थीं, परंतु वैरागी अटल, अचल था, बदन पर मुसकराहट और अंग पर ब्रह्मचर्य की रुक्षता थी। यौवन की अग्नि निर्वेद की राख से ढंकी थी। शिलाखंड के नीचे ही पगडंडी थी। पशुओं का झुंड उसी मार्ग से पहाड़ी गोचर-भूमि से लौट रहा था। गोधूलि मुक्त गगन के अंक में आश्रय खोज रही थी। किसी ने पुकारा–"आश्रय मिलेगा?"

वैरागी का ध्यान टूटा। उसने देखा, सचमुच मलिन-वसना गोधूलि उसके आश्रम में आश्रय मांग रही है। अंचल छिन्न बालों की लटें, फटे हुए कंबल के समान मांसल वक्ष और स्कंध को ढंकना चाहती थीं। गैरिक वसन जीर्ण और मलिन! सौंदर्यविकृत आंखें कह रही थीं कि उन्होंने उमंग की रातें जगते हुए बिताई हैं। वैरागी अकस्मात् आंधी के झोंके में पड़े हुए वृक्ष के समान तिलमिला गया। उसने धीरे से कहा–"स्वागत अतिथि! आओ।"

रजनी के घने अंधकार में तृण-कुटीर, वृक्षावली, जगमगाते हुए नक्षत्र धुंधले चित्रपट के सदृश प्रतिभासित हो रहे थे। स्त्री अशोक के नीचे वेदी पर बैठी थी, वैरागी अपने कुटीर के द्वार पर।

स्त्री ने पूछा–"जब तुमने अपना सोने का संसार पैरों से ठुकरा दिया, पुत्र-मुख-दर्शन का सुख, माता को अंक, यशविभव, सब छोड़ दिया, तब तुच्छ भूमिखंड पर इतनी ममता क्यों? इतना परिश्रम, इतना यत्न किसलिए?"

"केवल तुम्हारे-जैसे अतिथियों की सेवा के लिए। जब कोई आश्रयहीन महलों से ठुकरा दिया जाता है, तब उसे ऐसे ही आश्रय-स्थान अपने अंक में विश्राम देते हैं। मेरा परिश्रम सफल हो जाता है–जब कोई कोमल शय्या पर सोनेवाला प्राणी इस मुलायम मिट्टी पर थोड़ी देर विश्राम करके सुखी हो जाता है।"

"कब तक तुम ऐसा करोगे?"

"अनंत काल तक प्राणियों की सेवा का सौभाग्य मुझे मिले!"

"तुम्हारा आश्रय कितने दिनों के लिए है?"

"जब तक उसे दूसरा आश्रय न मिले।"

"मुझे इस जीवन में कहीं आश्रय नहीं, और न मिलने की संभावना है।"

"जीवन-भर?"–आश्चर्य से वैरागी ने पूछा।

"हां।"–युवती के स्वर में विकृति थी।

"क्या तुम्हें ठंड लग रही है?"–वैरागी ने पूछा।

"हां।"–उसी प्रकार उत्तर मिला।

वैरागी ने कुछ सूखी लकड़ियां सुलगा दीं। अंधकार-प्रदेश में दो-तीन चमकीली लपटें उठने लगीं। पर धुंधला प्रकाश फैल गया। वैरागी ने एक कंबल लाकर स्त्री को दिया। उसे ओढ़कर वह बैठ गई। निर्जन प्रांत में दो व्यक्ति। अग्नि-प्रज्ज्वलित पवन ने एक थपेड़ा दिया। वैरागी ने पूछा–"कब तक बाहर बैठोगी?"

"रात बिताकर चली जाऊंगी, कोई आश्रय खोजूंगी; क्योंकि यहां रहकर बहुतों के सुख में बाधा डालना ठीक नहीं। इतने समय के लिए कुटी में क्यों आऊं?"

वैरागी को जैसे बिजली का धक्का लगा। वह प्राणपण से बले संकलित करके बोला–"नहीं-नहीं, तुम स्वतंत्रता से यहां रह सकती हो।"

"इस कुटी का मोह तुमसे नहीं छुटा। मैं उसमें समभागी होने का भय

तुम्हारे लिए उत्पन्न न करूंगी।"–कहकर स्त्री ने सिर नीचा कर लिया। वैरागी के हृदय में सनसनी हो रही थी। वह न जाने क्या कहने जा रहा था, सहसा बोल उठा–

"मुझे कोई पुकारता है, तुम इस कुटी को देखना!"—यह कहकर वैरागी अंधकार में विलीन हो गया। स्त्री अकेली रह गई।

पथिक लोग बहुत दिन तक देखते रहे कि एक पीला मुख उस तृण-कुटीर से झांककर प्रतीक्षा के पथ में पलक-पांवड़े बिछाता रहा।

बनजारा

धीरे-धीरे रात खिसक चली, प्रभात के फूलों के तारे चू पड़ना चाहते थे। विंध्य की शैलमाला में गिरि-पथ पर एक झुंड बैलों का बोझ लादे आता था। साथ के बनजारे उनके गले की घंटियों के मधुर स्वर में अपने ग्रामगीतों का आलाप मिला रहे थे। शरद ऋतु की ठंड से भरा हुआ पवन उस दीर्घ पथ पर किसी को खोजता हुआ दौड़ रहा था।

वे बनजारे थे। उनका काम था सरगुजा तक के जंगलों में जाकर व्यापार की वस्तु क्रय-विक्रय करना। प्रायः बरसात छोड़कर वे आठ महीने यही उद्यम करते। उस परिचित पथ में चलते हुए वे अपने परिचित गीतों को कितनी ही बार उन पहाड़ी चट्टानों से टकरा चुके थे। उन गीतों में आशा, उपालंभ, वेदना और स्मृतियों की कचोट, ठेस और उदासी भरी रहती।

सबसे पीछे वाले युवक ने अभी अपने आलाप को आकाश में फैलाया था, उसके गीत का अर्थ था–

"मैं बार-बार लाभ की आशा से लादने जाता हूं; परंतु उस जंगल की हरियाली में अपने यौवन को छिपाने वाली हे कोलकुमारी, तुम्हारी वस्तु बड़ी महंगी है! मेरी सब पूंजी भी उसको क्रय करने के लिए पर्याप्त नहीं। पूंजी बढ़ाने के लिए व्यापार करता हूं; एक दिन धनी होकर आऊंगा; परंतु विश्वास है कि तब भी तुम्हारे सामने रंक ही रह जाऊंगा!"

आलाप लेकर वह जंगली वनस्पतियों की सुगंध में अपने को भूल गया। यौवन के उभार में नंदू अपरिचित सुखों की ओर जैसे अग्रसर हो गया था। सहसा बैलों की श्रेणी के अग्रभाग में हलचल मची। तड़ातड़ का शब्द, चिल्लाने और कूदने का उत्पात होने लगा। नंदू का सुख-स्वप्न टूट गया, "बाप रे, डाका!"–कहकर

वह एक पहाड़ी की गहराई में उतरने लगा। गिर पड़ा, लुढ़कता हुआ नीचे चला। मूर्च्छित हो गया।

हाकिम परगना और इंजीनियर का पड़ाव अधिक दूर न था। डाका पड़ने वाला स्थान दूसरे ही दिन भीड़ से भर गया। गौड़ैत और सिपाहियों की दौड़-धूप चलने लगी। छोटी-सी पहाड़ी के नीचे, फूस की झोंपड़ी में, उषा की किरणों का गुच्छा सुनहले फूल के सदृश झूलने लगा था। अपने दोनों हाथों पर झुकी हुई एक सांवली-सी युवती उस आहत पुरुष के मुख को एकटक देख रही थी। धीरे-धीरे युवती के मुख पर मुस्कराहट और पुरुष के मुख पर सचेष्टता के लक्षण दिखलाई देने लगे। पुरुष ने आंखें खोल दीं। युवती पास ही धरा हुआ गरम दूध उसके मुंह में डालने लगी और युवक पीने लगा।

युवक को उतनी चोट नहीं थी, जितना वह भय से आक्रांत था। वह दूध पीकर स्वस्थ हो चला था। उठने की चेष्टा करते हुए पूछा–"मोनी, तुम हो!"

"हां, चुप रहो।"

"अब मैं चंगा हो गया हूं, कुछ डरने की बात नहीं।" अभी युवक इतना ही कह पाया था कि एक कोल-चौकीदार की क्रूर आंखें झोपड़ी में झांकने लगीं। युवक ने उसे देखा। चौकीदार ने हंसकर कहा–"वाह मोनी? डाका भी डलवाती हो और दया भी करती हो! बताओ तो, कौन-कौन थे; साहब पूछ रहे हैं?"

मोनी की आंखें चढ़ गईं। उसने दांत पीसकर कहा–"तुम पाजी हो! जाओ मेरी झोपड़ी में से निकल जाओ!"

"हां, यह कहो। तो तुम्हारा मन रीझ गया है इस पर, यह तो कभी-कभी तुम्हारा प्याज-मेवा लेने आता था न!"–चौकीदार ने कहा।

घायल बाघिनी-सी वह तड़प उठी। चौकीदार कुछ सहमा। परंतु वह पूरा काइयां था, अपनी बात का रुख बदलकर वह युवक से कहने लगा–"क्यों जी, तुम्हारा भी तो लूटा गया है, कुछ तुम्हें भी चोट आई है! चलो, साहब से अपना हाल कहो। बहुत से माल का पता लगा है; चलकर देखो तो!"

"क्यों मोनी! अब जेल जाओगी न? बोलो; अब से भी अच्छा है। हमारी बात मान जाओ।"–चौकीदार ने पड़ाव से दूर हथकड़ी से जकड़ी हुई मोनी से कहा। मोनी अपनी आंखों की स्याही संध्या की कालिमा में मिला रही थी। पेड़ों के उस झुरमुट में दूर वह बनजारा भी खड़ा था। एक बार मोनी ने उसकी ओर देखा, उसके होठ फड़क उठे। वह बोली–"मैं किसी को नहीं जानती, और नहीं जानती थी कि उपकार करने जाकर यह अपमान भोगना पड़ेगा!" फिर जेल की भीषणता स्मरण करके

वह दीनता से बोली–"चौकीदार! मेरी झोपड़ी और सब पेड़ ले लो; मुझे बचा दो!"

चौकीदार हंस पड़ा। बोला–"मुझे वह सब न चाहिए; बोलो, तुम मेरी बात मानोगी, वही...."

मोनी ने चिल्लाकर कहा–"नहीं, कभी नहीं!"

नर-पिशाच चौकीदार ने बेदर्द होकर कई थप्पड़ लगाए, पर मोनी न रोई, न चिल्लाई। वह हठी लड़के की तरह उसे मारने वाले का मुंह देख रही थी।

हाकिम परंगना एक अच्छे सिविलियन थे। वे कैम्प से टहलने के लिए गए थे; नंदू ने न-जाने उनसे हाथ जोड़ते हुए क्या कहा, वे उधर ही चल पड़े, जहां मोनी थी।

सब बातें समझकर साहब ने मोनी की हथकड़ी खोलते हुए चौकीदार की पीठ पर दो-तीन बेंत जमाए, और कहा–"देख बदमाश! आज तो तुझे छोडती हूं, फिर इस तरह का कोई काम किया, तो तुझसे चक्की ही पिसवाऊंगा। असली डाकूओं का पता लगाओ।"

मोनी पड़ाव से चली गई। और नंदू अपना बैल पहचानकर ले चला! वह फिर बराबर अपने उस व्यापार में लगा रहा।

कई महीने बाद–

एक दिन फिर प्याज-मेवा लेने की लालच में नंदू उसी मोनी की झोपड़ी की ओर पहुंचा। वहां जाकर उसने देखा–झोपड़ी से सब पत्ते के छाजन तितर-बितर होकर बिखर रहे हैं और पत्थर के ढोंके अब-तब गिरना चाहते हैं। भीतर कूड़ा है, जहां वह पहले जंगली वस्तुओं का ढेर देखा करता था। उसने पुकारा–"मोनी!" कोई उत्तर न मिला। नंदू लौटकर अपने पथ पर आने लगा।

सामने देखा–पहाड़ी नदी के तट पर बैठी हुई मोनी को! वह हंसता हुआ फूल कुम्हला गया था, अपने दोनों पैर नदी में डालें बैठी थी। नंदू ने पुकारा–"मोनी!" वह फिर भी कुछ न बोली। अब वह पास आ गया। मोनी ने देखा। एक बार उसके मुंह पर कुछ तरावट-सी दौड़ गई, फिर सहसा कड़ी धूप निकल आने पर एक बौछार की गीली भूमि जैसे रूखी हो जाती है, वैसे ही उसके मुंह पर धूल उड़ने लगी।"

नंदू ने पूछा–"मोनी? प्याज-मेवा है?"

मोनी ने रूखेपन से कहा–"अब मैं नहीं बटोरती, नंदू। बेचने के लिए नहीं इकट्ठा करती।"

नंदू ने पूछा–"क्यों, अब क्या हो गया?"

"जंगल में वही सब तो हमलोगों के भोजन के लिए है, उसे बेच दूंगी, तो खाऊंगी क्या?"

"और पहले क्या था?"

"वह लोभ था; व्यापार करने की; धन बटोरने की इच्छा थी।"

"अब वह इच्छा क्या हुई?"

"अब मैं समझती हूं कि सब लोग न तो व्यापार कर सकते हैं और न ही सब वस्तु बाजार में बेची जा सकती है।"

"तो मैं लौट जाऊं?"

"हां, लौट जाओ; जब तक ओस की बूंदों से ठंडी धूल तुम्हारे पैरों में लगे, उतने समय में अपना पथ समाप्त कर लो!"

"लादना छोड़ दूंगा, मोनी!"

"ओहो! यह क्यों? मैं इस पहाड़ी पर निस्तब्ध प्रभाव में घंटियों के मधुर स्वर की आशा में अनमनी बैठी रहती हूं। वह पहुंचने का; बोझ उतारने के व्याकुल विश्राम का अनुभव करके सुखी रहती हूं। मैं नहीं चाहती कि किसी को लादने के लिए मैं बोझ इकट्ठा करू; नंदू!"

नंदू हताश था। वह अपने बैलों की खाली पीठ पर हाथ धरे चुपचाप अपने पथ पर चलने लगा।

चूड़ीवाली

: एक :

"अभी तो पहना गई हों।"

"बहू जी, बड़ी अच्छी चूड़ियां हैं। सीधे बम्बई से पारसल मंगाया है। सरकार का हुक्म है; इसलिए नई चूड़ियां आते ही चली आती हूं।"

"तो जाओ, सरकार को ही पहनाओ, मैं नहीं पहनती।"

"बहूजी ! जरा देख तो लीजिए।" कहती मुस्कराती हुई ढीठ चूड़ीवाली अपना बक्स खोलने लगी। वह पचीस वर्ष की एक गोरी छरहरी स्त्री थी। उसकी कलाई सचमुच चूड़ी पहनाने के लिए ढली थीं। पान से लाल पतले-पतले होठ दो-तीन वक्रताओं में अपना रहस्य छिपाए हुए थे। उन्हें देखने का मन करता, देखने पर उन सलोने अधरों से कुछ बोलवाने का जी चाहता है। बोलने पर हंसाने की इच्छा होती और उसी हंसी में शैशव का अल्हड़पन, यौवन की तरावट और प्रौढ़ की-सी गंभीरता बिजली के समान लड़ जाती।

बहूजी को उसकी हंसी बहुत बुरी लगती; पर जब पंजों में अच्छी चूड़ी चढ़ाकर, संकट में फंसाकर वह हंसते हुए कहती–"एक पान मिले बिना यह चूड़ी नहीं चढ़ती।" तब बहूजी को क्रोध के साथ हंसी आ जाती और उसकी तरल हंसी की तरी लेने में तन्मय हो जातीं।

कुछ ही दिनों से यह चूड़ीवाली आने लगी है। कभी-कभी बिना बुलाए ही चली आती और ऐसे ढंग फैलाती कि बिना सरकार के आए निबटारा न होता। यह बहूजी को असह्य हो जाता। आज उसको चूड़ी फंसाते देख बहूजी झल्लाकर बोलीं–'आजकल दुकान पर ग्राहक कम आते हैं क्या ?"

"बहूजी, आजकल खरीदने की धुन में हूं, बेचती हूं कम।" इतना कहकर

कई दर्जन चूडियां बाहर सजा दीं। स्लीपरों के शब्द सुनाई पड़े। बहूजी ने कपड़ेसम्हाले, पर वह ढीठ चूड़ीवाली बालिकाओं के समान सिर टेढ़ा करके "यह जर्मनी की है, यह फ्रांसीसी है, यह जापानी है" कहती जाती थी। सरकार पीछे खड़े मुस्करा रहे थे।

"क्या रोज नई चुड़ियां पहनाने के लिए इन्हें हुक्म मिला है?" बहूजी ने गर्व से पूछा।

सरकार ने कहा–"पहनो, तो बुरा क्या है?"

"बुरा तो कुछ नहीं, चूड़ी चढ़ाते हुए कलाई दुखती होगी।" चुड़ीवाली ने सिर नीचा किए कनखियों से देखते हुए कहा। एक लहर-सी लाली आंखों की ओर से कपोलों को तर करती हुई दौड़ जाती थी। सरकार ने देखा–"एक लालसा-भरीयुवती व्यंग कर रही है। हृदय में हलचल मच गई, घबराकर बोले–"ऐसा है, तो न पहनें।"

"भगवान करे, रोज पहनें," चूड़ीवाली आशीर्वाद देने के गंभीर स्वर में प्रौढ़ा के समान बोली।

"अच्छा, तुम अभी जाओ।" सरकार और चूड़ीवाली दोनों की ओर देखते हुए बहूजी ने झुंझलाकर कहा।

"तो क्या मैं लौट जाऊं? आप तो कहती थीं न, कि सरकार को ही पहनाओ, तो जरा उनसे पहनने के लिए कह दीजिए।"

"निकल मेरे यहां से।" कहते हुए बहूजी की आंखे तिलमिला उठीं। सरकार धीरे से निकल गए। अपराधी के समान सर नीचा किए चूड़ीवाली अपनी चूड़ियां बटोरकर उठी। हृदय की धड़कन में अपनी रहस्यपूर्ण निःश्वास छोड़ती हुई चली गई।

: दो :

चूड़ीवाली का नाम था विलासिनी। वह नगर की एक प्रसिद्ध नर्तकी की कन्या थी। उसके रूप और संगीत-कला की सुख्याति थी, वैभव भी कम न था! विलास और प्रमोद का पर्याप्त संभार मिलने पर भी उसे संतोष न था। हृदय में कोई अभाव खटकता था, वास्तव में उसकी मनोवृत्ति उसके व्यवसाय के प्रतिकूल थी।

कुलवधू बनने की अभिलाषा हृदय में और दांपत्य-सुख का स्वर्गीय स्वप्न उसकी आंखों में समाया था। स्वच्छंद प्रणय का व्यापार अरुचिकर हो गया। परंतु समाज उससे हिंस्र पशु के समान सशंक था। उससे आश्रय मिलना असंभव जानकर विलासिनी ने छल के द्वारा वही सुख लेना चाहा। यह उसकी सरल आवश्यकता

थी, क्योंकि अपने व्यवसाय में उसका प्रेम क्रय करने के लिए बहुत-से लोग आते थे, पर विलासिनी अपना हृदय खोलकर किसी से प्रेम न कर सकती थी।

उन्हीं दिनों सरकार के रूप, यौवन और चारित्र्य ने उसे प्रलोभन दिया। नगर के समीप बाबू विजयकृष्ण की, अपनी जमींदारों में बड़ी सुंदर अट्टालिका थी। वहीं रहते थे। उनके अनुचर और प्रजा उन्हें सरकार कहकर पुकारती थी। विलासिनी की आंखें विजयकृष्ण पर गड़ गईं। अपना चिर-संचित मनोरथ पूर्ण करने के लिए वह कुछ दिनों के लिए चूड़ीवाली बन गई थी।

सरकार चूड़ीवाली को जानते हुए भी अनजान बने रहे। अमीरी का एक कौतुक था, एक खिलवाड़ समझकर उसके आने-जाने में बाधा न देते। विलासिनी के कला-पूर्ण सौंदर्य ने जो कुछ प्रभाव उनके मन पर डाला था, उसके लिए उनके सुरुचिपूर्ण मन ने अच्छा बहाना खोज लिया था, वे सोचते, 'बहूजी का कुल-बधू-जनोचित सौंदर्य और वैभव की मर्यादा देखकर चूड़ीवाली स्वयं पराजय स्वीकार कर लेगी और अपना निष्फल प्रयत्न छोड़ देगी, तब तक यह एक अच्छा मनोविनोद चल रहा है!'

चूड़ीवाली अपने कौतूहलपूर्ण कौशल में सफल न हो सकी थी, परंतु बहूजी के आज के दुर्व्यवहार ने प्रतिक्रिया उत्पन्न कर दी और चोट खाकर उसने सरकार को घायल कर दिया।

: तीन :

अब सरकार प्रकाश्य रूप से उसके यहां जाने लगे। विलास-रजनी का प्रभात भी चूड़ीवाली के उपवन में कटता। कुल-मर्यादा, लोकलाज और जमींदारी सब एक ओर और चूड़ीवाली अकेले। दालान में कुर्सियों पर सरकार और चूड़ीवाली बैठकर रात्रि-जागरण का खेद मिटा रहे थे पास ही अनार का वृक्ष था, उसमें फूल खिले थे। एक बहुत ही छोटी काली चिड़िया उन फूलों में चोंच डालकर मकरन्द पान करती और कुछ केसर खाती, फिर हृदयविमोहक कल-नाद करती हुई उड़ जाती।

सरकार बड़ी देर से कौतुक देख रहे थे, बोले–"इसे पकड़कर पालतू बनाया जाए, तो कैसा?"

"उहूं, यह फूलसुंघी है। पींजरे में जी नहीं सकती। उसे फूलों का प्रदेश ही जिला सकता है, स्वर्ण-पिंजर नहीं, उसे खाने के लिए फूलों की केसर का चारा और पीने के लिए मकरन्द-मदिरा कौन जुटावेगा?"

"पर इसकी सुंदर-बोली संगीत-कला की चरम सीमा है; वीणा में भी कोई-कोई मीड़ ऐसी निकलती होगी। इसे अवश्य पकड़ना चाहिए।"

"जिसमें बाधा नहीं, बंधन नहीं, जिसका सौंदर्य स्वच्छंद है, उस असाधारण प्राकृतिक कला का मूल्य क्या बंधन है? कुरुचि के द्वारा वह कलंकित भले भी हो जाए परंतु पुरस्कृत नहीं हो सकती। उसे आप पींजरे में बंद करके पुरस्कार देंगे या दंड?" कहते हुए उसने विजय की एक व्यंग-भरी मुस्कान छोड़ी। सरकार की–उस वन-विहंगम को पकड़ने की लालसा बलवती हो उठी। उन्होंने कहा–"जाने भी दो, वह अच्छी कला नहीं जानती।" प्रसंग बदल गया। नित्य का साधारण विनोदपूर्ण क्रम चला।

: चार :

चूड़ीवाली अपने अभ्यास के अनुसार समझती कि यदि बहूजी की अपार-प्रणयसंपत्ति में से कुछ अंश मैं भी लेती हूं, तो हानि क्या, परंतु बहूजी को अपने प्रणय के एकाधिपत्य पर पूर्ण विश्वास था। वह निष्क्रिय प्रतिरोध करने लगीं। राजयक्ष्मा के भयानक आक्रमण से वह धुलने लगीं और सरकार वन-विहंगिनी विलासिनी को स्वायत्त करने में दत्तचित्त हुए। रोगी की शुश्रूषा और सेवा में कोई कमी न थी, परंतु एक बड़े मुकदमे में सरकार का उधर सर्वस्वांत हुआ, इधर बहूजी चल बसीं।

चूड़ीवाली ने समझा कि उसकी पूर्ण विजय हुई, पर बात कुछ दूसरी थी। विजयकृष्ण का वह एक विनोद था। जब सब कुछ चला गया, तब विनोद लेकर क्या होगा। एक दिन चूड़ीवाली से छुट्टी मांगी। उसने कहा–"कमी किस बात की है, मैं तुम्हारी ही हूं और सब विभव भी तुम्हारा है।" विजयकृष्ण ने कहा–"मैं वेश्या की दी हुई जीविका से पेट पालने में असमर्थ हूं।" चूड़ीवाली बिलखने लगी, विनय किया, रोई, गिड़गिड़ाई, पर विजयकृष्ण चले ही गए! वह सोचने लगी कि–"अपना व्यवसाय और विजय की गृहस्थी बिगाड़कर जो सुख खरीदा था, उसका कोई मूल्य नहीं। मैं कुलवधू होने के उपयुक्त नहीं। क्या समाज के पास इसका कोई प्रतिकार नहीं? इतनी तपस्या और इतना स्वार्थ-त्याग व्यर्थ है?"

परंतु विलासिनी यह न जानती थी कि स्त्री और पुरुष-संबंधी समस्त अंतिम निर्णय करने में समाज कितना ही उदास क्यों न हो; दोनों पक्षों को सर्वथा संतुष्ट नहीं कर सका और न कर सकने की आशा है। यह रहस्य सृष्टि को उलझा रखने की कुंजी है।

विलासिनी ने बहुत सोच-समझकर अपनी जीवनचर्या बदल डाली। सरकार से मिली हुई जो कुछ संपत्ति थी, उसे बेचकर पास ही के एक गांव में खेती करने के लिए भूमि लेकर आदर्श हिंदू गृहस्थ की-सी तपस्या करने में अपना बिखरा हुआ मन उसने लगा दिया। उसके कच्चे मकान के पास एक विशाल वट-वृक्ष और निर्मल जल का सरोवर था। वहीं बैठकर चूड़ीवाली ने पथिकों की सेवा करने का संकल्प किया। थोड़े ही दिनों में अच्छी खेती होने लगी और अन्न से उसका घर भरा रहने लगा। भिखारियों को अन्न देकर उन्हें खिला देने में उसे अकथनीय सुख मिलता। धीरे-धीरे दिन ढलने लगा, चूड़ीवाली को सहेली बनाने के लिए यौवन का तीसरा पहर करुणा और शांति को पकड़ लाया। उस पथ से चलने वाले पथिकों को दूर से किसी कला कुशल कंठ की तान सुनाई पड़ती–

अब लौं नसानी अब न नसैहौं।

वट-वृक्ष के नीचे, एक अनाथ बालक नंदू को चना और गुड़ की दुकान चूड़ीवाली ने करा दी है। जिन पथिकों के पास पैसे न होते, उनका मूल्य वह स्वयं देकर नंदू की दुकान में घाटा न होने देती, और पथिक भी विश्राम किए बिना उस तालाब से न जाता। कुछ ही दिनों में चूड़ीवाली का तालाब विख्यात हो गया।

: पांच :

संध्या हो चली थी। पखेरुओं का बसेरे की ओर लौटने का कोलाहल मचा और वट-वृक्ष में चहल-पहल हो गई। चूड़ीवाली चरनी के पास खड़ी बैलों को देख रही थी। दालान में दीपक जल रहा था, अंधकार उसके घर और मन में बलजोरी घुस रहा था। कोलाहल-शून्य जीवन में भी चूड़ीवाली को शांति मिली ऐसा विश्वास नहीं होता था। पास ही उसकी पिंडुलियों से सिर रगड़ता हुआ कलुआ दुम हिला रहा था। सुखिया उसके लिए घर में से कुछ खाने को ले आई थी; पर कलुआ उधर न देखकर अपनी स्वामिनी से स्नेह जता रहा था। चूड़ीवाली ने हंसते हुए कहा–"चल, तेरा दुलार हो चुका। जा, खा ले।" चूड़ीवाली ने मन में सोचा, कंगाल मनुष्य स्नेह के लिए क्यों भीख मांगता है? वह स्वयं नहीं करता, नहीं तो तृण-वीरुध तथा पशु-पक्षी भी तो स्नेह करने के लिए प्रस्तुत हैं। इतने में नंदू ने आकर कहा–"मां, एक बटोही बहुत थका हुआ अभी आया है। भूख के मारे वह जैसे शिथिल हो गया है।"

"तूने क्यों नहीं दे दिया?"

"लेता भी नहीं, कहता है, तू बड़ा गरीब लड़का है, तुझसे न लूंगा।"

चूड़ीवाली वट-वृक्ष की ओर चल पड़ी। अंधेरा हो गया था। पथिक जड़ का सहारा लेकर लेटा था। चूड़ीवाली ने हाथ जोड़कर कहा–"महाराज, आप कुछ भोजन कीजिए।"

"तुम कौन हो?"

"पहले की एक वेश्या।"

"छिः, मुझे पड़े रहने दो, मैं नहीं चाहता कि तुम मुझसे बोलो भी, क्योंकि तुम्हारा व्यवसाय कितने ही सुखी घरों को उजाड़कर श्मशान बना देता है।"

"महाराज, हमलोग तो कला के व्यवसायी हैं। यह अपराध कला का मूल्य लगाने वालों की कुरुचि और कुत्सित इच्छा का है। संसार में बहुत-से निर्लज्ज स्वार्थपूर्ण व्यवसाय चलते हैं। फिर इसी पर इतना क्रोध क्यों?"

"क्योंकि वह उन सबों में अधम और निकृष्ट है।"

"परंतु वेश्या का व्यवसाय करके भी मैंने एक ही व्यक्ति से प्रेम किया था। मैं और धर्म नहीं जानती, पर अपने सरकार से जो कुछ मुझे मिला, उसे मैं लोक-सेवा में लगाती हूं। मेरे तालाब पर कोई भूखा नहीं रहने पाता। मेरी जीविका चाहे जो रही हो, मेरे अतिथि-धर्म में बाधा न दीजिए।"

पथिक एक बार ही उठकर बैठ गया और आंख गड़ाकर अंधेरे में देखने लगा। सहसा बोल उठा–"चूड़ीवाली?"

"कौन सरकार?"

"हां, तुमने शोक हर लिया। मेरे अपराधजनक तमाम त्याग में पुण्य का भी भाग था, यह मैं नहीं जानता।"

"सरकार! मैंने गृहस्थ-कुलवधू होने के लिए कठोर तपस्या की है। इन चार वर्षों में मुझे विश्वास हो गया है कि कुलवधू होने में जो महत्त्व है, वह सेवा का है, न कि विलास का।"

"सेवा ही नहीं, चूड़ीवाली! उसमें विलास का अनंत यौवन है, क्योंकि केवल स्त्री-पुरुष के शारीरिक बंधन में वह पर्यवसित नहीं है, बाह्य साधनों के विकृत हो जाने तक ही, उसकी सीमा नहीं, गार्हस्थ्य जीवन उसके लिए प्रचुर उपकरण प्रस्तुत करता है, इसलिए वह प्रेय भी है और श्रेय भी है। मुझे विश्वास है कि तुम अब सफल हो जाओगी।"

"मेरी सफलता आपकी कृपा पर है। विश्वास है कि अब इतने निर्दय न होंगे"–कहते-कहते चूड़ीवाली ने सरकार के पैर पकड़ लिए।

सरकार ने उसके हाथ पकड़ लिए।

अपराधी

: एक :

वनस्थली के रंगीन संसार में अरुण किरणों ने इठलाते हुए पदार्पण किया और वे चमक उठीं, देखा तो कोमल किसलय और कुसुमों की पंखुरियां, वसंत-पवन के पैरों के समान हिल रही थीं। पीले पराग का अंगराग लगने से किरणें पीली पड़ गईं। वसंत का प्रभात था।

युवती कामिनी मालिन का काम करती थी। उसे और कोई न था। वह इस कुसुम-कानन से फूल चुन ले जाती और माला बनाकर बेचती। कभी-कभी उसे उपवास भी करना पड़ता। पर, वह यह काम न छोड़ती। आज भी फूले हुए, कचनार के नीचे बैठी हुई, अर्द्ध-विकसित कामिनी-कुसुमों को बिना बेधे हुए, फंदे देकर माला बना रही थी। भंवरे आए, गुनगुनाकर चले गए। वसंत के दूतों का संदेश उसने न सुनना। मलय-पवन अंचल उड़ाकर, रूखी लटों को बिखराकर, हट गया। मालिन बेसुध थी, वह फंदा बनाती जाती थी और फूलों को फंसाती जाती थी।

द्रुत-गति से दौड़ते हुए अश्व के पद-शब्द ने उसे त्रस्त कर दिया। वह अपनी फूलों की टोकरी उठाकर भयभीत होकर सिर झुकाएं खड़ी हो गई। राजकुमार आज अचानक उधर वायु-सेवन के लिए आ गए थे। उन्होंने दूर ही, से देखा, समझ गए कि वह युवती त्रस्त है। बलवान अश्व वहीं रुक गया। राजकुमार ने पूछा–"तुम कौन हो?"

कुरंगी कुमारी के समान बड़ी-बड़ी आंखें उठाकर उसने कहा–"मालिन"

"क्या तुम माला बनाकर बेचती हो?"

"हां।"

"यहां का रक्षक तुम्हें रोकता नहीं?"

"नहीं, यहां कोई रक्षक नहीं है।"

"आज तुमने कौन-सी माला बनाई है?"

"यही कामिनी की माला बना रही थी।"

"तुम्हारा नाम क्या है?"

"कामिनी।"

"वाह! अच्छा, तुम इस माला को पूरी करो, मैं लौटकर–उसे लूंगा। डरने पर भी मालिक ढीठ था। उसने कहा–"धूप निकल आने पर कामिनी का सौरभ कम हो जाएगा।"

"मैं शीघ्र जाऊंगा"–कहकर राजकुमार चले गए।

मालिन ने माला बना डाली। किरणें प्रतीक्षा में लाल-पीली होकर धवल हो चलीं। राजकुमार लौटकर नहीं आए। तब उसी ओर चली–जिधर राजकुमार गए थे।

युवती बहुत दूर न गई होगी कि राजकुमार लौटकर दूसरे मार्ग से उसी स्थान पर आए। मालिन को देखकर पुकराने लगे–"मालिन! ओ मालिन!"

दूरागत कोकिल की पुकार-सा वह स्वर उसके कान में पड़ा था वह लौट आई। हाथों में कामिनी की माला लिए वह वन-लक्ष्मी के समान लौटी। राजकुमार उसी दिन-सौंदर्य को सकुतूहल देख रहे थे। कामिनी ने माला गले में पहना दी। राजकुमार ने अपना कौशेय उष्णीश खोलकर मालिन के ऊपर फेंक दिया। कहा–"जाओ, इसे पहनकर आओ।" आश्चर्य और भय से लताओं की झुरमुट में जाकर उसने आज्ञानुसार कौशेय वसन पहना।

बाहर आई, तो उज्ज्वल किरणें उसके अंग-अंग पर हंसते-हंसते लोट-पोट हो रही थीं। राजकुमार मुसकराये और कहा–"आज से तुम इस कुसुम-कानन की वनपालिका हुई हो। स्मरण रखना।"

राजकुमार चले गए। मालिन किंकर्तव्यविमूढ़ होकर मधूक-वृक्ष के नीचे बैठ गई।

: दो :

वसंत बीत गया। गर्मी जलाकर चली गई। कानन में हरियाली फैल रही थी। श्यामल घटाएं आकाश में और शस्य-शोभा धरणी पर एक. सघन-सौंदर्य का सृजन कर रही

थी। वन-पालिका के चारों ओर मयूर घेरकर नाचते थे। संध्या में एक सुंदर उत्सव हो रहा था। रजनी आई। वन-पालिका के कुटीर को तम ने घेर लिया। मूसलाधार वृष्टि होने लगी। युवती प्रकृति का मद-विह्वल लास्य था। वन-पालिका पर्ण-कुटीर के वातायन से चकित होकर देख रही थी। सहसा बाहर कंपित कंठ से शब्द हुआ—"आश्रय चाहिए।" वन-पालिका ने कहा–"तुम कौन हो?"

"एक अपराधी।"

"तब यहां स्थान नहीं है।"

"विचार कर उत्तर दो, कहीं आश्रय न देकर तुम अपराध न कर बैठो।" वन-पालिका विचारने लगी। बाहर से फिर सुनाई पड़ा–"विलम्ब होने से प्राणों की आशंका है।"

वन-पालिका निस्संकोच उठी और उसने द्वार खोल दिया। आगंतुक ने भीतर प्रवेश किया। वह एक बलिष्ठ युवक था, साहस उसकी मुखाकृति थी। वन-पालिका ने पूछा–"तुमने कौन-सा अपराध किया है?"

"बड़ा भारी अपराध है, प्रभात होने पर सुनाऊंगा। इस रात्रि में केवल आश्रय दो।"–कहकर आगंतुक अपना आर्द्र वस्त्र निचोड़ने लगा। उसका स्वर विकृत और वदन नीरस था। अंधकार ने उसे और भी अस्पष्ट बना दिया था।

युवती वन-पालिका व्याकुल होकर प्रभात की प्रतीक्षा करने लगी। सहसा युवक ने उसका हाथ पकड़ लिया। वह त्रस्त हो गई। बोली–"अपराधी, यह क्या?"

"अपराधी हूं सुंदरी!"–अबकी बार उसका स्वर परिवर्तित था। पागल प्रकृति पर्णकुटी को घेरकर अपनी हंसी में फूटी पड़ती थी। वह करस्पर्श उन्मादकारी था। कामिनी की धमनियों में बाहर के बरसाती नालों के समान रक्त दौड़ रहा था। युवक के स्वर में परिचय था, परंतु युवती की वासना के कुतूहल ने भय का बहाना खोज लिया। बाहर करकापात के साथ ही बिजली कड़की। वनपालिका ने दूसरा हाथ युवक के कंठ में डाल दिया।

अंधकार हंसने लगा।

: तीन :

बहुत दिन बीत गए। कितने ही बरस आए और चले गए। वह कुसुम-कानन–जिसमें मोर, शुक और पिक, फूलों से लदी झाड़ियों में विहार करते थे, अब एक जंगल

हो गया। अब राजकुमार वहां नहीं आते थे। अब वे स्वयं राजा हैं। सुकुमार पौधे सूख गए। विशालकाय वृक्षों ने अपनी शाखाओं से जकड़ लिया। उस गहन वन में एक कोने में पर्णकुटी थी, उसमें एक स्त्री और उसका पुत्र, दोनों रहते थे।

दोनों बहेलियों का व्यवसाय करते; उसी से उनका जीवन-निर्वाह होता। पक्षियों को फंसाकर नागरिकों के हाथ वह बालक बेचा करता, कभी-कभी मृगशावक भी पकड़ ले आता।

एक दिन वन-पालिका का पुत्र एक सुंदर कुरंग पकड़कर नगर की ओर बेचने के लिए ले गया। उसकी पीठ पर बड़ी अच्छी बूटियां थीं। वह दर्शनीय था। राजा का पुत्र अपने टट्टू पर चढ़कर घूमने निकला था, उसके रक्षक साथ थे। राजपुत्र मचल गया। किशोर मूल्य मांगने लगा। रक्षकों ने कुछ देकर उसे छीन लेना चाहा। किशोर ने कुरंग का फंदा ढीला कर दिया। वह छलांग भरता हुआ निकल गया। राजपुत्र अत्यंत हठी था, वह रोने लगा। रक्षकों ने किशोर को पकड़ लिया। वे उसे राजमंदिर की ओर ले चले।

वातायन से रानी ने देखा, उसका लाल रोता हुआ लौट रहा है। एक आंधी-सी आ गई। रानी ने समाचार सुनकर उस बहेलिए के लड़के को बेंतों से पीटे जाने की आज्ञा दी।

किशोर ने बिना रोए-चिल्लाए और आंसू बहाये बेतों की चोट सहन की। उसका सारा अंग क्षत-विक्षत था, पीड़ा से चल नहीं सकता था। मृगया से लौटते हुए राजा ने देखा। एक बार दया तो आई, परंतु उसका कोई उपयोग न हुआ। रानी की आज्ञा थी। वन-पालिका ने राजा के निकल जाने पर किशोर को गोद में उठा लिया। अपने आंसुओं से घाव धोती हुई, उसने कहा–"आह! वे कितने निर्दयी हैं!"

फिर कई वर्ष बीत गए। नवीन राजपुत्र को मृगया की शिक्षा के लिए, लक्ष्य साधने के लिए, वही नगरोपकंठ का वन स्थिर हुआ। वहां राजपुत्र हिरणों पर, पक्षियों पर तीर चलाता। वन-पालिका को अब फिर कुछ लाभ होने लगा। हिरणों को हांकने से, पक्षियों का पता बताने से, कुछ मिल जाता है। परंतु उसका पुत्र किशोर राजकुमार की मृगया में भाग न लेता।

एक दिन वसंत की उजली धूप में राजा अपने राजपुत्र की मृगया-परीक्षा लेने के लिए, सोलह बरस बाद, उस जंगल में आए। राजा का मुंह एक बार विवर्ण हो गया। उस कुसुम कानन के सभी सुकुमार पौधे सूखकर लोप हो नए हैं। उनकी पेड़ियों में कहीं-कहीं दो-एक अंकुर निकलकर अपने प्राचीन बीज का निर्देश करते

थे। राजा स्वप्न के समान उस अतीत की कल्पना कर रहे थे।

अहेरियों के वेश में राजपुत्र और उसके समवयस्क जंगल में आए। किशोर भी अपना धनुष लिए एक ओर खड़ा था। कुरंग पर तीर छूटे। किशोर का तीर कुरंग के कंठ को बेधकर राजपुत्र की छाती में घुस गया। राजपुत्र अचेत होकर गिर पड़ा। किशोर पकड़ लिया गया।

इधर वन-पालिका राजा के आने का समाचार सुनकर फूल खोजने लगी थी। उस जंगल में अब कामिनी-कुसुम नहीं थे। उसने मधूक और दूर्वा की सुंदर माला बनाई, यही उसे मिले थे।

राजा क्रोध से उन्मत्त थे। प्रतिहिंसा से कड़ककर बोले–मारो।–बधिकों के तीर छूटे? वह कमनीय-कलेवर किशोर पृथ्वी पर लोटने लगा। ठीक उसी समय मधूक-मालिका लिए वन-पालिका राजा के सामने पहुंची।

कठोर नियति जब अपना विधान पूर्ण कर चुकी थी, तब कामिनी किशोर के शव के पास पहुंची। पागल-सी उसने माला राजा के ऊपर फेंकी और किशोर को गोद में बैठा लिया। उसकी निश्चेष्ट आंखें मौन भाषा में जैसे मां-मां कह रही थीं। उसने हृदय में घुस जानेवाली आंखों से एक बार राजा की ओर देखा। और भी देखा–राजपुत्र का शव!

राजा एक बार आकाश और पृथ्वी के बीच में हो गए। जैसे वह कहां-से-कहां चले आए। राजपुत्र का शोक और क्रोध, से बहती हुई बरसाती नदी की धारा में बुल्ले के समान बह गया। उनका हृदय विषय-शून्य हो गया। एक बार सचेत होकर उन्होंने देखा ओर पहचाना–अपना वी–"जीर्ण कौशेय उष्णीश।" –"वन-पालिका!"

"राजा"–कामिनी की आंखों में आंसू नहीं थे।

"यह कौन था?"

गंभीर स्वर में सर नीचा किए वन-पालिका ने कहा–"अपराधी।"

करुणा की विजय

: एक :

सन्ध्या की दीनता गोधूली के साथ दरिद्र मोहन की रिक्त थाली में धूल भर रही है। नगरोपकण्ठ में एक कुएँ के समीप बैठा हुआ अपनी छोटी बहन को वह समझा रहा है। फटे हुए कुरते की कोर से उसके अश्रु पोंछने में सफल नहीं हो रहा था, क्योंकि कपड़े के सूत से अश्रु विशेष थे। थोड़ा-सा चना, जो उसके पात्र में बेचने को बचा था, उसी को रामकली माँगती थी। तीन वर्ष की रामकली को तेरह वर्ष का मोहन सँभालने में असमर्थ था।

ढाई पैसे का वह बेच चुका है। अभी दो-तीन पैसे का चना जो जल और मिर्च में उबाला हुआ था, और बचा है। मोहन चाहता था कि चार पैसे उसके रोकड़ में और बचे रहें, डेढ़-दो पैसे का कुछ लेकर अपना और रामकली का पेट भर लेगा। चार पैसे से सबेरे चने उबालकर फिर अपनी दुकान लगा लेगा। किन्तु विधाता को यह नहीं स्वीकार था। जब से उसके माता-पिता मरे, साल भर से वह इसी तरह अपना जीवन निर्वाह करता था। किसी सम्बन्धी या सज्जन की दृष्टि उसकी ओर न पड़ी। मोहन अभिमानी था। वह धुन का भी पक्का था। किन्तु आज वह विचलित हुआ। रामकली की कौन कहे, वह भी भूख की ज्वाला सहन न कर सका। अपने अदृष्ट के सामने हार मानकर रामकली को उसने खिलाया। बचा हुआ जो था, उसने मोहन के पेट की गरमी और बढ़ा दी। ढाई पैसे का और भी कुछ लाकर अपनी भूख मिटाई। दोनों कुएँ की जगत पर सो गए।

: दो :

दरिद्रता और करुणा से झगड़ा चल पड़ा। दरिद्रता बोली–"देखो जी, मेरा कैसा प्रभाव है।' करुणा ने कहा–'मेरा सर्वत्र राज्य है। तुम्हारा विद्रोह सफल न होगा।' दरिद्रता

ने कहा–'गिरती हुई बालू की दीवार कहकर नहीं गिरती। तुम्हारा काल्पनिक क्षेत्र नीहार की वर्षा से कब तक सिंचा रहेगा?' अभिमान अभी तक चुप बैठा रहा, किन्तु उससे नहीं रहा गया। कहा–'मैं भी किसी दल में घुसकर देखूँगा कि कौन जीतता है।' दोनों ने पूछा कि तुम किसका साथ दोगे? अभिमान ने कहा–'जिधर की जीत देखूँगा।'

करुणा ने विश्रान्त बालकों को सुख देने का विचार किया। मलय हिल्लोल की थपकी देकर सुला देना चाहा। दरिद्रता ने दिन भर की जमी हुई गर्द कदम्ब के पत्तों पर से खिसका दी। बालकों के सरल मुख ने धूल पड़ने से कुछ विकृत रूप धारण किया। दरिद्रता ने स्वप्न में भयानक रूप धारण करके उन्हें दर्शन दिया। मोहन का शरीर काँपने लगा। दूर से देखती हुई करुणा भी काँप उठीं। अकस्मात् मोहन उठा और झोंक से बोला–'भीख न माँगूँगा, मरूँगा।'

एक क्रन्दन और धमाका। रामकली को कुएँ ने अपनी शीतल गोद में ले लिया। डाल पर से दरिद्रता के अट्टहास की तरह उल्लू बोल उठा। उसी समय बँगले पर मेंहदी की टट्टी से घिरे हुए चबूतरे पर आसमानी पंखे के नीचे मसहरी में से नगर-पिता दण्डनायक चिल्ला उठे–'पंखा खींचो।'

: तीन :

प्रसन्न-वदन न्यायाधीश ने एक स्थिर दृष्टि से देखते हुए अपराधी मोहन से कहा–'बालक, तुमने अपराध स्वीकार करते हुए कि रामकली अपनी बहन की हत्या तुम्हीं ने की है, मृत्यु-दण्ड चाहा है। किन्तु न्याय अपराध का कारण ढूँढ़ता है। सिर काटती है तलवार, किन्तु वही सिर काटने के अपराध में नहीं तोड़ी जाती है। निर्बोध बालक, तुम्हारा कुछ भी अभी कर्तृत्व नहीं है। तुमने यदि हत्या की भी हो, तो तुम केवल हत्यारी के अस्त्र थे। नगर के व्यवस्थापक पर इसका दायित्व है कि तीन वर्ष की रामकली तुम्हारे हाथों में क्यों दी गई! यदि कोई उत्तराधिकारी-विहीन धनी मर जाता, तो व्यवस्थापक नगर-पिता उसके धन को अपने कोष में रखवा लेते। यदि निर्बाध उत्तराधिकारी रहता, तो उसकी सम्पत्ति सुरक्षित करने की वह व्यवस्था करते। किन्तु असहाय, निर्धन और अभिमानी तथा निर्बाध बालक के हाथ में शिशु का भार रख देना राष्ट्र के शुभ उद्देश्य की गुप्त रीति से और शिशु की प्रकट रूप से हत्या करना है। तुम इसके अपराधी नहीं हो। तुम मुक्त हो।'

करुणा रोते हुए हँस पड़ी। अपनी विजय की वर्षा मोहन के अभिमान के अश्रु बनकर करने लगी।

खंडहर की लिपि

जब वसन्त की पहली लहर अपना पीला रंग सीमा के खेतों पर चढ़ा लाई, काली कोयल ने उसे बरजना आरम्भ किया और भौरे गुनगुनाकर काना-फूँसी करने लगे, उसी समय एक समाधि के पास लगे हुए गुलाब ने मुँह खोलने का उपक्रम किया। किन्तु किसी युवक के चंचल हाथ ने उसका हौसला भी तोड़ दिया। दक्षिण पवन ने उससे कुछ झटक लेना चाहा, बिचारे की पंखुड़ियाँ झड़ गईं। युवक ने इधर-उधर देखा। एक उदासी और अभिलाषामयी शून्यता ने उसकी प्रत्याशी दृष्टि को कुछ उत्तर न दिया। वसन्त पवन का एक भारी झोंका 'हा-हा' करता उसकी हँसी उड़ाता चला गया।

सटी हुई टेकरी की टूटी-फूटी सीढ़ी पर युवक चढ़ने लगा। पचास सीढ़ियाँ चढ़ने के बाद वह बगल की बहुत पुरानी दालान में विश्राम लेने के लिए ठहर गया। ऊपर जो जीर्ण मन्दिर था, उसका ध्वंसावशेष देखने को वह बार-बार जाता था। उस भग्न-स्तूप से युवक को आमंत्रित करती हुई 'आओ-आओ' की अपरिस्फुट पुकार बुलाया करती। जाने कब के अतीत ने उसे स्मरण कर रखा है। मण्डप के भग्न कोण में एक पत्थर के ऊपर न जाने कौन-सी लिपि थी, जो किसी कोरदार पत्थर से लिखी गई थी। वह नागरी तो कदापि नहीं थी। युवक ने आज फिर उसी ओर देखते-देखते उसे पढ़ना चाहा। बहुत देर तक घूमता-घूमता वह थक गया था, इससे उसे निद्रा आने लगी। वह स्वप्न देखने लगा।

कमलों का कमनीय विकास झील की शोभा को द्विगुणित कर रहा है। उसके आमोद के साथ वीणा की झनकार, झील के स्पर्श के शीतल और सुरक्षित पवन में भर रही थी। सुदूर प्रतीचि में एक सहस्रदल स्वर्ण-कमल अपनी शेष स्वर्ण-किरण की भी मृणाल पर व्योम-निधि में खिल रहा है। वह लज्जित होना चाहता है। वीणा के तारों पर उसकी अन्तिम आभा की चमक पड़ रही है। एक आनन्दपूर्ण विषाद

से युवक अपनी चंचल अँगुलियों को नचा रहा है। एक दासी स्वर्णपात्र में केसर, अगरु, चन्दन-मिश्रित अंगराग और नवमल्लिका की माला, कई ताम्बूल लिए हुए आई, प्रणाम करके उसने कहा–'महाश्रेष्ठि धनमित्र की कन्या ने श्रीमन् के लिए उपहार भेजकर प्रार्थना की है कि आज के उद्यान गोष्ठ में आप अवश्य पधारने की कृपा करें। आनन्द विहार के समीप उपवन में आपकी प्रतीक्षा करती हुई कामिनी देवी बहुत देर तक रहेंगी।'

युवक ने विरक्त होकर कहा–'अभी कई दिन हुए हैं, मैं सिंहल से आ रहा हूँ, मेरा पोत समुद्र में डूब गया है। मैं ही किसी तरह बचा हूँ। अपनी स्वामिनी से कह देना कि मेरी अभी ऐसी अवस्था नहीं है कि मैं उपवन के आनन्द का भोग कर सकूँ।'

'तो प्रभु, क्या मैं यही उत्तर दे दूँ?' दासी ने कहा।

'हाँ और यह भी कह देना कि–तुम सरीखी अविश्वासिनी स्त्रियों से मैं और भी दूर भागना चाहता हूँ, जो प्रलय के समुद्र की प्रचण्ड आँधी में एक जर्जर पोत से भी दुर्बल और उस डुबा देने वाली लहर से भी भयानक है।' युवक ने अपनी वीणा सँवारते हुए कहा।

'वे उस उपवन में कभी की जा चुकी हैं, और हमसे यह भी कहा है कि यदि वे गोष्ठ में न जाना चाहें, तो स्तूप की सीढ़ी के विश्राम-मण्डप में मुझसे एक बार अवश्य मिले लें, मैं निर्दोष हूँ।' दासी ने सविनय कहा।

युवा ने रोष-भरी दृष्टि से देखा। दासी प्रणाम करके चली गई। सामने का एक कमल सन्ध्या के प्रभाव से कुम्हला रहा था। युवक को प्रतीत हुआ कि वह धनमित्र की कन्या का मुख है। उससे मकरन्द नहीं, अश्रु गिर रहे हैं। 'मैं निर्दोष हूँ,' यही भौंरे भी गूंजकर कह रहे हैं।

युवक ने स्वप्न में चौंककर कहा–'मैं आऊँगा।' आँख न खोलने पर भी उसने उस जीर्ण दालान की लिपि पढ़ ली–'निष्ठुर! अन्त को तुम नहीं आए।' युवक सचेत होकर उठने को था कि वह कई सौ बरस की पुरानी छत धम से गिरी। वायुमण्डल में–'आओ-आओ' का शब्द गूँजने लगा।

कलावती की शिक्षा

श्यामसुन्दर ने विरक्त होकर कहा–'कला! यह मुझे नहीं अच्छा लगता।' कलावती ने लैम्प की बत्ती कम करते हुए सिर झुकाकर तिरछी चितवन से देखते हुए कहा–'फिर मुझे भी सोने के समय यह रोशनी अच्छी नहीं लगती।'

श्यामसुन्दर ने कहा–'तुम्हारा पलँग तो इस रोशनी से बचा है। तुम जाकर सो रहो।' 'और तुम रात भर यों ही जागते रहोगे।' अब की धीरे से कलावती ने हाथ से पुस्तक भी खींच ली। श्यामसुन्दर को इस स्नेह में भी क्रोध आ गया। तिनक गए–'तुम पढ़ने का सुख नहीं जानतीं, इसलिए तुमको समझाना ही मूर्खता है।' कलावती ने प्रगल्भ होकर कहा–'मूर्ख बनकर थोड़ा समझा दो।'

श्यामसुन्दर भड़क उठे, उनकी शिक्षिता उपन्यास की नायिका उसी अध्याय में अपने प्रणयी के सामने आई थी–वह आगे बातचीत करती, उसी समय ऐसा व्याघात। 'स्त्रीणामाद्य प्रणय-वचनं' कालिदास ने भी इसे नहीं छोड़ा था। कैसा अमूल्य पदार्थ! अशिक्षिता कलावती ने वहीं रस भंग किया। बिगड़कर बोले–'वह तुम इस जन्म में नहीं समझोगी।'

कलावती ने और भी हँसकर कहा–'देखो, उस जन्म में भी ऐसा बहाना न करना।'

पुष्पाधार में धरे हुए नरगिस के गुच्छे ने अपनी एकटक देखती हुई आँखों से चुपचाप यह दृश्य देखा और वह कालिदास के तात्पर्य को बिगाड़ते हुए श्यामसुन्दर की धृष्टता न सहन कर सका, और शेष 'विभ्रमोहि प्रियेषु' का पाठ हिलकर करने लगा।

श्यामसुन्दर ने लैम्प की बत्ती चढ़ाई, फिर अध्ययन आरम्भ हुआ। कलावती अब की अपने पलँग पर जा बैठी। डिब्बा खोलकर पान लगाया, दो खीली लेकर फिर श्यामसुन्दर के पास आई। श्याम ने कहा–'रख दो' खोलीवाला हाथ मुँह की

ओर बढ़ा, कुछ मुख भी बढ़ा, पान उसमें चला गया। कलावती फिर लौटी और एक चीनी की पुतली लेकर उसे पढ़ाने बैठी–'देखो, मैं तुम्हें दो-चार बातें सिखाती हूँ, उन्हें अच्छी तरह रट लेना। लज्जा कभी न करना, यह पुरुषों की चालाकी है, जो उन्होंने इसे स्त्रियों के हिस्से कर दिया है। यह दूसरे शब्दों में एक प्रकार का भ्रम है, इसलिए तुम भी ऐसा रूप धारण करना कि पुरुष, जो बाहर से अनुकम्पा करते हुए तुमसे भीतर-भीतर घृणा करते हैं, वह भी तुमसे भयभीत रहें, तुम्हारे पास आने का साहस न करें। और कृतज्ञ होना दासत्व है। चतुरों ने अपना कार्य-साधन करने का अस्त्र इसे बनाया है। इसीलिए इसकी ऐसी प्रशंसा की है कि लोग इसकी ओर आकर्षित हो जाते हैं। किन्तु है यह दासत्व। यह शरीर का नहीं, किन्तु अन्तरात्मा का दासत्व है। इस कारण कभी-कभी लोग बुरी बातों का भी समर्थन करते हैं। प्रगल्भता, जो आजकल बड़ी बाढ़ पर है, बड़ी अच्छी वस्तु है। उसके बल से मूर्ख भी पण्डित समझे जाते हैं। उसका अच्छा अभ्यास करना, जिससे तुमको कोई मुर्ख न कह सके, कहने का साहस ही न हो। पुतली! तुमने रूप का परिवर्तन भी छोड़ दिया है, यह और भी बुरा है। सोने के कोर की साड़ी तुम्हारे मस्तक को अभी भी ढँके है, तनिक इसे खिसका दो। बालों को लहरा दो। लोग लगें पैर चूमने, प्यारी पुतली! समझी न?'

श्यामसुन्दर के उपन्यास की नायिका भी अपने नायक के गले लग गई थी, प्रसन्नता से उसका मुख-मण्डल चमकने लगा। वह अपना आनन्द छिपा नहीं सकता था। पुतली की शिक्षा उसने सुनी कि नहीं, हम नहीं कह सकते, किन्तु वह हँसने लगा। कलावती को क्या सूझा, लो वह तो सचमुच उसके गले लगी हुई थी। अध्याय समाप्त हुआ। पुतली को अपना पाठ याद रहा कि नहीं लैम्प के धीमे प्रकाश में कुछ समझ न पड़ा।

चक्रवर्ती का स्तम्भ

'बाबा यह कैसे बना? इसको किसने बनाया? इस पर क्या लिखा है?' सरला ने कई सवाल किए। बूढ़ा धर्मरक्षित, भेड़ों के झुण्ड को चरते हुए देख रहा था। हरी टेकरी झारल के किनारे सन्ध्या के आतप की चादर ओढ़कर नया रंग बदल रही थी। भेड़ों की मण्डली उस पर धीरे-धीरे चलती हुई उतरने-चढ़ने में कई रेखा बना रही थी।

अब की ध्यान आकर्षित करने के लिए सरला ने धर्मरक्षित का हाथ खींचकर उस स्तम्भ को दिखलाया। धर्मरक्षित ने निःश्वास लेकर कहा–'बेटी, महाराज चक्रवर्ती अशोक ने इसे बनवाया था। इस पर शील और धर्म की आज्ञा खुदी है। चक्रवर्ती देवप्रिय ने यह नहीं विचार किया कि ये आज्ञाएँ बक-बक मानी जाएँगी। धर्मोन्मत्त लोगों ने इस स्थान को ध्वस्त कर डाला। अब विहार में डर से कोई-कोई भिक्षुक ही कभी दिखाई पड़ता है।'

वृद्ध यह कहकर उद्विग्न होकर कृष्ण सन्ध्या का आगमन देखने लगा। सरला उसी के बगल में बैठ गई। स्तम्भ के ऊपर बैठा हुआ आज्ञा का रक्षक सिंह धीरे-धीरे अन्धकार में विलीन हो गया।

थोड़ी देर में एक धर्मशील कुटुम्ब उसी स्थान पर आया। जीर्ण स्तूप पर देखते-देखते दीपावली हो गई। गन्ध-कुसुम से वह स्तूप अर्चित हुआ। अगरु की गन्ध; कुसुम-सौरभ तथा दीपमाला से वह जीर्ण स्थान एक बार आलोकपूर्ण हो गया। सरला का मन उस दृश्य से पुलकित हो उठा। वह बार-बार वृद्ध को दिखाने लगी, धार्मिक वृद्ध की आँखों में उस भक्तिमयी अर्चना से जल-बिन्दु दिखाई देने लगे। उपासकों में मिलकर धर्मरक्षित और सरला ने भी भरे हुए हृदय से उस स्तूप को भगवान् के उद्देश्य से नमस्कार किया।

टापों के शब्द वहाँ से सुनाई पड़ रहे हैं। समस्त भक्ति के स्थान पर भय

ने अधिकार कर लिया। सब चकित होकर देखने लगे। उल्काधारी अश्वारोही और हाथों में नंगी तलवार! आकाश के तारों ने भी भय से मुँह छिपा लिया। मेघ-मण्डली रो-रोकर मना करने लगी, किन्तु निष्ठुर सैनिकों ने कुछ न सुना। तोड़-ताड़, लूट-पाट करके सब पुजारियों को, 'बुतपरस्तो' को बाँधकर उनके धर्म-विरोध का दण्ड देने के लिए ले चले। सरला भी उन्हीं में थी।

धर्मरक्षित ने कहा–'सैनिको, तुम्हारा भी कोई धर्म है?'

एक ने कहा–'सर्वोत्तम इस्लाम धर्म।'

धर्मरक्षित–'क्या उसमें दया की आज्ञा नहीं है।' उत्तर न मिला।

धर्मरक्षित–'क्या जिस धर्म में दया नहीं है, उसे भी तुम धर्म कहोगे?'

एक दूसरा–'है क्यों नहीं? दया करना हमारे धर्म में भी है। पैगम्बर का हुक्म है, तुम बूढ़े हो, तुम पर दया की जा सकती हैं। छोड़ दो जी, उसको।' बूढ़ा छोड़ दिया गया।

धर्म.–'मुझे चाहे बाँध लो, किन्तु इन सबों को छोड़ दो। वह भी सम्राट था, जिसने इस स्तम्भ पर समस्त जीवों के प्रति दया करने की आज्ञा खुदवा दी है। क्या तुम भी देश विजय करके सम्राट हुआ चाहते हो? तब दया क्यों नहीं करते?'

एक बोल उठा–'क्या पागल बूढ़े से बक-बक कर रहे हो? कोई ऐसी फिक्र करो कि यह किसी बुत की परस्तिश को ऊँचा मीनार तोड़ा जाए।'

सरला ने कहा–'बाबा, हमको यह सब लिए जा रहे हैं।'

धर्म.–'बेटी, असहाय हूँ, वृद्ध बाँहों में बल भी नहीं है, भगवान् की करुणा का स्मरण कर। उन्होंने स्वयं कहा है कि–'संयोगः विप्रयोगन्ताः।'

निष्ठुर लोग हिंसा के लिए परिक्रमण करने लगे। किन्तु पत्थरों में चिल्लाने की शक्ति नहीं है कि उसे सुनकर वे क्रूर आत्माएँ तुष्ट हों। उन्हें नीरव रोने में भी असमर्थ देखकर मेघ बरसने लगे। चपला चमकने लगी। भीषण गर्जन होने लगा। छिपने के लिए वे निष्ठुर भी स्थान खोजने लगे। अकस्मात् एक भीषण गर्जन और तीव्र आलोक, साथ ही धमाका हुआ।

चक्रवर्ती का स्तम्भ अपने सामने यह दृश्य न देख सका। अशनिपात से खण्ड-खण्ड होकर गिर पड़ा। कोई किसी का बन्दी न रहा।

सन्देह

रामनिहाल अपना बिखरा हुआ सामान बाँधने में लगा। जंगले में धूप आकर उसके छोटे-से शीशे पर तड़प रही थी। अपना उज्ज्वल आलोक-खण्ड, वह छोटा-सा दर्पण बुद्ध की सुन्दर प्रतिमा को अर्पण कर रहा था। किन्तु प्रतिमा ध्यानमग्न थी। उसकी आँखें धूप से चौंधियाती न थीं। प्रतिमा का शान्त गम्भीर मुख और भी प्रसन्न हो रहा था। किन्तु रामनिहाल उधर देखता न था। उसके हाथों में था एक कागजों का बण्डल, जिसे सन्दुक में रखने के पहले वह खोलना चाहता था। पढ़ने की इच्छा थी, फिर भी न जाने क्यों हिचक रहा था और अपने को मना कर रहा था, जैसे किसी भयानक वस्तु से बचने के लिए कोई बालक को रोकता हो।

बण्डल तो रख दिया पर दूसरा बड़ा-सा लिफाफा खोल ही डाला। एक चित्र उसके हाथों में था और आँखों में थे आँसू। कमरे में अब दो प्रतिमा थीं। बुद्धदेव अपनी विराग-महिमा में निमग्न। रामनिहाल रामशैल-सा अचल, जिसमें से हृदय का द्रव आँसुओं की निर्झरिणी बनकर धीरे-धीरे बह रहा था।

किशोरी ने आकर हल्ला मचा दिया–'भाभी, अरे भाभी! देखा नहीं तूने, न! निहाल बाबू रो रहे हैं। अरे, तू चल भी!'

श्यामा वहाँ आकर खड़ी हो गयी। उसके आने पर भी रामनिहाल उसी भाव में विस्मृत-सा अपनी करुणा-धारा बहा रहा था। श्यामा ने कहा–'निहाल बाबू!'

निहाल ने आँखें खोलकर कहा–'क्या है?...अरे, मुझे क्षमा कीजिये।' फिर आँसू पोंछने लगा।

'बात क्या है? कुछ सुनूँ भी। तुम क्यों जाने के समय ऐसे दुखी हो रहे हो? क्या हम लोगों से कुछ अपराध हुआ?'

'तुमसे अपराध होगा? यह क्या कह रही हो? मैं रोता हूँ, इसमें मेरी ही भूल

है। प्रायश्चित करने का यह ढंग ठीक नहीं, यह मैं धीरे-धीरे समझ रहा हूँ। किन्तु करूँ क्या? यह मन नहीं मानता।'

श्यामा जैसे सावधान हो गयी। उसने पीछे फिरकर देखा कि किशोरी खड़ी है। श्यामा ने कहा–'जा बेटी! कपड़े धूप में फैले हैं, वहीं बैठ!' किशोरी चली गयी। अब जैसे सुनने के लिए प्रस्तुत होकर श्यामा एक चटाई खींचकर बैठ गयी। उसके सामने छोटी-सी प्रतिमा सागवान की सुन्दर मेज पर धूप के प्रतिबिम्ब में हँस रही थी। रामनिहाल कहने लगा–

'श्यामा! तुम्हारा कठोर व्रत, वैधव्य का आदर्श देखकर मेरे हृदय में विश्वास हुआ कि मनुष्य अपनी वासनाओं का दमन कर सकता है। किन्तु तुम्हारा अवलम्ब बड़ा दृढ़ है। तुम्हारे सामने बालकों का झुण्ड हँसता, खेलता, लड़ता, झगड़ता है। और तुमने जैसे बहुत-सी देव-प्रतिमाएँ, शृंगार से सजाकर हृदय की कोठरी को मन्दिर बना दिया। किन्तु मुझको वह कहाँ मिलता। भारत के भिन्न-भिन्न प्रदेशों में छोटा-मोटा व्यवसाय, नौकरी और पेट पालने की सुविधाओं को खोजता हुआ जब तुम्हारे घर में आया, तो मुझे विश्वास हुआ कि मैंने घर पाया। मैं जब से संसार को जानने लगा, तभी से मैं गृहहीन था। मेरा सन्दूक और ये थोड़े-से सामान, जो मेरे उत्तराधिकार का अंश था, अपनी पीठ पर लादे हुए घूमता रहा। ठीक उसी तरह, जैसे कंजर अपनी गृहस्थी टट्टू पर लादे हुए घूमता है।

'मैं चतुर था, इतना चतुर जितना मनुष्य को न होना चाहिए; क्योंकि मुझे विश्वास हो गया है कि मनुष्य अधिक चतुर बनकर अपने को अभागा मान लेता है, और भगवान् की दया से वंचित हो जाता है।

'मेरी महत्त्वाकांक्षा, मेरे उन्नतिशील विचार मुझे बराबर दौड़ाते रहे। मैं अपनी कुशलता से अपने भाग्य को धोखा देता रहा। यह भी मेरा पेट भर देता था। कभी-कभी मुझे ऐसा मालूम होता कि यह दाँव बैठा कि मैं अपने आप पर विजयी हुआ। और मैं सुखी होकर, सन्तुष्ट होकर चैन से संसार के एक कोने में बैठ जाऊँगा; किन्तु वह मृग-मरीचिका थी।

'मैं जिनके यहाँ नौकरी अब तक करता रहा, वे लोग बड़े ही सुशिक्षित और सज्जन हैं। मुझे मानते भी बहुत हैं। तुम्हारे यहाँ घर का-सा सुख है; किन्तु यह सब मुझे छोड़ना पड़ेगा ही।'–इतनी बात कहकर रामनिहाल चुप हो गया।

'तो तुम काम की एक बात न कहोगे। व्यर्थ ही इतनी...' श्यामा और कुछ कहना चाहती थी कि उसे रोककर रामनिहाल कहने लगा–'तुमको मैं अपना शुभचिन्तक, मित्र और रक्षक समझता हूँ, फिर तुमसे न कहूँगा, तो यह भार कब

तक ढोता रहूँगा! लो सुनो। यह चैत है न, हाँ ठीक! कार्तिक की पूर्णिमा थी। मैं काम-काज से छुट्टी पाकर सन्ध्या की शोभा देखने के लिए दशाश्वमेध घाट पर जाने के लिए तैयार था कि ब्रजकिशोर बाबू ने कहा–'तुम तो गंगा किनारे टहलने जाते ही हो। आज मेरे एक सम्बन्धी आ गये हैं, इन्हें भी एक बजरे पर बैठाकर घुमाते आओ, मुझे आज छुट्टी नहीं है।'

'मैंने स्वीकार कर लिया। ऑफिस में बैठा रहा। थोड़ी देर में भीतर से एक पुरुष के साथ एक सुन्दरी स्त्री निकली और मैं समझ गया कि मुझे इन्हीं लोगों के साथ जाना होगा। ब्रजकिशोर बाबू ने कहा–'मानमन्दिर घाट पर बजरा ठीक है। निहाल आपके साथ जा रहे हैं। कोई असुविधा न होगी। इस समय मुझे क्षमा कीजिये। आवश्यक काम है।'

'पुरुष के मुँह पर की रेखाएँ कुछ तन गयीं। स्त्री ने कहा–'अच्छा है। आप अपना काम कीजिये। हम लोग तब तक घूम आते हैं।'

'हम लोग मानमन्दिर पहुँचे। बजरे पर चाँदनी बिछी थी। पुरुष–'मोहन बाबू' जाकर ऊपर बैठ गये। पैड़ी लगी थी। मनोरमा को चढ़ने में जैसे डर लग रहा था। मैं बजरे के कोने पर खड़ा था। हाथ बढ़ाकर मैंने कहा, आप चली आइये, कोई डर नहीं। उसने हाथ पकड़ लिया। ऊपर आते ही मेरे कान में धीरे से उसने कहा–'मेरे पति पागल बनाये जा रहे हैं। कुछ-कुछ हैं भी। तनिक सावधान रहियेगा। नाव की बात है।'

'मैंने कह दिया–'कोई चिन्ता नहीं किन्तु ऊपर जाकर बैठ जाने पर भी मेरे कानों के समीप उस सुन्दर मुख का सुरभित निश्वास अपनी अनुभूति दे रहा था। मैंने मन को शान्त किया। चाँदनी निकल आयी थी। घाट पर आकाश-दीप जल रहे थे और गंगा की धारा में भी छोटे-छोटे दीपक बहते हुए दिखाई देते थे।

'मोहन बाबू की बड़ी-बड़ी गोल आँखें और भी फैल गयीं। उन्होंने कहा–'मनोरमा, देखो, इस दीपदान का क्या अर्थ है, तुम समझती हो?'

'गंगाजी की पूजा, और क्या?'–मनोरमा ने कहा।

'यही तो मेरा और तुम्हारा मतभेद है। जीवन के लघु दीप को अनन्त की धारा में बहा देने का यह संकेत है। आह! कितनी सुन्दर कल्पना!'–कहकर मोहन बाबू जैसे उच्छ्वसित हो उठे। उनकी शारीरिक चेतना मानसिक अनुभूति से मिलकर उत्तेजित हो उठी। मनोरमा ने मेरे कानों में धीरे से कहा–'देखा न आपने!'

'मैं चकित हो रहा था। बजरा पंचगंगाघाट के समीप पहुँच गया था। तब हँसते हुए मनोरना ने अपने पति से कहा–'और यह बाँसों में जो टँगे हुए दीपक

हैं, उन्हें आप क्या कहेंगे?'

'तुरन्त ही मोहन बाबू ने कहा–'आकाश भी असीम है न। जीवन-दीप को उसी ओर जाने के लिए यह भी संकेत है।' फिर हाँफते हुए उन्होंने कहना आरम्भ किया–'तुम लोगों ने मुझे पागल समझ लिया है, यह मैं जानता हूँ। ओह! संसार की विश्वासघात की ठोकरों ने मेरे हृदय को विक्षिप्त बना दिया है। मुझे उससे विमुख कर दिया है। किसी ने मेरे मानसिक विप्लवों में मुझे सहायता नहीं दी। मैं ही सबके लिए मरा करूँ। यह अब मैं नहीं कर सकता। मुझे अकपट प्यार की आवश्यकता है। जीवन में वह कभी नहीं मिला! तुमने भी मनोरमा! तुमने भी, मुझे–'

'मनोरमा घबरा उठी थी। उसने कहा–'चुप रहिये, आपकी तबीयत बिगड़ रही है, शान्त हो जाइये!'

'क्यों शान्त हो जाऊँ! रामनिहाल को देखकर चुप रहूँ। वह जान जायें, इसमें मुझे कोई भय नहीं। तुम लोग छिपाकर सत्य को छलना क्यों बनाती हो?' मोहन बाबू के श्वासों की गति तीव्र हो उठी। मनोरमा ने हताश भाव से मेरी ओर देखा। वह चाँदनी रात में विशुद्ध प्रतिमा-सी निश्चेष्ट हो रही थी।

'मैंने सावधान होकर कहा–'माँझी, अब घूम चलो।' कार्तिक की रात चाँदनी से शीतल हो चली थी। नाव मानमन्दिर की ओर घूम चली। मैं मोहन बाबू के मनोविकार के सम्बन्ध में सोच रहा था। कुछ देर चुप रहने के बाद मोहन बाबू फिर अपने आप कहने लगे–

'ब्रजकिशोर को मैं पहचानता हूँ। मनोरमा, उसने तुम्हारे साथ मिलकर जो षड्यन्त्र रचा है, मुझे पागल बना देने का जो उपाय हो रहा है, उसे मैं समझ रहा हूँ। तो–'

'ओह! आप चुप न रहेंगे? मैं कहती हूँ न! यह व्यर्थ का सन्देह आप मन से निकाल दीजिये या मेरे लिए संखिया मँगा दीजिये। छुट्टी हो।'

'स्वस्थ होकर बड़ी कोमलता से मोहन बाबू कहने लगे–'तुम्हारा अपमान होता है! सबके सामने मुझे यह बातें न कहनी चाहिए। यह मेरा अपराध है। मुझे क्षमा करो, मनोरमा!' सचमुच मनोरमा के कोमल चरण मोहन बाबू के हाथ में थे! वह पैर छुड़ाती हुई पीछे खिसकी। मेरे शरीर से उसका स्पर्श हो गया, वह क्षुब्ध और संकोच में ऊभ-चूभ रमणी जैसे किसी का आशय पाने के लिए व्याकुल हो गयी थी। मनोरमा ने दीनता से मेरी ओर देखते हुए कहा–'आप देखते हैं?'

'सचमुच मैं देख रहा था। गंगा की घोर धारा पर बजरा फिसल रहा था।

नक्षत्र बिखर रहे थे। और एक सुन्दरी युवती मेरा आश्रय खोज रही थी। अपनी सब लज्जा और अपमान लेकर वह दुर्वह सन्देह-भार से पीड़ित स्त्री जब कहती थी कि 'आप देखते हैं न' तब वह मानो मुझसे प्रार्थना करती थी कि कुछ मत देखो, मेरा व्यंग्य-उपहास देखने की वस्तु नहीं।

'मैं चुप था। घाट पर बजरा लगा। फिर वह युवती मेरा हाथ पकड़कर पैड़ी पर से सम्हली हुई उतरी। और मैंने एक बार न जाने क्यों धृष्टता से मन में सोचा कि 'मैं धन्य हूँ।' मोहन बाबू ऊपर चढ़ने लगे। मैं मनोरमा के पीछे-पीछे था। अपने पर भारी बोझ डालकर धीरे-धीरे सीढ़ियों पर चढ़ रहा था।

उसने धीरे से मुझसे कहा, 'रामनिहालजी, मेरी विपत्ति में आप सहायता न कीजियेगा!' मैं अवाक् था।

श्यामा ने एक बार गहरी दृष्टि से रामनिहाल को देखा। वह चुप हो गया। श्यामा ने आज्ञा-भरे स्वर में कहा, 'आगे और भी कुछ है या बस?'

रामनिहाल ने सिर झुकाकर कहा, 'हाँ, और भी कुछ है।'

'वही कहो न!'

'कहता हूँ। मुझे धीरे-धीरे मालूम हुआ कि ब्रजकिशोर बाबू यह चाहते हैं कि मोहनलाल अदालत से पागल मान लिये जायें और ब्रजकिशोर उनकी सम्पत्ति के प्रबन्धक बना दिये जायें, क्योंकि वे ही मोहनलाल के निकट सम्बन्धी थे। भगवान् जाने इसमें क्या रहस्य है, किन्तु संसार तो दूसरे को मूर्ख बनाने के व्यवसाय पर चल रहा है। मोहन अपने सन्देह के कारण पूरा पागल बन गया है। तुम जो यह चिट्ठियों का बण्डल देख रही हो, वह मनोरमा का है।'

रामनिहाल फिर रुक गया। श्यामा ने फिर तीखी दृष्टि से उसकी ओर देखा। रामनिहाल कहने लगा, 'तुमको भी सन्देह हो रहा है। सो ठीक ही है। मुझे भी कुछ संदेह हो रहा है, मनोरमा क्यों मुझे इस समय बुला रही है।'

अब श्यामा ने हँसकर कहा–'तो क्या तुम समझते हो कि मनोरमा तुमको प्यार करती है और वह दुश्चरित्रा है? छिः रामनिहाल, यह तुम क्यों सोच रहे हो? देखूँ तो, तुम्हारे हाथ में कौन-सा चित्र है, क्या मनोरमा का ही?' कहते-कहते श्यामा ने रामनिहाल के हाथ से चित्र ले लिया। उसने आश्चर्य-भरे स्वर में कहा, 'अरे यह तो मेरा ही है? तो क्या तुम मुझसे प्रेम करने का लड़कपन करते हो? यह अच्छी फाँसी लगी है तुमको। मनोरमा तुमको प्यार करती है और तुम मुझको। मन के विनोद के लिए तुमने अच्छा साधन जुटाया है। तभी कायरों की तरह यहाँ से बोरिया-बँधना लेकर भागने की तैयारी कर ली है!'

रामनिहाल हतबुद्धि अपराधी-सा श्यामा को देखने लगा। जैसे उसे कहीं भागने की राह न हो। श्यामा दृढ़ स्वर में कहने लगी–

'निहाल बाबू! प्यार करना बड़ा कठिन है। तुम इस खेल को नहीं जानते। इसके चक्कर में पड़ना भी मत। एक दुखिया स्त्री तुमको अपनी सहायता के लिए बुला रही है। जाओ, उसकी सहायता करके लौट आओ। तुम्हारा सामान यहीं रहेगा। तुमको अभी यहीं रहना होगा। समझे। अभी तुमको मेरी संरक्षता की आवश्यकता है। उठो। नहा-धो लो। जो ट्रेन मिले, उससे पटना जाकर ब्रजकिशोर की चालाकियों से मनोरमा की रक्षा करो। और फिर मेरे यहाँ चले आना। यह सब तुम्हारा भ्रम था। सन्देह था।'

रामनिहाल धीरे से उठकर नहाने चला गया।

भीख में

: एक :

खपरैल दालान में, कम्बल पर मिन्ना के साथ बैठा हुआ ब्रजराज मन लगाकर बातें कर रहा था। सामने ताल में कमल खिल रहे थे। उसी पर से भीनी-भीनी महक लिये हुए पवन धीरे-धीरे उस झोंपड़ी में आता और चला जाता था।

'माँ कहती थी...' मिन्ना ने कमल की केसरों को बिखराते हुए कहा।

'क्या कहती थी?'

'बाबूजी परदेश जायेंगे। तेरे लिए नेपाली टट्टू लायेंगे।'

'तू घोड़े पर चढ़ेगा कि टट्टू पर! पागल कहीं का!'

'नहीं, मैं टट्टू पर चढ़ूँगा। वह गिराता नहीं।'

'तो फिर मैं नहीं जाऊँगा।'

'क्यों नहीं जाओगे? ऊँ-ऊँ-ऊँ, मैं अब रोता हूँ।'

'अच्छा, पहले यह बताओ कि जब तुम कमाने लगोगे, तो हमारे लिए क्या लाओगे?'

'खूब ढेर-सा रुपया'–कहकर मिन्ना ने अपना छोटा-सा हाथ जितना ऊँचा हो सकता था, उठा लिया।

'सब रुपया मुझको ही दोगे न!'

'नहीं, माँ को भी दूँगा।'

'मुझको कितना दोगे?'

'थैली-भर!'

'और माँ को?'

'वही बड़ी काठवाली सन्दूक में जितना भरेगा।'

'तब फिर माँ से कहो; वही नेपाली टट्टू ला देगी।'

मिन्ना ने झुंझलाकर ब्रजराज को ही टट्टू बना लिया। उसी के कन्धों पर चढ़कर अपनी साध मिटाने लगा। भीतर दरवाजे में से इन्दो झाँककर पिता-पुत्र का विनोद देख रही थी। उसने कहा–'मिन्ना! यह टट्टू बड़ा अड़ियल है।'

ब्रजराज को यह विसंवादी स्वर की-सी हँसी खटकने लगी। आज ही सवेरे इन्दो से कड़ी फटकार सुनी थी। इन्दो अपने गृहिणी-पद की मर्यादा के अनुसार जब दो-चार खरी-खोटी सुना देती, तो उसका मन विरक्ति से भर जाता। मिन्ना के साथ खेलने में, झगड़ा करने में और सलाह करने में ही संसार की पूर्ण भावमयी उपस्थिति हो जाती। फिर कुछ और करने की आवश्यकता ही क्या है? यही बात उसकी समझ में नहीं आती। रोटी बिना भूखों मरने की सम्भावना न थी। किन्तु इन्दो को उतने ही से सन्तोष नहीं। इधर ब्रजराज को निठल्ले बैठे हुए मालों के साथ कभी-कभी चुहल करते देखकर तो वह और भी जल उठती। ब्रजराज यह सब समझता हुआ भी अनजान बन रहा था। उसे तो अपनी खपरैल में मिन्ना के साथ सन्तोष-ही-सन्तोष था; किन्तु आज वह न जाने क्यों भिन्ना उठा–

'मिन्ना! अड़ियल टट्टू भागते हैं, तो रुकते नहीं। और राह-कुराह भी नहीं देखते। तेरी माँ अपने भीगे चने पर रौब गाँठती है। कहीं इस टट्टू को हरी-हरी दूब की चोट लगी, तो...।'

'नहीं मिन्ना! रूखी-सूखी पर निभा लेनेवाले ऐसा नहीं कर सकते!'

'कर सकते हैं मिन्ना! कह दो, हाँ!'

मिन्ना घबरा उठा था। यह तो बातों का नया ढंग था। वह समझ न सका। उसने कह दिया–'हाँ, कर सकते हैं।'

'चल, देख लिया। ऐसे ही करनेवाले!'–कहकर जोर से किवाड़ बन्द करती हुई इन्दो चली गयी। ब्रजराज के हृदय में विरक्ति चमकी। बिजली की तरह कौंध उठी घृणा। उसे अपने अस्तित्व पर सन्देह हुआ। वह पुरुष है या नहीं? इतना कशाघात! इतना सन्देह और चतुरे संचालन! उसका मन घर से विद्रोही हो रहा था। आज तक बड़ी सावधानी से कुशल महाजन की तरह वह अपना सूद बढ़ाता रहा। कभी स्नेह का प्रतिदान लेकर उसने इन्दो को हल्का नहीं होने दिया था। इसी घड़ी सूद-दर-सूद लेने के लिए उसने अपनी विरक्ति की थैली का मुँह खोल दिया।

मिन्ना को एक बार गोद में चिपकाकर वह खड़ा हो गया। जब गाँव के लोग हलों को कन्धों पर लिये हुए लौट रहे थे, उसी समय ब्रजराज ने घर छोड़ने का निश्चय कर लिया।

जालन्धर से जो सड़क ज्वालामुखी को जाती है, उस पर इसी साल से एक सिख पेंशनर ने लारी चलाना आरम्भ किया। उसका ड्राइवर कलकत्ते से सीखा हुआ फुर्तीला आदमी है। सीधे-सादे देहाती उछल पड़े। जिनकी मनौती कई साल से रुकी थीं, बैल-गाड़ी की यात्रा के कारण जो अब तक टाल-मटोल करते थे, वे उत्साह से भरकर ज्वालामुखी के दर्शन के लिए प्रस्तुत होने लगे।

गोटेदार ओढ़नियों, अच्छी काट की शलवारों, किमख्वाब की झकाझक सदरियों की बहार, आये दिन उसकी लारी में दिखलाई पड़ती। किन्तु वह मशीन का प्रेमी ड्राइवर किसी ओर देखता नहीं। अपनी मोटर, उसका हार्न, ब्रेक और मडगार्ड पर उसका मन टिका रहता। चक्का हाथ में लिये हुए जब उस पहाड़ी प्रान्त में वह अपनी लारी चलाता, तो अपनी धुन में मस्त किसी की ओर देखने का विचार भी न कर पाता। उसके सामान में एक बड़ा-सा कोट, एक कम्बल और एक लोटा। हाँ, बैठने की जगह में जो छिपा हुआ बक्स था, उसी में कुल रुपये-पैसे बचाकर वह फेंकता जाता। किसी पहाड़ी पर ऊँचे वृक्षों से लिपटी हुई जंगली गुलाब की लता को वह देखना नहीं चाहता। उसकी कोसों तक फैलनेवाली सुगन्ध ब्रजराज के मन को मथ देती; परन्तु वह शीघ्र ही अपनी लारी में मन को उलझा देता और तब निर्विकार भाव से उस जनविरल प्रान्त में लारी की चाल तीव्र कर देता। इसी तरह कई बरस बीत गये।

बूढ़ा सिख उससे बहुत प्रसन्न रहता; क्योंकि ड्राइवर कभी बीड़ी-तमाखू नहीं पीता और किसी काम में व्यर्थ पैसा खर्च नहीं करता। उस दिन बादल उमड़ रहे थे। थोड़ी-थोड़ी झीसी पड़ रही थी। वह अपनी लारी दौड़ाये पहाड़ी प्रदेश के बीचोंबीच निर्जन सड़क पर चला जा रहा था, कहीं-कहीं दो-चार घरों के गाँव दिखाई पड़ते थे। आज उसकी लारी में भीड़ नहीं थी। सिख पेंशनर की जान-पहचान का एक परिवार उस दिन ज्वालामुखी का दर्शन करने जा रहा था। उन लोगों ने पूरी लारी भाड़े पर कर ली थी, किन्तु अभी तक उसे यह जानने की आवश्यकता न हुई थी कि उसमें कितने आदमी थे। उसे इंजिन में पानी की कमी मालूम हुई कि लारी रोक दी गयी। ब्रजराज बाल्टी लेकर पानी लेने गया। उसे पानी लाते देखकर लारी के यात्रियों को भी प्यास लग गयी। सिख ने कहा–

'ब्रजराज! इन लोगों को भी थोड़ा पानी दे देना।'

जब बाल्टी लिये हुए वह यात्रियों की ओर गया, तो उसको भ्रम हुआ कि जो सुन्दरी स्त्री पानी के लिए लोटा बढ़ा रही है, वह कुछ पहचानी-सी है। उसने लोटे में पानी उँडेलते हुए अन्यमनस्क की तरह कुछ जल गिरा भी दिया, जिससे

स्त्री की ओढ़नी का कुछ अंश भींग गया। यात्री ने झिड़ककर कहा–

'भाई, जरा देखकर।'

किन्तु वह स्त्री भी उसे कनखियों से देख रही थी। 'ब्रजराज!' शब्द उसके भी कानों में गूंज उठा था। ब्रजराज अपनी सीट पर जा बैठा।

बूढ़े सिख और यात्री दोनों को ही उसका यह व्यवहार अशिष्ट-सा मालूम हुआ; पर कोई कुछ बोला नहीं। लारी चलने लगी। काँगड़ा की तराई का यह पहाड़ी दृश्य, चित्रपटों की तरह क्षण-क्षण पर बदल रहा था। उधर ब्रजराज की आँखें कुछ दूसरे ही दृश्य देख रही थीं।

गाँव का वह ताल, जिसमें कमल खिल रहे थे, मिन्ना के निर्मल प्यार की तरह तरंगायित हो रहा था। और उस प्यार में विश्राम की लालसा, बीच-बीच में उसे देखते ही, मालती का पैर के अँगूठों के चाँदी के मोटे छल्लों को खटखटाना, सहसा उसकी स्त्री का सन्दिग्ध भाव से उसको बाहर भेजने की प्रेरणा, साधारण जीवन में बालक के प्यार से जो सुख और सन्तोष उसे मिल रहा था, वह भी छिन गया; क्यों सन्देह न हो! इन्दो को विश्वास हो चला था कि ब्रजराज मालो को प्यार करता है। और गाँव में एक ही सुन्दरी, चंचल, हँसमुख और मनचली भी थी, उसका ब्याह नहीं हुआ था। हाँ, वही तो मालो?–और यह ओढ़नीवाली! ऐं, पंजाबी में? असम्भव! नहीं तो–वही है–ठीक-ठीक वही है। वह चक्का पकड़े हुए पीछे घूमकर अपनी स्मृतिधारा पर विश्वास कर लेना चाहता था। ओह! कितनी भूली हुई बातें इसे मुख ने स्मरण दिला दीं। वह अपने को न रोक सका। पीछे घूम ही पड़ा और देखने लगा।

लारी टकरा गयी एक वृक्ष से। कुछ अधिक हानि न होने पर भी, किसी को कहीं चोट न लगने पर भी सिख झल्ला उठा। ब्रजराज भी फिर लारी पर न चढ़ा। किसी को किसी से सहानुभूति नहीं। तनिक-सी भूल भी कोई सह नहीं सकता, यही न! ब्रजराज ने सोचा कि मैं ही क्यों न रूठ जाऊँ? उसने नौकरी को नमस्कार किया।

: दो :

ब्रजराज को वैराग्य हो गया हो, सो तो बात नहीं। हाँ, उसे गार्हस्थ्य-जीवन के सुख के आरंभ में ही ठोकर लगी। उसकी सीधी-सादी गृहस्थी में कोई विशेष आनन्द न था। केवल मिन्ना की अटपटी बातों से और राह चलते-चलते कभी-कभी मालती

की चुहल से, हलके शरबत में, दो बूँद हरे नींबू के रस की-सी सुगन्ध तरावट में मिल जाती थी।

यह सब गया, इधर कलकत्ते के कोलाहल में रहकर उसने ड्राइवरी सीखी। पहाड़ियों की गोद में उसे एक प्रकार की शान्ति मिली। दो-चार घरों के छोटे-छोटे से गाँवों को देखकर मन में विरागपूर्ण दुलार होता था। यह अपनी लारी पर बैठा हुआ उपेक्षा से एक दृष्टि डालता हुआ निकल जाता। तब वह अपने गाँव पर मानो प्रत्यक्ष रूप से प्रतिशोध ले लेता; किन्तु नौकरी छोड़कर वह क्या जाने कैसा हो गया। ज्वालामुखी के समीप ही पण्डों की बस्ती में जाकर रहने लगा।

पास में कुछ रुपये बचे थे। उन्हें वह धीरे-धीरे खर्च करने लगा। उधर उसके मन का निश्चिन्त भाव और शरीर का बल धीरे-धीरे क्षीण होने लगा। कोई कहता, तो उसका काम कर देता; पर उसके बदले में पैसा न लेता। लोग कहते–बड़ा भलामानुस है। उससे बहुत-से लोगों की मित्रता हो गयी। उसका दिन ढलने लगा। वह घर की कभी चिन्ता न करता। हाँ, भूलने का प्रयत्न करता; किन्तु मिन्ना? फिर सोचता 'अब बड़ा हो गया होगा ही। जिसने मुझे काम करने के लिए परदेश भेज दिया, वह मिन्ना को ठीक कर लेगी। खेती-बारी से काम चल ही जायेगा। मैं ही गृहस्थी में अतिरिक्त व्यक्ति था और मालती! न, न! पहले उसके कारण संदिग्ध बनकर मुझे घर छोड़ना पड़ा। उसी का फिर से स्मरण करते ही मैं नौकरी से छुड़ाया गया। कहाँ से उस दिन मुझे फिर उसका सन्देह हुआ। वह पंजाब में कहाँ आती! उसका नाम भी न लूँ!'

'इन्दो तो मुझे परदेश भेजकर सुख से नींद लेगी ही।'

पर यह नशा दो-ही-तीन बरसों में उखड़ गया। इस अर्थयुग में सब सम्बल जिसका है, वही उठ्ठी बोल गया। आज ब्रजराज अकिंचन कंगाल था। आज ही से उसे भीख माँगना चाहिए। नौकरी न करेगा, हाँ भीख माँग लेगा। किसी का काम कर देगा, तो यह देगा वह अपनी भीख। उसकी मानसिक धारा इसी तरह चल रही थी।

वह सवेरे ही आज मन्दिर के समीप जा बैठा। आज उसके हृदय में भी वैसी ही एक ज्वाला भक् से निकलकर बुझ जाती है। और कभी विलम्ब तक लपलपाती रहती है; किन्तु कभी उसकी ओर कोई नहीं देखता। और उधर तो यात्रियों के झुण्ड जा रहे थे।

चैत्र का महीना था। आज बहुत-से यात्री आये थे। उसने भी भीख के लिए हाथ फैलाया। एक सज्जन गोद में छोटा-सा बालक लिए आगे बढ़ गये, पीछे एक सुन्दरी अपनी ओढ़नी सम्हालती हुई क्षणभर के लिए रुक गयी थी। स्त्रियाँ स्वभाव

की कोमल होती हैं। पहली ही बार पसारा हुआ हाथ खाली न रह जाय, इसी से ब्रजराज ने सुन्दरी से याचना की।

वहे खड़ी हो गयी। उसने पूछा–'क्या तुम अब लारी नहीं चलाते?'

'अरे, वही वो, ठीक मालती का-सा स्वर!'

हाथ बटोरकर ब्रजराज ने कहा–'कौन, मालो?'

'तो यह तुम्हीं हो, ब्रजराज!'

'हाँ तो'–कहकर ब्रजराज ने एक लम्बी साँस ली।

मालती खड़ी रही। उसने कहा–'भीख माँगते हो?'

'हाँ, पहले मैं सुख का भिखारी था। थोड़ा-सा मिन्ना का स्नेह, इन्दो का प्रणय, दस-पाँच बीघों की कामचलाऊ उपज और कहे जानेवाले मित्रों की चिकनी-चुपड़ी बातों से सन्तोष की भीख माँगकर अपने चिथड़ों में बाँधकर मैं सुखी बन रहा था। कंगाल की तरह जन-कोलाहल से दूर एक कोने में उसे अपनी छाती से लगाये पड़ा था; किन्त तुमने बीच में थोड़ा-सा प्रसन्न-विनोद मेरे ऊपर ढाल दिया, वही तो मेरे लिए...'

'ओहो पागल इन्दो! मुझ पर सन्देह करने लगी। तुम्हारे चले आने पर मुझसे कई बार लड़ी भी। मैं तो अब यहाँ आ गयी हूँ।'–कहते-कहते वह भय से आगे चले जानेवाले सज्जन को देखने लगी।

'तो, यह तुम्हारा ही बच्चा है न! अच्छा-अच्छा!' 'हूँ' कहती हुई मालो ने कुछ निकाला उसे देने के लिए। ब्रजराज ने कहा–'मालो! तुम जाओ। देखो, वह तुम्हारे पति आ रहे हैं!' बच्चे को गोद में लिये हुए मालो के पंजाबी पति लौट आये। मालती उस समय अन्यमनस्क, क्षुब्ध और चंचल हो रही थी। उसके मुँह पर क्षोभ, भय और कुतूहल से मिली हुई करुणा थी। पति ने डाँटकर पूछा–'क्यों, यह भिखमंगा तंग कर रहा था?'

पण्डाजी की ओर घूमकर मालो के पति ने कहा–'ऐसे उचक्कों को आप लोग मन्दिर के पास बैठने देते हैं!'

धनी जजमान का अपमान भला वह पण्डा कैसे सहता! उसने ब्रजराज का हाथ पकड़कर घसीटते हुए कहा–

'उठ बे, यहाँ फिर दिखाई पड़ा, तो तेरी टाँग ही लँगड़ी कर दूँगा!'

बेचारा ब्रजराज यहाँ धक्के खाकर सोचने लगा–फिर मालती! क्या सचमुच मैंने कभी उससे कुछ...और मेरा दुर्भाग्य! यही तो आज तक अयाचित भाव से वह देती आयी है। आज उसने पहले दिन की भीख में भी वही दिया।

चित्रवाले पत्थर

मैं 'संगमहाल' का कर्मचारी था। उन दिनों मुझे विन्धय शैल-माला के एक उजाड़ स्थान में सरकारी काम से जाना पड़ा। भयानक वन-खण्ड के बीच पहाड़ी से हटकर एक छोटी-सी डाक बँगलिया थी। मैं उसी में ठहरा था। वहीं की एक पहाड़ी में एक प्रकार का रंगीन पत्थर निकला था। मैं उनकी जाँच करने और तब तक पत्थर की कटाई बन्द करने के लिए वहाँ गया था। उस झाड़-खण्ड में छोटी-सी सन्दूक की तरह मनुष्य-जीवन की रक्षा के लिए बनी हुई बँगलिया मुझे विलक्षण मालूम हुई; क्योंकि वहाँ पर प्रकृति की निर्जन शून्यता, पथरीली चट्टानों से टकराती हुई हवा के झोंके के दीर्घ निःश्वास, उसे रात्रि में मुझे सोने न देते थे। मैं छोटी-सी खिड़की से सिर निकालकर जब कभी उस सृष्टि के खंडहर को देखने लगता, तो भय और उद्वेग मेरे मन पर इतना बोझ डालते कि मैं कहानियों में पढ़ी हुई अतिरंजित घटनाओं की सम्भावना से ठीक संकुचित होकर भीतर अपने तकिये पर पड़ा रहता था। अन्तरिक्ष के गह्वर में न जाने कितनी ही आश्चर्यजनक लीलाएँ करके मानवी आत्माओं ने अपना निवास बना लिया है। मैं कभी-कभी आवेश में सोचता कि भत्ते के लोभ से मैं ही क्यों यहाँ चला आया? क्या वैसी ही कोई अद्भुत घटना होनेवाली है? मैं फिर जब अपने साथी नौकर की ओर देखता, तो मुझे साहस हो जाता और क्षणभर के लिए स्वस्थ होकर नींद को बुलाने लगता; किन्तु कहाँ, वह तो सपना हो रही थी।

रात कट गयी। मुझे कुछ झपकी आने लगी। किसी ने बाहर से खटखटाया और मैं घबरा उठा। खिड़की खुली हुई थी। पूरब की पहाड़ी के ऊपर आकाश में लाली फैल रही थी। मैं निडर होकर बोला–'कौन है? इधर खिड़की के पास आओ।'

जो व्यक्ति मेरे पास आया, उसे देखकर मैं तो दंग रह गया। वह सुन्दर रहा होगा; किन्तु आज तो उसके अंग-अंग से, मुँह की एक-एक रेखा से उदासीनता

और कुरूपता टपक रही थी। आँखें गड्ढे में जलते हुए अंगारे की तरह धक्-धक् कर रही थीं। उसने कहा–'मुझे कुछ खिलाओ।'

मैंने मन-ही-मन सोचा कि यह आपत्ति कहाँ से आयी! वह भी रात बीत जाने पर! उसने कहा–'भले आदमी! तुमको इतने सवेरे भूख लग गयी?'

उसकी दाढ़ी और मूंछों के भीतर छिपी हुई दाँतों की पंक्ति रगड़ उठी। वह हँसी थी या थी किसी कोने की मर्मान्तक पीड़ा की अभिव्यक्ति, कह नहीं सकता। वह कहने लगा–'व्यवहारकुशल मनुष्य, संसार के भाग्य से उसकी रक्षा के लिए, बहुत थोड़े-से उत्पन्न होते हैं। वे भूखे पर सन्देह करते हैं। एक पैसा देने के साथ नौकर से कह देते हैं, देखो इसे चना दिला देना। वह समझते हैं, एक पैसे की मलाई से पेट न भरेगा। तुम ऐसे ही व्यवहार-कुशल मनुष्य हो। जानते हो कि भूखे को कब भूख लगनी चाहिए। जब तुम्हारी मनुष्यता स्वाँग बनाती है, तो अपने पशु पर देवता की खाल चढ़ा देती है, और स्वयं दूर खड़ी हो जाती है।' मैंने सोचा कि यह दार्शनिक भिखमंगा हैं। और कहा–'अच्छा, बाहर बैठो।'

बहुत शीघ्रता करने पर भी नौकर के उठने और उसके लिए भोजन बनाने में घण्टों लग गये। जब मैं नहा-धोकर पूजा-पाठ से निवृत्त होकर लौटा, तो वह मनुष्य एकान्त मन से अपने खाने पर जुटा हुआ था। अब मैं उसकी प्रतीक्षा करने लगा। वह भोजन समाप्त करके जब मेरे पास आया, तो मैंने पूछा–"तुम यहाँ क्या कर रहे थे?' उसने स्थिर दृष्टि से एक बार मेरी ओर देखकर कहा–'बस, इतना ही पूछियेगा या और कुछ भी?' मुझे हँसी आ गयी। मैंने कहा–'मुझे अभी दो घण्टे का अवसर है। तुम जो कुछ कहना चाहो, कहो।

वह कहने लगा–

'मेरे जीवन में उस दिन अनुभूतिमयी सरसता का संचार हुआ, मेरी छाती में कुसुमाकर की वनस्थली अंकुरित, पल्लवित, कुसुमित होकर सौरभ का प्रसार करने लगी। ब्याह के निमन्त्रण में मैंने देखा उसे, जिसे देखने के लिए ही मेरा जन्म हुआ था। वह थी मंगला की यौवनमयी उषा। सारा संसार उन कपोलों की अरुणिमा की गुलाबी छटा के नीचे मधुर विश्राम करने लगा। वह मादकता विलक्षण थी। मंगला के अंग-कुसुम से मकरन्द छलका पड़ता था। मेरी धवल आँखें उसे देखकर ही गुलाबी होने लगीं।

ब्याह की भीड़भाड़ में इस ओर ध्यान देने की किसको आवश्यकता थी, किन्तु हम दोनों को भी दूसरी ओर देखने का अवकाश नहीं था। सामना हुआ और एक घूँट। आँखें चढ़ जाती थीं। अधर मुसकराकर खिल जाते और हृदय-पिण्ड पारदं

के समान, वसन्त-कालीन चल-दल-किसलय की तरह काँप उठता।

देखते-ही-देखते उत्सव समाप्त हो गया। सब लोग अपने-अपने घर चलने की तैयारी करने लगे; परन्तु मेरा पैर तो उठता ही न था। मैं अपनी गठरी जितनी ही बाँधता, वह खुल जाती। मालूम होता था कि कुछ छूट गया है। मंगला ने कहा–'मुरली, तुम भी जाते हो?'

'जाऊँगा ही–तो भी तुम जैसा कहो।'

'अच्छा, तो फिर कितने दिनों में आओगे?'

'यह तो भाग्य जाने!'

'अच्छी बात है'–वह जाड़े की रात के समान ठण्डे स्वर में बोली। मेरे मन को ठेस लगी। मैंने भी सोचा कि फिर यहाँ क्यों ठहरूँ? चल देने का निश्चय किया। फिर भी रात तो बितानी ही पड़ी। जाते हुए अतिथि को थोड़ा और ठहरने के लिए कहने से कोई भी चतुर गृहस्थ नहीं चुकता। मंगला की माँ ने कहा और मैं रातभर ठहर गया; पर जागकर रात बीती। मंगला ने चलने के समय कहा–'अच्छा तो–' इसके बाद नमस्कार के लिए दोनों सुन्दर हाथ जुड़ गये। चिढ़कर मन-ही-मन मैंने कहा–यही अच्छा है, तो बुरा ही क्या है? मैं चल पड़ा। कहाँ–घर नहीं! कहीं और! –मेरी कोई खोज लेनेवाला न था।

मैं चला जा रहा था। कहाँ जाने के लिए, यह न बताऊँगा। वहाँ पहुँचने पर सन्ध्या हो गयी। चारों ओर वनस्थली साँय-साँय करने लगी। थका भी था, रात को पाला पड़ने की सम्भावना थी। किस छाया में बैठता? सोच-विचारकर मैं सूखी झलासियों से झोंपड़ी बनाने लगा। लतरों को काटकर उस पर छाजन हुई। रात का बहुत-सा अंश बीत चुका था। परिश्रम की तुलना में विश्राम कहाँ मिला! प्रभात होने पर आगे बढ़ने की इच्छा न हुई। झोंपड़ी की अधूरी रचना ने मुझे रोक लिया। जंगल तो था ही। लकड़ियों की कमी न थी। पास ही नाले की मिट्टी भी चिकनी थी। आगे बढ़कर नदी-तट से मुझे नाला ही अच्छा लगा। दूसरे दिन से झोंपड़ी उजाड़कर अच्छी-सी कोठरी बनाने की धुन लगी। अहेर से पेट भरता और घर बनाता। कुछ ही दिनों में वह बन गया। जब घर बन चुका, तो मेरा मन उचटने लगा। घर की ममता और उसके प्रति छिपा हुआ अविश्वास दोनों का युद्ध मन में हुआ। मैं जाने की बात सोचता, फिर ममता कहती कि विश्राम करो। अपना परिश्रम था, छोड़ न सका। इसका और भी कारण था। समीप ही सफेद चट्टानों पर जलधारा के लहरीले प्रवाह में कितना संगीत था! चाँदनी में वह कितना सुन्दर हो जाता है। जैसे इस पृथ्वी का छाया-पथ। मेरी उस झोंपड़ी से उसका सब रूप दिखाई पड़ता

था न! मैं उसे देखकर सन्तोष का जीवन बिताने लगा। वह मेरे जीवन के सब रहस्यों की प्रतिमा थी। कभी उसे मैं आँसू की धारा समझता, जिसे निराश प्रेमी अपने आराध्य की कठोर छाती पर व्यर्थ ढुलकाता हो। कभी उसे अपने जीवन की तरह निर्मम संसार की कठोरता पर छटपटाते हुए देखता। दूसरे का दुःख देखकर मनुष्य को सन्तोष होता ही है। मैं भी वहीं पड़ा जीवन बिताने लगा।

कभी सोचता कि मैं क्यों पागल हो गया! उस स्त्री के सौन्दर्य ने क्यों अपना प्रभाव मेरे हृदय पर जमा लिया? विधवा मंगला, वह गरल है या अमृत? अमृत है, तो उसमें इतनी ज्वाला क्यों है, ज्वाला है तो मैं जल क्यों नहीं गया? यौवन का विनोद! सौन्दर्य की भ्रान्ति! वह क्या है? मेरा यही स्वाध्याय हो गया।

शरद पूर्णिमा में बहुत से लोग उसे सुन्दर दृश्य को देखने के लिए दूर-दूर से आते। युवती और युवकों के रहस्यालाप करते हुए जोड़े, मित्रों की मण्डलियाँ, परिवारों का दल, उनके आनन्द-कोलाहल को मैं उदास होकर देखता। डाह होती, जलन होती। तृष्णा जंग जाती। मैं उस रमणीय दृश्य का उपभोग न करके पलकों को दबा लेता। कानों को बन्द कर लेता; क्यों? मंगला नहीं। और क्या एक दिन के लिए, एक क्षण के लिए मैं उस सुख का अधिकारी नहीं! विधाता का अभिशाप! मैं सोचता–अच्छा, दूसरों के ही साथ कभी वह शरद-पूर्णिमा के दृश्य को देखने के लिए क्यों नहीं आयी? क्या वह जानती है कि मैं यहीं हूँ? मैंने भी पूर्णिमा के दिन वहाँ जाना छोड़ दिया। और लोग जब वहाँ जाते, मैं न जाता। मैं रूठता था। यह मूर्खता थी मेरी! वहाँ किससे मान करता था मैं? उस दिन मैं नदी की ओर न जाने क्यों आकृष्ट हुआ।

मेरी नींद खुल गयी थी। चाँदनी रात का सबेरा था। अभी चन्द्रमा में फीका प्रकाश था। मैं वनस्थली की रहस्यमयी छाया को देखता हुआ नाले के किनारे-किनारे चलने लगा। नदी के संगम पर पहुँचकर सहसा एक जगह रुक गया। देखा कि वहाँ पर एक स्त्री और पुरुष शिला पर सो रहे हैं। वहाँ तक तो घूमनेवाले आते नहीं। मुझे कुतूहल हुआ। मैं वहीं स्नान करने के बहाने रुक गया। आलोक की किरणों से आँखें खुल गयीं। स्त्री ने गर्दन घुमाकर धारा की ओर देखा। मैं सन्न रह गया। उसकी धोती साधारण और मैली थी। सिरहाने एक छोटी-सी पोटली थी। पुरुष अभी सो रहा था। मेरी-उसकी आँखें मिल गयीं। मैंने तो पहचान लिया कि वह मंगला थी। उसने–नहीं, उसे भ्रान्ति बनी रही। वह सिमटकर बैठ गयी। और मैं उसे जानकर भी अनजान बनते हुए देखकर मन-ही-मन कुढ़ गया। मैं धीरे-धीरे ऊपर चढ़ने लगा।

'सुनिये तो!' मैंने घूमकर देखा कि मंगला पुकार रही है। वह पुरुष भी उठ बैठा है। मैं वहीं खड़ा रह गया। कुछ न बोलने पर भी मैं प्रश्न की प्रतीक्षा में यथास्थिति रह गया। मंगला ने कहा–'महाशय, कहीं रहने की जगह मिलेगी?'

'महाशय!' ऐं! तो सचमुच मंगला ने मुझे नहीं पहचाना क्या? चलो अच्छा हुआ, मेरा चित्र भी बदल गया था। एकान्तवास करते हुए और कठोर जीवन बिताते हुए जो रेखाएँ बन गयी थीं, वह मेरे मनोनुकूल ही हुईं। मन में क्रोध उमड़ रहा था, गला भर्राने लगा था। मैंने कहा–'जंगलों में क्या आप कोई धर्मशाला खोज रही हैं?' वह कठोर व्यंग था। मंगला ने घायल होकर कहा–'नहीं, कोई गुफा–कोई झोंपड़ी महाशय, धर्मशाला खोजने के लिए जंगल में क्यों आती?'

पुरुष कुछ कठोरता से सजग हो रहा था; किन्तु मैंने उसकी ओर न देखते हुए कहा–'झोंपड़ी तो मेरी है। यदि विश्राम करना हो तो वहीं थोड़ी देर के लिए जगह मिल जायेगी।'

'थोड़ी देर के लिए सही। मंगला, उठो! क्या सोच रही हो? देखो, रातभर यहाँ पड़े-पड़े सब नसें अकड़ गयी हैं। पुरुष ने कहा। मैंने देखा कि वह कोई सुखी परिवार के प्यार में पला युवक है; परन्तु उसका रंग-रूप नष्ट हो गया है। कष्टों के कारण उसमें एक कटुता आ गयी है। मैंने कहा–'तो फिर चलो, भाई!'

दोनों मेरे पीछे-पीछे चलकर झोंपड़ी में पहुँचे।

मंगला मुझे पहचान सकी कि नहीं, कह नहीं सकता। कितने बरस बीत गये। चार-पाँच दिनों की देखा-देखी। सम्भवतः मेरा चित्र उसकी आँखों में उतरते-उतरते किसी और छवि ने अपना आसन जमा लिया हो; किन्तु मैं कैसे भूल सकता था! घर पर कोई था ही नहीं। जीवन जब किसी स्नेह छाया की खोज में आगे बढ़ा, तो मंगला का हरा-भरा यौवन और सौन्दर्य दिखाई पड़ा। वहीं रम गया। मैं भावना के अतिवाद में पड़कर निराश व्यक्ति-सा विरागी बन गया था, उसी के लिए। यह मेरी भूल हो; पर मैं तो उसे स्वीकार कर चुका था।

हाँ, तो वह बाल-विधवा मंगला ही थी। और पुरुष! वह कौन है? यही मैं सोचता हुआ झोंपड़ी के बाहर साखू की छाया में बैठा हुआ था। झोंपड़ी में दोनों विश्राम कर रहे थे। उन लोगों ने नहा-धोकर कुछ जल पीकर सोना आरम्भ किया। सोने की होड़ लग रही थी। वे इतने थके थे कि दिनभर उठने का नाम नहीं लिया। मैं दूसरे दिन का धरा हुआ नमक लगा माँस का टुकड़ा निकालकर आग में सेंकने की तैयारी में लगा क्योंकि अब दिन ढल रहा था। मैं अपने तीर से आज पक्षी मार सका था। सोचा कि ये लोग भी कुछ माँग बैठें तब क्या दूँगा? मन में तो

रोष की मात्रा कुछ न थी, फिर भी वह मंगला थी न!

कभी जो भूले-भटके पथिक उधर से आ निकलते, उनसे नमक और आटा मिल जाता था। मेरी झोंपड़ी में रात बिताने का किराया देकर लोग जाते। मुझे भी लालच लगा था! अच्छा, जाने दीजिये। वहाँ उस दिन जो कुछ बचा था, वह सब लेकर बैठा मैं भोजन बनाने।

मैं अपने पर झुँझलाता भी था और उन लोगों के लिए भोजन भी बनाता जाता था। विरोध के सहस्र फणों की छाया में न जाने दुलार कब से सो रहा था! वह जाग पड़ा।

जब सूर्य उन धवल शिलाओं पर बहती हुई जल-धारा को लाल बनाने लगा था, तब उन लोगों की आँखें खुलीं। मंगला ने मेरी सुलगायी हुई आग की शिखा को देखकर कहा–'आप क्या बना रहे हैं, भोजन! तो क्या यहाँ पास में कुछ मिल सकेगा?' मैंने सिर हिलाकर नहीं कहा। न जाने क्यों! पुरुष अभी अँगड़ाई ले रहा था। उसने कहा–'तब क्या होगा, मंगला?' मंगला हताश होकर बोली–'क्या करूँ?' मैंने कहा–'इसी में जो कुछ अँटे-बँटे, वह खा-पीकर आप लोग विश्राम कीजिये न!'

पुरुष निकल आया। उसने सिकी हुई बोटियाँ और माँस के टुकड़ों को देखकर कहा–'तब और चाहिए क्या? मैं तो आपको धन्यवाद ही दूँगा।' मंगला जैसे व्यथित होकर अपने साथी को देखने लगी; उसकी यह बात उसे अच्छी न लगी; किन्तु अब वह द्विविधा में पड़ गयी। वह चुपचाप खड़ी रही। पुरुष ने झिड़ककर कहा–'तो आओ मंगला! मेरा अंग टूट रहा है। देखो तो बोतली में आज भर के लिए तो बची है?'

जलती हुई आग के धुँधले प्रकाश में वन-भोज का प्रसंग छिड़ा। सभी बातों पर मुझसे पूछा गया; पर शराब के लिए नहीं। मंगला को भी थोड़ी-सी मिली। मैं आश्चर्य से देख रहा था...मंगला का वह प्रगल्भ आचरण और पुरुष का निश्चिन्त शासन। दासी की तरह वह प्रत्येक बात मान लेने के लिए प्रस्तुत थी! और मैं तो जैसे अद्भुत स्थिति में अपनेपन को भूल चुका था। क्रोध, क्षोभ, और डाह सब जैसे मित्र बनने लगे थे। मन में एक विनीत प्यार–नहीं; आज्ञाकारिता-सी जाग गयी थी।

पुरुष ने डटकर भोजन किया। तब एक बार मेरी ओर देखकर डकार ली। वही मानो मेरे लिए धन्यवाद था। मैं कुढ़ता हुआ वहीं साखू के नीचे आसन लगाने की बात सोचने लगा और पुरुष के साथ मंगला गहरी अँधियारी होने के पहले

ही झोंपड़ी में चली गयी। मैं बुझती हुई आग को सुलगाने लगा। मन-ही-मन सोच रहा था, 'कल ही इन लोगों को यहाँ से चले जाना चाहिए। नहीं तो–' फिर नींद आ चली। रजनी की निस्तब्धता, टकराती हुई लहरों का कलनाद, विस्मृति में गीत की तरह कानों में गूँजने लगा।

दूसरे दिन मुझमें कोई कटुता का नाम नहीं–झिड़कने का साहस नहीं। आज्ञाकारी दास के समान मैं सविनय उनके सामने खड़ा हुआ।

'महाशय! कई मील तो जाना पड़ेगा, परन्तु थोड़ा-सा कष्ट कीजिये न। कुछ सामान खरीद लाइये आज–' मंगला को अधिक कहने का अवसर न देकर मैं उनके हाथ से रुपया लेकर चल पड़ा। मुझे नौकर बनने में सुख प्रतीत हुआ और लीजिये, मैं उसी दिन से उनके आज्ञाकारी भृत्य की तरह अहेर कर लाता। मछली मारता रहता। एक नाव पर जाकर दूर बाजार से आवश्यक सामग्री खरीद लाता। हाँ, उस पुरुष को मदिरा नित्य चाहिए। मैं उसका भी प्रबन्ध करता और यह सब प्रसन्नता के साथ। मनुष्य को जीवन में कुछ-न-कुछ काम करना चाहिए। वह मुझे मिल गया था। मैंने देखते-देखते एक छोटा-सा छप्पर अलग डाल दिया। प्याज-मेवा, जंगली शहद और फल-फूल सब जुटाता रहता। यह मेरा परिवर्तन निर्लिप्त भाव से मेरी आत्मा ने ग्रहण कर लिया। मंगला की उपासना थी।

कई महीने बीत गये; किन्तु छविनाथ–यही उस पुरुष का नाम था–को भोजन करके, मदिरा पिये पड़े रहने के अतिरिक्त कोई काम नहीं। मंगला की गाँठ खाली हो चली। जो दस-बीस रुपये थे वह सब खर्च हो गये, परन्तु छविनाथ की आनन्द-निद्रा टूटी नहीं। वह निरंकुश, स्वच्छ पान-भोजन में सन्तुष्ट व्यक्ति था। मंगला इधर कई दिनों से घबरायी हुई दीखती थी; परन्तु मैं चुपचाप अपनी उपासना में निरत था। एक सुन्दर चाँदनी रात थी। सरदी पड़ने लगी थी। वनस्थली सन्न-सन्न कर रही थी। मैं अपने छप्पर के नीचे दूर से आनेवाली नदी का कलनाद सुन रहा था। मंगला सामने आकर खड़ी हो गयी। मैं चौंक उठा। उसने कहा–'मुरली!' मैं चुप रहा।

'बोलते क्यों नहीं?'

मैं फिर भी चुप रहा।

'ओह! तुम समझते हो कि मैं तुम्हें नहीं पहचानती। यह तुम्हारे बायें गाल पर जो दाढ़ी के पास चोट है, वह तुमको पहचानने से मुझे वंचित कर ले, ऐसा नहीं हो सकता। तुम मुरली हो! हो न! बोलो!'

'हाँ।' मुझसे कहते ही बना।

'अच्छा तो सुनो, मैं इस पशु से ऊब गयी हूँ। और अब मेरे पास कुछ नहीं बचा। जो कुछ लेकर मैं घर से चली थी, वह सब खर्च हो गया।'

'तब ?'–मैंने विरक्त होकर कहा।

'यही कि मुझे यहाँ से ले चलो। वह जितनी शराब थी, सब पीकर आज बेसुध-सा पड़ा है। मैं तुमको इतने दिनों तक पहचानकर क्यों नहीं बोली, जानते हो ?'

'नहीं।'

'तुम्हारी परीक्षा ले रही थी। मुझे विश्वास हो गया कि तुम ही मेरे सच्चे चाहनेवाले हो।'

'इसकी भी परीक्षा कर ली थी तुमने ?'' मैंने व्यंग से कहा।

'उसे भूल जाओ। वह बड़ी दुःखद कथा है। मैं किस तरह घरवालों की सहायता से इसके साथ भागने के लिए बाध्य हुई, उसे सुनकर क्या करोगे ? चलो, मैं अभी चलना चाहती हूँ। स्त्री-जीवन की भूख कब जग जाती है, इसको कोई नहीं जानता; जान लेने पर तो उसको बहाली देना असम्भव है। उसी क्षण को पकड़ना पुरुषार्थ है।'

भयानक स्त्री ? मेरा सिर चकराने लगा। मैंने कहा–'आज तो मेरे पैरों में पीड़ा है। मैं उठ नहीं सकता।' उसने मेरा पैर पकड़कर कहा–'कहाँ दुखता है, लाओ मैं दबा दूँ।' मेरे शरीर में बिजली-सी दौड़ गयी। पैर खींचकर कहा–'नहीं-नहीं, तुम जाओ; सो रहो, कल देखा जायेगा।'

'तुम डरते हो न ?'–यह कहकर उसने कमरे में से छुरा निकाल लिया। मैंने कहा–'यह क्या ?'

'अभी झगड़ा छुड़ाये देती हूँ।' यह कहकर झोंपड़ी की ओर चली। मैंने लपककर उसका हाथ पकड़ लिया और कहा–'आज ठहरो, मुझे सोच लेने दो।'

'सोच लो' कहकर छुरा कमर में रख, वह झोंपड़ी में चली गयी। मैं हवाई हिंडोले पर चक्कर खाने लगा। स्त्री ! यह स्त्री है। यह मंगला है, मेरे प्यार की अमूल्य निधि ! मैं कैसा मूर्ख था ! मेरी आँखों में नींद नहीं है। सबेरा होने के पहले ही जब दोनों सो रहे थे, मैं अपने पथ पर दूर भागा जा रहा था।

कई बरस बाद, जब मेरा मन उस भावना को भुला चुका था, तो धुली हुई शिला के समान स्वच्छ हो गया। मैं उसी पथ से लौटा। नाले के पास नदी की धारा के समीप खड़ा होकर देखने लगा। वह अभी उसी तरह शिला-शय्या पर छटपटा रही थी। हाँ, कुछ व्याकुलता बढ़-सी गयी थी। वहाँ बहुत-से पत्थर के छोटे-छोटे

टुकड़े लुढ़कते हुए दिखाई पड़े, जो घिसकर अनेक आकृति धारण कर चुके थे। स्रोत से कुछ ऐसा परिवर्तन हुआ होगा। उनमें रंगीन चित्रों की छाया दिखाई पड़ी। मैंने कुछ बटोरकर उनकी विचित्रता देखी, कुछ पास भी रख लिए। फिर ऊपर चला। अकस्मात् वहीं पर जा पहुँचा, जहाँ पर मेरी झोंपड़ी थी। उसकी सब कड़ियाँ बिखर गयी थीं। एक लकड़ी के टुकड़े पर लोहे की नोक से लिखा था–

'देवता छाया बना देते हैं। मनुष्य उसमें रहता है। और मुझ-सी राक्षसी उसमें आश्रय पाकर भी उसे उजाड़कर ही फेंकती है।'

क्या यह मंगला का लिखा हुआ है? क्षणभर के लिए सब बातें स्मरण हो आयीं। मैं नाले में उतरने लगा। वहीं पर यह पत्थर मिला।

'देखते हैं न बाबूजी'–इतना कहकर मुरली ने एक बड़ा-सा और कुछ छोटे-छोटे पत्थर सामने रख दिये। वह फिर कहने लगा–'इसे घिसकर और भी साफ किये जाने पर वही चित्र दिखाई दे रहा है। एक स्त्री की धुँधली आकृति–राक्षसी-सी! यह देखिये, छुरा है न हाथ में, और वह साखू का पेड़ है, और यह हूँ मैं। थोड़ा-सा ही मेरे शरीर का भाग इसमें आ सका है। यह मेरी जीवनी का आंशिक चित्र है। मनुष्य का हृदय जाने किस सामग्री से बना है! वह जन्मजन्मान्तर की बात स्मरण कर सकता है, और एक क्षण में सब भूल जाता है, किन्तु जड़ पत्थर–उस पर तो जो रेखा बन गयी, सो बन गयी। वह कोई क्षण होता होगा, जिसमें अन्तरिक्ष-निवासी कोई नक्षत्र अपनी अन्तर्भेदिनी दृष्टि से देखता होगा और अपने अदृश्य करों से शून्य में से रंग का आहरण करके वह चित्र बना देता है। इसे जितना घिसिये, रेखाएँ साफ होकर निकलेंगी। मैं भूल गया था। इसने मुझे स्मरण करा दिया। अब मैं इसे आपको देकर यह बात एक बार ही भूल जाना चाहता हूँ। छोटे पत्थरों से तो आप बटन इत्यादि बनाइये; पर यह बड़ा पत्थर आपकी चाँदी की पानवाली डिबिया पर ठीक बैठ जायेगा। यह मेरी भेंट है। इसे आप लेकर मेरे मन का बोझ हल्का कर दीजिये।'

❄ ❄ ❄

मैं कहानी सुनने में तल्लीन हो रहा था और वह–मुरली–धीरे से मेरी आँखों के सामने से खिसक गया। मेरे सामने उसके दिये हुए चित्रवाले पत्थर बिखरे पड़े रह गये।

उस दिन जितने लोग आये, मैंने उन पत्थरों को दिखलाया और पूछा कि

यह कहाँ मिलते हैं? किसी ने कुछ ठीक-ठीक नहीं बतलाया। मैं कुछ काम न कर सका। मन उचट गया। तीसरे पहर कुछ दूर घूमकर जब घर लौट आया, तो देखा कि एक स्त्री मेरी बँगलिया के पास खड़ी है। उसका अस्त-व्यस्त भाव, उन्मत्त-सी तीव्र आँखें देखकर मुझे डर लगा। मैंने कहा–'क्या है?' उसने कुछ माँगने के लिए हाथ फैला दिया। मैंने कहा–'भूखी हो क्या? भीतर आओ।' वह भयाकुल और सशंक दृष्टि से मुझे देखती लौट पड़ी। मैंने कहा–'लेती जाओ।' किन्तु वह कब सुननेवाली थी!

चित्रवाला बड़ा पत्थर सामने दिखाई पड़ा। मुझे तुरन्त ही स्त्री की आकृति का ध्यान हुआ; किन्तु जब तक उसे खोजने के लिए नौकर जाये, वह पहाड़ियों की सन्ध्या की उदास छाया में छिप गयी थी।

चित्र-मन्दिर

: एक :

प्रकृति तब भी अपने निर्माण और विनाश में हँसती और रोती थी। पृथ्वी का पुरातन पर्वत विन्ध्य उसकी सृष्टि के विकास में सहायक था। प्राणियों का संचार उसकी गम्भीर हरियाली में बहुत धीरे-धीरे हो रहा था। मनुष्यों ने अपने हाथों को पृथ्वी से उठाकर अपने पैरों पर खड़े होने की सूचना दे दी थी। जीवन-देवता की आशीर्वाद-रश्मि उन्हें आलोक में आने के लिए आमन्त्रित कर चुकी थी।

यौवन-जल से भरी हुई कादम्बिनी-सी युवती नारी रीछ की खाल लपेटे हुए वृक्ष की छाया में बैठी थी। उसके पास चकमक और सूखी लकड़ियों का ढेर था। छोटे-छोटे हिरनों का झुण्ड उसी स्रोत के पास जल पीने के लिए आता। उन्हें पकड़ने की ताक में युवती बड़ी देर से बैठी थी; क्योंकि उस काल में भी शस्त्रों से आखेट नर ही करते थे और उनकी नारियाँ कभी-कभी छोटे-छोटे जन्तुओं को पकड़ लेने में अभ्यस्त हो रही थीं।

स्रोत में जल कम था। वन्य कुसुम धीरे-धीरे बहते हुए एक के बाद एक आकर माला की लड़ी बना रहे थे। युवती ने उनकी विलक्षण पंखुड़ियों को आश्चर्य से देखा। वे सुन्दर थे, किन्तु उसने इन्हें अपनी दो आवश्यकताओं–काम और भूख–से बाहर की वस्तु समझा। वह फिर हिरनों की प्रतीक्षा करने लगी। उनका झुण्ड आ रहा था। युवती की आँखें प्रलोभन की रंगभूमि बन रही थीं। उसने अपनी ही भुजाओं से छाती दबाकर आनन्द और उल्लास का प्रदर्शन किया।

दूर से एक कूक सुनाई पड़ी और एक भद्दे फलवाला भाला लक्ष्य से चूककर उसके पास के वृक्ष के तने में धँसकर रह गया। हाँ, भाले के धँसने पर वह जैसे न जाने क्या सोचकर पुलकित हो उठी। हिरन उसके समीप आ रहे थे; परन्तु उसकी

भूख पर दूसरी प्रबल इच्छा विजयिनी हुई। पहाड़ी से उतरते हुए नर को वह सतृष्ण देखने लगी। नर अपने भाले के पीछे आ रहा था। नारी के अंग में कम्प, पुलक और स्वेद का उद्गम हुआ।

हाँ, वही तो है, जिसने उस दिन भयानक रीछ को अपने प्रचण्ड बल से परास्त किया था और, उसी की खाल युवती आज लपेटे थी। कितनी ही बार तब से युवक और युवती की भेंट निर्जन कन्दराओं और लताओं के झुरमुट में हो चुकी थी। नारी के आकर्षण से खिंचा हुआ वह युवा दूसरी शैलमाला से प्रायः इधर आया करता और तब उस जंगली जीवन में दोनों का सहयोग हुआ करता। आज नर ने देखा कि युवती की अन्यमनस्कता से उसका लक्ष्य पशु निकल गया। विहार के प्राथमिक उपचार की सम्भावना न रही; उसे इस सन्ध्या में बिना आहार के ही लौटना पड़ेगा। 'तो क्या जान-बूझकर उसने अहेर को बहका दिया, और केवल अपनी इच्छा की पूर्ति का अनुरोध लेकर चली आ रही है। लो, उसकी बाँहें व्याकुलता से आलिंगन के लिए बुला रही हैं। नहीं, उसे इस समय अपना आहार चाहिए।' उसके बाहुपाश से युवक निकल गया। नर के लिए दोनों ही अहेर थे, नारी हो या पशु। इस समय नर को नारी की आवश्यकता न थी। उसकी गुफा में माँस का अभाव था।

सन्ध्या आ गयी। नक्षत्र ऊँचे आकाश-गिरि पर चढ़ने लगे। आलिंगन के लिए उठी हुई बाँहें गिर गयीं। इस दृश्य जगत् के उस पार से, विश्व के गम्भीर अन्तस्थल से एक अरुण और मधुर अन्तर्नाद गूँज उठा। नारी के हृदय में प्रत्याख्यान की पहली ठेस लगी थी। वह उस काल के साधारण जीवन से एक विलक्षण अनुभूति थी। वनपथ में हिंस्र पशुओं का संचार बढ़ने लगा; परन्तु युवती उस नदी-तट से न उठी। नदी की धारा में फूलों की श्रेणी बिगड़ चुकी थी और नारी की आकांक्षा की गति भी विच्छिन्न हो रही थी। आज उसके हृदय में एक अपूर्व परिचित भाव जग पड़ा, जिसे वह समझ नहीं पाती थी। अपने दलों के दूर गये हुए लोगों को बुलाने की पुकार वायुमण्डल में गूँज रही थी; किन्तु नारी ने अपनी बुलाहट को पहचानने का प्रयत्न न किया। वह कभी नक्षत्र से चित्रित उस स्रोत के जल को देखतीं और कभी अपने समीप की उस तिकोनी और छोटी-सी गुफा को; जिसे वह अपना अधिवास समझ लेने के लिए बाध्य हो रही थी।

रजनी का अन्धकार क्रमशः सघन हो रहा था। नारी बारम्बार अँगड़ाई लेती हुई सो गयी। तब भी आलिंगन के लिए उसके हाथ नींद में उठते और गिरते थे।

: दो :

जब नक्षत्रों की रश्मियाँ उज्ज्वल होने लगीं, और वे पुष्ट होकर पृथ्वी पर परस्पर चुम्बन करने लगीं, तब जैसे अन्तरिक्ष में बैठकर किसी ने अपने हाथों से उनकी डोरियाँ बट दीं और उस पर झूलती हुई दो देवकुमारियाँ उतरीं।

एक ने कहा–'सखि विधाता, तुम बड़ी निष्ठुर हो। मैं जिन प्राणियों की सृष्टि करती हूँ, तुम उनके लिए अलग-अलग विधान बनाकर उसी के अनुसार कुछ दिनों तक जीने, अपने संकेत पर चलने और फिर मर जाने के लिए विवश कर देती हो।'

दूसरी ने कहा–'धाता, तुम भी बड़ी पगली हो। यदि समस्त प्राणियों की व्यवस्था एक-सी ही की जाती, तो तुम्हारी सृष्टि कैसी नीरस होती और फिर यह तुम्हारी क्रीड़ा कैसे चलती? देखो न, आज की ही रात है। गन्ध-मादन में देवबालाओं का नृत्य और असुरों के देश में राज्य-विप्लव हो रहा है। अतलान्त समुद्र सूख रहा है। महामरुस्थल में जल की धाराएँ बहने लगी हैं, और आर्यावर्त के दक्षिण विन्ध्य के अंचल में एक हिरन न पाने पर एक युवा नर अपनी प्रेयसी नारी को छोड़कर चला जाता है। उसे है भूख, केवल भूख।'

धाता ने कहा–'हाँ बहन, इन्हें उत्पन्न हुए बहुत दिन हो चुके; पर ये अभी तक अपने सहचारी पशुओं की तरह रहते हैं।'

विधाता ने कहा–'नहीं जी, आज ही मैंने इस वर्ग के एक प्राणी के मन में ललित कोमल आन्दोलन का आरम्भ किया है। इनके हृदय में अब भावलोक की सृष्टि होगी।'

धाता ने प्रसन्न होकर पूछा–'तो अब इनकी जड़ता छूटेगी न?'

विधाता ने कहा–'हाँ, बहुत धीरे-धीरे। मनोभावों को अभिव्यक्त करने के लिए अभी इनके पास साधनों का अभाव है।'

धाता कुछ रूठ-सी गयी। उसने कहा–'चलो बहन, देवनृत्य देखें। मुझे तुम्हारी कठोरता के कारण अपनी ही सृष्टि अच्छी नहीं लगती। कभी-कभी तो ऊब जाती हूँ।'

विधाता ने कहा–'तो चुपचाप बैठ जाओ, अपना काम बन्द कर दो, मेरी भी जलन छूटे।'

धाता ने खिन्न होकर कहा–'अभ्यास क्या एक दिन में छूट जायेगा, बहन?'

'तब क्या तुम्हारी सृष्टि एक दिन में स्वर्ग बन जायेगी? चलो, सुरबालाओं

का सोमपान हो रहा है। एक-एक चषक हम लोग भी लें!'–कहकर विधाता ने किरनों की रस्सीं पकड़ ली और धाता ने भी! दोनों पेंग बढ़ाने लगीं। ऊँचे जाते-जाते अन्तरिक्ष में वे छिप गयीं।

: तीन :

नारी जैसे सपना देखकर उठ बैठी। प्रभात हो रहा था। उसकी आँखों में मधुर स्वप्न की मस्ती भरी थी। नदी का जल धीरे-धीरे बह रहा था। पूर्व में लाली छिटक रही थी। मलयवात से बिखरे हुए केशपाश को युवती ने पीछे हटाया। हिरनों का झुण्ड फिर दिखाई पड़ा। उसका हृदय संवेदनशील हो रहा था। उस दृश्य को निःस्पृह देखने लगी।

उषा के मधुर प्रकाश में हिरनों का दल छलाँग भरता हुआ स्रोत लाँघ गया; किन्तु एक शावक चकित-सा वहीं खड़ा रह गया। पीछे आखेट करने वालों का दल आ रहा था। युवती ने शावक को गोद में उठा लिया। दल के और लोग तो स्रोत के संकीर्ण तट की ओर दौड़े; किन्तु वह परिचित युवक युवती के पास चला गया। नारी ने उसे देखने के लिए मुँह फिराया था कि शावक की बड़ी-बड़ी आँखों में उसे अपनी प्रतिबिम्ब दिखाई पड़ा। क्षणभर के लिए तन्मय होकर उन निरीह नयनों में नारी अपनी छाया देखने लगी।

नर की पाशव प्रवृत्ति जग पड़ी। वह अब भी सन्ध्या की घटना को भूल न सका था। उसने शावक छीन लेना चाहा। सहसा नारी में अद्‌भुत परिवर्तन हुआ। शावक को गोद में चिपकायें जिधर हिरन गये थे, उसी ओर वह भी दौड़ी। नर चकित-सा खड़ा रह गया।

नारी हिरनों का अनुसरण कर रही थी। नाले, खोह और छोटी पहाड़ियाँ, फिर नाला और समतल भूमि। वह दूर हिरनों का झुण्ड, वहीं कुछ दूर! बराबर आगे बढ़ी जा रही थी। आखेट के लिए उन आदिम नरों का झुण्ड बीच-बीच में मिलता। परन्तु उसे क्या? वह तो उस झुण्ड के पीछे चली जा रही थी, जिसमें काली पीठ वाले दो हिरन आगे-आगे चौकड़ी भर रहे थे।

एक बड़ी नादी के तट पर जिसे लाँघना असम्भव समझकर हिरनों का झुण्ड खड़ा हो गया था, नारी रुक गयी। शावक को उनके बीच में उसने छोड़ दिया। नर और पशुओं के जीवन में वह एक आश्चर्यपूर्ण घटना थी। शावक अपनी माता

का स्तन-पान करने लगा। युवती पहले-पहल मुस्करा उठी। हिरनों ने सिर झुका दिये। उनका विरोध-भाव जैसे नष्ट हो चुका था। वह लौटकर अपनी गुफा में आयी। चुपचाप थकी-सी पड़ रही। उसके नेत्रों के सामने दो दृश्य थे। एक में प्रकाण्ड शरीरवाला प्रचण्ड बलशाली युवक चकमक के फल का भाला लिए पशुओं का अहेर कर रहा था। दूसरे में वह स्वयं हिरनों के झुण्ड में घिरी हुई खड़ी थी। एक में भय था, दूसरे में स्नेह। दोनों में कौन अच्छा है, वह निश्चय न कर सकी।

: चार :

नारी की दिनचर्या बदल रही थी। उसके हृदय में एक ललित भाव की सृष्टि हो रही थी। मानस में लहरें उठने लगी थीं। पहला युवक प्रायः आता, उसके पास बैठता और अनेक चेष्टाएँ करता; किन्तु युवती अचल पाषाण-प्रतिमा की तरह बैठी रहती। एक दूसरा भी युवक आने लगा था। वह भी अहेर का माँस या फल कुछ-न-कुछ रख ही जाता। पहला इसे देखकर दाँत पीसता, नस चटकाता, उछलता, कूदता और हाथ-पैर चलाता था। तब भी नारी न तो विरोध करती, न अनुरोध। उन क्रोधपूर्ण हुंकारों को जैसे वह सुनती ही न थी। यह लीला प्रायः नित्य हुआ करती। वह एक प्रकार से अपने दल से निर्वासित उसी गुफा में अपनी कठोर साधना में जैसे निमग्न थी।

एक दिन उसी गुफा के नीचे नदी के पुलिन में एक वराह के पीछे पहला युवक अपना भाला लिए दौड़ता आ रहा था। सामने से दूसरा युवक भी आ गया और उसने अपना भाला चला ही दिया। चोट से विकल वराह पहले युवक की ओर लौट पड़ा, जिसके सामने दो अहेर थे। उसने भी अपना सुदीर्घ भाला कुछ-कुछ जान में और कुछ अनजान में फेंका। वह क्रोध-मूर्ति था। दूसरा युवक छाती ऊँची किये आ रहा था। भाला उसमें घुस गया। उधर वराह ने अपनी पैनी डाढ़ पहले युवक के शरीर में चुभो दी। दोनों युवक गिर पड़े। वराह निकल गया। युवती ने देखा, वह दौड़कर पहले युवक को उठाने लगी; किन्तु दल के लोग वहाँ पहुँच गये। उनकी घृणापूर्ण दृष्टि से आहत होकर नारी अपनी गुफा में लौट गयी।

आज उसकी आँखों से पहले-पहल आँसू भी गिरे। एक दिन वह हँसी भी थी। मनुष्य-जीवन की ये दोनों प्रधान अभिव्यक्तियाँ उसके सामने क्रम से आयीं। वह रोती थी और हँसती थी, हँसती थी फिर रोती थी।

वसन्त बीत चुका था। प्रचण्ड ग्रीष्म का आरम्भ था। पहाड़ियों से लाल और काले धातुराग बहने लगे थे। युवती जैसे उस जड़ प्रकृति से अपनी तुलना करने लगी। उसकी एक आँख से हँसी और दूसरी से आँसू का उद्‌गम हुआ करता, वे दोनों दृश्य उसे प्रेरित किये रहते।

नारी ने इन दोनों भावों की अभिव्यक्ति को स्थायी रूप देना चाहा। शावक की आँखों में उसने पहला चित्र देखा था। कुचली हुई वेतस की लता को उसने धातु-राग में डुबोया और अपनी तिकोनी गुफा में पहली चितेरिन चित्र बनाने बैठी। उसके पास दो रंग थे, एक गैरिक, दूसरा कृष्ण। गैरिक से उसने अपना चित्र बनाया, जिसमें हिरनों के झुण्ड में स्वयं वही खड़ी थी, और कृष्ण धातुराग से आखेट का चित्र, जिसमें पशुओं के पीछे अपना भाला ऊँचा किये हुए भीष्म आकृति का नर था।

नदी का वह तट, अमंगलजनक स्थान बहुत काल तक नर-संचार-वर्जित रहा; किन्तु नारी वहीं अपने जीवनपर्यन्त उन दोनों चित्रों को देखती रहती और अपने को कृतकृत्य समझती।

❄ ❄ ❄

विन्ध्य के अंचल में मनुष्यों के कितने ही दल वहाँ आयें और गये। किसी ने पहले उस चित्र-मन्दिर को भय से देखा, किसी ने भक्ति से।

मानव-जीवन के उस काल का वह स्मृतिचिह्न–जब कि उसने अपने हृदयलोक में संसार के दो प्रधान भावों की प्रतिष्ठा की थी–आज भी सुरक्षित है। उस प्रान्त के जंगली लोग उसे राजधानी की गुफा और ललित-कला के खोजी उसे पहला चित्र-मन्दिर कहते हैं।

सुनहला सांप

"यह तुम्हारा दुस्साहस है, चंद्रदेव!"

"मैं सत्य कहता हूं, देवकुमार।"

"तुम्हारे सत्य की पहचान बहुत दुर्बल है, क्योंकि उसके प्रकट होने का साधन असत्य है। समझता हूं कि तुम प्रवचन देते समय बहुत ही भावात्मक हो जाते हो। किसी के जीवन का रहस्य, उसका विश्वास समझ लेना हमारी-तुम्हारी बुद्धिरूपी 'एक्सरेज' की पारदर्शिता के परे है।"–कहता हुआ देवकुमार हंस पड़ा; उसकी हंसी में विज्ञता की अवज्ञा थी।

चंद्रदेव ने बात बदलने के लिए कहा–"इस पर मैं फिर वाद-विवाद करूंगा। अभी तो वह देखो, झरना आ गया–हम लोग जिसे देखने के लिए आठ मील से आए हैं।"

"सत्य और झूठ का पुलता मनुष्य अपने ही सत्य की छाया नहीं छू सकता, क्योंकि वह सदैव अंधकार में रहता है। चंद्रदेव, मेरा तो विश्वास है कि तुम अपने को भी नहीं समझ पाते।"–देवकुमार ने कहा।

चंद्रदेव बैठ गया। वह एकटक उस गिरते हुए प्रपात को देख रहा था। मसूरी पहाड़ का यह झरना बहुत प्रसिद्ध है। एक गहरे गड्ढे में गिरकर, यह नाला बनता हुआ, ठुकराए हुए जीवन के समान भागा जाता है।

चंद्रदेव एक ताल्लुकेदार का युवक पुत्र था। अपने मित्र देवकुमार के साथ मसूरी के ग्रीष्म-निवास में सुख और स्वास्थ्य की खोज में आया था। इस पहाड़ पर कब बादल छा जाएंगे, कब एक झोंका बरसाता हुआ निकल जाएगा, इसका कोई निश्चय नहीं। चंद्रदेव का नौकर पान-भोजन का सामान लेकर पहुंचा। दोनों मित्र एक अखरोट-वृक्ष के नीचे बैठकर खाने लगे। चंद्रदेव थोड़ी मदिरा भी पीता था, स्वास्थ्य के लिए।

देवकुमार ने कहा–"यदि हम लोगों को बीच ही में भीगना न हो, तो अब चल देना चाहिए।"

पीते हुए चंद्रदेव ने कहा–"तुम बड़े डरपोक हो। तनिक भी साहसिक जीवन का आनंद लेने का उत्साह तुममें नहीं। सावधान होकर चलना, समय से कमरे में जाकर बंद हो जाना और अत्यंत रोगी के समान सदैव पथ्य का अनुचर बने रहना हो, तो मनुष्य घर ही बैठा रहे!"

देवकुमार हंस पड़ा। कुछ समय बीतने पर दोनों उठ खड़े हुए। अनुचर भी पीछे चला। बूंदें पड़ने लगी थीं। सबने अपनी-अपनी बरसाती संभाली।

परंतु उस वर्षा में कहीं विश्राम करना आवश्यक प्रतीत हुआ, क्योंकि उससे बचा लेना बरसाती के बूते का काम न था। तीनों छाया की खोज में चले। एक पहाड़ी चट्टान की गुफा मिली, छोटी-सी। ये तीनों उसमें घुस पड़े।

भवों पर से पानी पोंछते हुए चंद्रदेव ने देखा, एक श्याम किंतु उज्ज्वल मुख अपने यौवन की आभा में दमक रहा है। वह एक पहाड़ी स्त्री थी। चंद्रदेव कला-विज्ञ होने का ढोंग करके उस युवती की सुडौल गढ़न देखने लगा। वह कुछ लज्जित हुई। प्रगल्भ चंद्रदेव ने पूछा–"तुम यहां क्या करने आई हो?"

"बाबूजी, मैं दूसरे पहाड़ी गांव की रहने वाली हूं, अपनी जीविका के लिए आई हूं।"

"तुम्हारी क्या जीविका है?"

"सांप पकड़ती हूं।"

चंद्रदेव चौंक उठा। उसने कहा–"तो क्या तुम यहां भी सांप पकड़ रही हो? इधर तो बहुत कम सांप होते हैं।"

"हां, कभी खोजने से मिल जाते हैं। यहां एक सुनहला सांप मैंने अभी देखा है। उसे...."–कहते-कहते युवती ने एक ढोंके की ओर संकेत किया।

चंद्रदेव ने देखा, दो-तीव्र ज्योति!

पानी का झोंका निकल गया था। चंद्रदेव ने कहा–"चलो देवकुमार, हम चलें। रामू, तू भी तो सांप पकड़ता है न? देवकुमार! यह बड़ी सफाई से बिना किसी मंत्र-जड़ी के सांप पकड़ लेता है!" देवकुमार ने सिर हिला दिया।

रामू ने कहा–"हां सरकार, पकड़ूं इसे?"

"नहीं-नहीं, उसे पकड़ने दे! हां, उसे होटल में लिवा लाना, हम लोग देखेंगे। क्यों देव! मनोरंजन रहेगा न?" कहते हुए चंद्रदेव और देवकुमार चल पड़े।

किसी क्षुद्र हृदय के पास, उसके दुर्भाग्य से दैवी संपत्ति या विद्या, बल, धन

और सौन्दर्य उसके सौभाग्य का अभिनय करते हुए प्रायः देखे जाते हैं, तब उन विभूतियों का दुरुपयोग अत्यंत अरुचिकर दृश्य उपस्थित कर देता है। चंद्रदेव का होटल-निवास भी वैसा ही था। राशि-राशि विडंबनाएं उसके चारों ओर घिरकर उसकी हंसी उड़ातीं, पर उनमें चंद्रदेव को तो जीवन की सफलता ही दिखलाई देती।

उसके कमरे में कई मित्र एकत्र थे। 'नेरा' महुअर बजाकर अपना खेल दिखला रही थी। सबके बाद उसने दिखलाया, अपना पकड़ा हुआ वही सुंदर सुनहला सांप। रामू एकटक नेरा की ओर देख रहा था। चंद्रदेव ने कहा–"रामू, वह शीशे का बक्स तो ले आ!"

रामू ने तुरंत उसे उपस्थित किया।

चंद्रदेव ने हंसकर कहा–नेरा! तुम्हारे सुंदर सांप के लिए यह बक्स है।"

नेरा प्रसन्न होकर अपने नवीन आश्रित को उसमें रखने लगी, परंतु वह उस सुंदर घर में जाना नहीं चाहता था। रामू ने उसे बाध्य किया। सांप बक्स में जा रहा। नेरा ने उसे आंखों से धन्यवाद दिया।

चंद्रदेव के मित्रों ने कहा–"तुम्हारा अनुचर भी तो कम खेलाड़ी नहीं है!"

चंद्रदेव ने गर्व से रामू की ओर देखा। परंतु, नेरा की मधुरिमा रामू की आंखों की राह उसके हृदय में भर रही थी। वह एकटक उसे देख रहा था।

देवकुमार हंस पड़ा। खेल समाप्त हुआ। नेरा को बहुत-सा पुरस्कार मिला। तीन दिन बाद, होटल के पास ही, चीड़ वृक्ष के नीचे चंद्रदेव चुपचाप खड़ा था–वह बड़े गौर से देख रहा था–एक स्त्री और एक पुरुष को घुल-घुलाकर बातें करते। उसे क्रोध आया; परंतु न जाने क्यों, कुछ बोल न सका। देवकुमार ने पीठ पर हाथ धरकर पूछा–"क्या है?"

चंद्रदेव ने संकेत से उस ओर दिखा दिया। एक झुरमुट में नेरा खड़ी है और रामू कुछ अनुनय कर रहा है। देवकुमार ने यह देखकर चंद्रदेव का हाथ पकड़कर खींचते हुए कहा–"चलो।"

दोनों आकर अपने कमरे में बैठे।

देवकुमार ने कहा–"अब कहो, इसी रामू के हृदय की परख तो तुम उस दिन बता रहे थे। इसी तरह संभव है, अपने को भी न पहचानते हो!"

चंद्रदेव 'बाल' देखकर आया था, अपने कमरे में सोने जा रहा था, रात अधिक हो चुकी थी। उसे कुछ फिस-फिस का शब्द सुनाई पड़ा। उसे नेरा का ध्यान आ गया। वह होंठ काटकर अपने पलंग पर जा पड़ा। मात्रा कुछ अधिक था। आतिशदान

के कार्निस पर धरे हुच शीशे का बक्स और बोतल चमक उठे। पर उसे क्रोध ही अधिक आया, बिजली बुझा दी।

कुछ अधिक समय बीतने पर किसी चिल्लाहट से चंद्रदेव की नींद खुली। रामू का-सा शब्द था। उसने स्विच दबाया, आलोक में चंद्रदेव ने आश्चर्य से देखा कि रामू के हाथ में वही सुनहला सांप हथकड़ी-सा जकड़ गया है! चंद्रदेव ने कहा–"क्यों रे बदमाश! तु यहां क्या करता था? अरे, इसका तो प्राण संकट में हैं, नेरा होती तो!"

चंद्रदेव घबड़ा गया था। इतने में नेरा ने कमरे में प्रवेश किया। इतनी रात को यहां? चंद्रदेव क्रोध से चुप रहा। नेरा ने सांप से राम का हाथ छुड़ाया और फिर उसे बक्से में बंद किया। तब चंद्रदेव ने रामू से पूछा–"क्यों बे, यहां क्या कर रहा था?" रामू कांपने लगा।

"बोल, जल्दी बोल! नहीं तो तेरी खाल उधेड़ता हूं।"

रामू फिर भी चुप था।

चंद्रदेव का चेहरा अत्यन्त भीषण हो रहा था। वह कभी नेरा की ओर देखता और कभी रामू की ओर। उसने पिस्तौल उठाई, नेरा रामू के सामने आ गई। उसने कहा–"बाबूजी, यह मेरे लिए शराब लेने आया था, जो उस बोतल में धरी है।"

चंद्रदेव ने देखा, मदिरा उस बोतल में अपनी लाल हंसी में मग्न थी। चंद्रदेव ने पिस्तौल धर दिया। और बोतल और बक्स उठाकर देते हुए मुंह फेरकर कहा–"तुम दोनों इसे लेकर अभी चले जाओ, और रामू, अब तुम कभी मुझे अपना मुंह मत दिखाना।"

दोनों धीरे-धीरे बाहर हो गएं। राम अपने मालिक का मन पहचानता था। दूसरे दिन देवकुमार और चंद्रदेव पहाड़ से उतरे। रामू उनके साथ न था। ठीक ग्यारह महीने पर फिर उसी होटल में चंद्रदेव पहुंचा था। तीसरा पहर था, रंगीन बादल थे, पहाड़ी संध्या अपना रंग जमा रही थी, पवन तीव्र था। चंद्रदेव ने शीशे का पल्ला बन्द करना चाहा। उन्होंने देखा, रामू सिर पर पिटारा धरे चला जा रहा है और पीछे-पीछे अपनी मंद गति से नेरा। नेरा ने भी ऊपर की ओर देखा, वह मुस्कराकर सलाम करती हुई रामू के पीछे चली गई। चंद्रदेव ने धड़ से पल्ला बंद करते हुए सोचा–"सच तो, क्या मैं अपने को भी पहचान सका?"

□□□